王の祭り

小川英子

プロローグ　王のなかの王

一五七五年　日本〈京《みやこ》〉

空は晴れている。青い空に横笛《よこぶえ》が澄《す》んだ音色《ねいろ》をひびかせた。小太鼓《こだいこ》の音もはずんでいる。

高く張られた綱《つな》の上で、小柄《こがら》な男が扇《おうぎ》をひらひらさせながら、綱わたりの軽業《かるわざ》を見せていた。蜘蛛《くも》舞《まい》の名人の蜘蛛《くも》ノ介《すけ》である。南蛮人《なんばんじん》のズボンを真似てつくられたカルサン袴《ばかま》をはき、ひょうきんな身ぶりで細い綱をいったりきたりしながら、逆立ちをしたり、飛びあがったりしている。ときには蜘蛛のように腹《はら》ばいになり、両手両足に扇をかかげて、座敷《ざしき》で見物する侍《さむらい》たちをよろこばせた。

はき清められた庭に昼の陽《ひ》ざしは熱い。しかし蜘蛛ノ介の額《ひたい》には汗《あせ》ひとつ浮《う》かんでいない。

小太鼓がいちだんと高く鳴った。蜘蛛ノ介は綱をはずませ、今までになく高く高く、飛びあがり、

空中で一回転した。が、落ちた——と見えて、見物の侍《さむらい》たちは、はっと息をのんだ。

しかし、蜘蛛《くも》ノ介《すけ》は綱《つな》に足をからませ、逆さにぶらさがっていた。いつのまにひらいたのか、扇《おうぎ》で顔を隠している。トトトトトトと音をきざむ小太鼓《こだいこ》にあわせて、蜘蛛ノ介は扇から顔をだした。それがおかしなひょっとこ顔だったので、侍たちはどっと笑った。

座敷《ざしき》の正面の上座《かみざ》で、ひときわ大きな笑い声をあげたのは、織田信長《おだのぶなが》だ。朱塗《しゅぬ》りの膳《ぜん》を前に、あぐらをかいてくつろいでいる。酒を好《この》まない信長の膳には菓子《かし》がだされていた。黒漆《くろうるし》の脚《あし》のついた高坏《たかつき》に盛《も》られた小さな菓子をまたひとつ、口に放りこんで、信長は楽しそうだった。

長篠《ながしの》・設楽原《したらがはら》の合戦で、甲斐《かい》の武田勝頼《たけだかつより》に勝利したことを朝廷《ちょうてい》に報告するため、信長は京《みやこ》にきた。三週間ほど滞在《たいざい》したら、居城《きょじょう》の岐阜城《ぎふじょう》にもどるつもりなので、家臣《かしん》の明智光秀《あけちみつひで》の屋敷《やしき》に泊《と》まっている。無駄《むだ》なぜいたくをきらう信長の気性を知っているから、光秀のもてなしは簡素《かんそ》だが、すみずみまで気が配られていた。掃除《そうじ》はゆきとどき、湯殿《ゆどの》は毎日湯気をあげ、馬屋の飼い葉おけには上質の馬草《まぐさ》がいつもたっぷりとあった。

戦勝の祝いの品を持って、公家《くげ》たちがつぎつぎと訪問《ほうもん》し、大名の使者や豪商《ごうしょう》たちもおとずれ、信長はその応対に息つく暇《ひま》もなかった。それらがようやく落ちついた今日、光秀は足芸と蜘蛛舞《くもまい》を見せる軽業《かるわざ》の一座《いちざ》を屋敷に呼《よ》んだ。鴨川《かもがわ》の河原で小屋がけをしている見世物のなかで、今いちばん人気のある一座だ。めずらしいものが好きな信長はたいそうよろこんでその気づかいをほめた。そして光秀はもちろん、羽柴秀吉《はしばひでよし》など主《おも》だった家来たちにも見物をゆるしたのだった。

　最初に芸を見せたのは八雲太夫《やくもたゆう》だった。濃《こ》い紫色《むらさきいろ》の袴《はかま》をはいたやせた女が、白い小袖《こそで》の両袖《りょうそで》を揺《ゆ》らして登場したとき、見物の侍たちは内心、腕《うで》のない女になにができるのかと馬鹿《ばか》にした。彼《かれ》らは足芸とはなにかも知らなかった。ところが八雲太夫が緋《ひ》もうせんに座《すわ》り、足の指に筆をはさみ、蜘蛛ノ介のかかげる半紙にさらさらと文字を書いてみせたので、侍たちはどよめいた。さらに筆をかえて、絵を描《か》いてみせた。竹に雀《すずめ》が群れ飛ぶ図柄《ずがら》だが、最後に筆の先でちょんと、子雀《こすずめ》の目に点をいれたので、侍たちは感嘆《かんたん》の声をあげた。

　しかし、信長はさほど面白そうでもなかった。黙《だま》って高杯にのった菓子をつまんでいる。絵は信長に献上《けんじょう》されたが、ちらりと見ただけですぐにさげさせたので、光秀は、殿《との》はお気に召《め》さないのかと心配になった。それが、蜘蛛舞になったとたん、身をのりだして見はじめたので、やっと胸《むね》をなでおろした。信長の機嫌《きげん》がいいかどうか、光秀はたえず気にしていた。

　小太鼓の拍子《ひょうし》がかわった。トントンと軽い音がひびくなか、五、六歳《さい》くらいの童女があらわれ、カルサン袴《ばかま》のひざに手をおいて一礼した。切りそろえた前髪《まえがみ》に鉢巻《はちまき》をしめ、ひらいた扇をはさんでいる。そこにはあざやかな金地《きんじ》に、緑の松が枝を伸《の》ばすめでたい図柄が描《えが》かれていた。

　小太鼓をたたく男のとなりで、横笛《よこぶえ》を吹《ふ》いていた大柄《おおがら》な女が立ちあがると、手助けして、童女を綱にのぼらせた。待ちかまえていた蜘蛛ノ介が肩車《かたぐるま》をする。

なにがはじまるのかと、見物の侍《さむらい》たちは目を見はった。肩車《かたぐるま》したまま、綱《つな》のまんなかまで歩いてきた蜘蛛《くも》ノ介《すけ》は、慎重《しんちょう》に正面をむいた。小太鼓《こだいこ》が高鳴る。そろそろと童女は蜘蛛ノ介の肩《かた》の上に立ちあがった。その足をささえている蜘蛛ノ介の顔からは、先ほどまでのひょうきんさは消えていた。綱が揺《ゆ》れたり、蜘蛛ノ介がかたむいたりしたら童女は落ちるだろう。地面にたたきつけられたら無事では済《す》まない。武勇を誇《ほこ》る織田《おだ》軍の強者《つわもの》どもも、思わずこぶしをにぎりしめた。信長《のぶなが》も息をつめて見ている。

大きく小太鼓が打ち鳴らされた。童女はふところから二本の扇《おうぎ》を取りだすと左右の手に持った。ぱらりとひらく。その金地《きんじ》に松の扇を、両腕《りょううで》を伸《の》ばして侍たちに見せながら、愛らしい声を張りあげた。

「勝《か》ち戦《いくさ》、おめでとうござりまする」

信長の顔がほころぶ。「うむ」と満足げにうなずく。見物の侍たちも両手を打ちあわせ、ほめそやす。光秀《みつひで》の胸《むね》に安堵《あんど》がひろがった。めでたい松づくしの芸で戦勝を祝えと命じていたが、これほどうまくいくとは思わなかった。

はやい調子で〆《しめ》の小太鼓が打ち鳴らされる。それにあわせて童女は手のなかや額《ひたい》の扇をつぎつぎに投げた。きらめきながら飛ぶその扇を介《かい》ぞえの女は素ばやくつかみ、地に落とすことはなかった。最後に童女は蜘蛛ノ介の肩から飛んだ。両手をひろげて介ぞえの女がしっかりとその胸に抱《だ》きとめたとき、トトンと小太鼓は音をおさめた。

童女と綱をおりてきた蜘蛛ノ介、そして八雲太夫《やくもたゆう》が並《なら》び、介ぞえの女と小太鼓の男も加わると、そろって庭の白砂《しらすな》にひざまずいてお辞儀《じぎ》をした。

信長が立ちあがった。大股《おおまた》に広縁《ひろえん》に進みでると、「見事であった」と声をかけて一座《いちざ》の者をねぎらい、童女には笑顔《えがお》をむけて、「こわくはないのか」とたずねた。

直接話しかけるのは異例《いれい》のことである。とまどっている童女に、「直答《じきとう》をゆるす」と信長はいった。

すると童女は顔をあげ、「父《とと》さんの肩の上です」ときっぱり答えた。信長は深くうなずく。

「綱の上ではないのだな……」

童女の父への絶対の信頼《しんらい》に、信長は感嘆《かんたん》のため息をついた。つづけて「名はなんという」とたずねる。

「国《くに》と申します」

大きな目を見ひらいて、信長をおそれる様子もなく、童女は名のった。

「お国に我《わ》が菓子《かし》をとらせよ」

すぐに小姓《こしょう》が高坏《たかつき》にのっていた菓子を半紙に包んで持ってきた。お国は広縁の下まで進みでて、それを両手で受けとったが、紙包みをひらいて首をかしげる。ごつごつと角《つの》のあるこの菓子をどう食べたらいいのか、わからない。お国が困《こま》っているのを見た信長は、「固いぞ。気をつけよ」といいながら、つまんで口にいれる真似をした。

「それは南蛮《なんばん》の菓子だ。コンフェイトという」

信長にならって、お国は小さな星のような菓子をひとつつまんで口にいれた。するとその口もとから笑《え》みがひろがっていく。

「うまいか」

はい、というかわりに、お国《くに》は立ちあがり、扇《おうぎ》をひらいて、くるりと身体《からだ》をまわして舞《ま》った。はずむようなよろこびが伝わってくる。それがあまりになめらかな動きだったので、即興《そっきょう》で舞っていると信長《のぶなが》は気がつかなかった。舞いおわったお国がお辞儀《じぎ》をすると、信長はにっこりと笑った。

そのとき、小姓《こしょう》が近づいて、伴天連《ばてれん》たちが拝謁《はいえつ》を願っていると告げた。

信長の「ここへとおせ」という ひと言に、光秀《みつひで》はあわてる。明日は内裏《だいり》でおこなわれる蹴鞠《けまり》の催《もよお》しに招かれていた。その打ちあわせにまもなく朝廷《ちょうてい》の使者がおとずれる予定だ。

そういってとめる光秀に、「待たせておけばいい」と、信長はそっけなくいった。

「伴天連どのは、この世界のひな型を持ってくるはずだ」

前回の謁見《えっけん》のさい、地球儀《ちきゅうぎ》を献上《けんじょう》すると伴天連は約束した。信長はそのことをいっているのだ。

地球は丸いという説明を聞いてから、それをあらわした地球儀というものを、信長は見たくてたまらなかった。遠いローマから、吉利支丹《きりしたん》の教えをひろめるためにはるばる海をわたってきたローマ・カトリック教会に属する宣教師《せんきょうし》——伴天連と会見して、その知識を聞くことはこのうえない楽しみだった。彼《かれ》らの話は信長の胸《むね》に、ひろい世界への憧《あこが》れをかきたてた。

突然《とつぜん》、「それはそれは」とすっとんきょうな声が座敷《ざしき》のなかからあがった。羽柴秀吉《はしばひでよし》が、「なんとまあ、めずらしいものでございますな」と愛嬌《あいきょう》のある目玉をくりくり動かして笑っている。光秀は、余計なことをいう男だと思ったが、黙《だま》っていた。信長の新奇《しんき》なものへの好奇心《こうきしん》にあらがうことはできない。

軽業《かるわざ》の一座《いちざ》はほうびをもらって帰り、見物の侍《さむらい》たちもそれぞれの持ち場にもどった。座敷の膳《ぜん》は片付《かたづ》けられたが、その地球儀を見ることを秀吉だけが願い、そのまま同席することのゆるしをもらった。光秀は追従者《ついしょうもの》めと心のなかで舌打ちをした。

秀吉は頭の回転のはやさと惜《お》しまぬ努力を信長に見いだされ、琵琶湖《びわこ》のほとりに城《しろ》を与《あた》えられている。信長に新しく召《め》し抱《かか》えられた家臣《かしん》たちのなかで、功績を認《みと》められて最初に城をもらったのは光秀だった。光秀はその城を地名のまま、坂本城《さかもとじょう》と名づけたが、秀吉は与えられた城を長浜城《ながはまじょう》とした。信長様に感謝と称《しょう》し、長の一字をつけたのだ。

やがて、青い目の伴天連がふたり、日本人の弟子に木箱を持たせ、座敷に案内されてきた。信長の前に箱が置かれ、ふたがあけられる。保護材として詰《つ》められている乾《かわ》いた白詰草《クローバー》の香《かお》りがただよった。取りだされた地球儀に信長の目が輝《かがや》く。

「日《ひ》の本《もと》はどこだ」

待ちきれずに信長は訊《き》いた。日本人の弟子が通訳《つうやく》する。彼は吉利支丹の教えを信仰《しんこう》し、伴天連のもとで修行しているので、異国《いこく》の言葉がわかった。訳《やく》された信長の質問を聞いて、伴天連たちはうなずく。そして年長の伴天連が地球儀をまわし、指をおいて日本を示した。

「これか」と信長《のぶなが》はうめく。「かほど小さいとは――」

その地球儀《ちきゅうぎ》には本来あるべき蝦夷地《えぞち》はなく、幾《いく》つかの島を欠いた、いびつな列島が描《えが》かれていた。それでも日本であることはまちがいなかった。信長は、秀吉《ひでよし》と光秀《みつひで》に顔をむけ、「世界はひろいと思わぬか」といった。うてばひびくように、秀吉が答える。

「それがしは学問がありませんから、世界などということは考えたこともありませんが――日《ひ》の本《もと》に比べれば、唐土《から》、天竺《てんじく》がいやに大きゅうございますな」と、縮尺《しゅくしゃく》がまちがっているといいたそうな不満顔をした。そして、「世界が丸いとは不思議なことでございます」と、これは小さな声でつぶやく。

秀吉に先を越《こ》されて光秀はあせった。なにかいわなければ――それも秀吉のようなつまらぬ感想や追従《ついしょう》ではなく、この伴天連《ばてれん》どもを見かえすような立派《りっぱ》なことをいわねば、と気負った。光秀は、地球儀にひざを進めると、「このひな型が世界を写しているとは思えません」といった。

「世界は仏の御座《おわ》します須弥山《しゅみせん》を中心に成りたっております」

古今の学問を修めた自分は、秀吉よりも知識があるという自負があった。しかし、信長は、「伝説よ、須弥山は」と、まるで戸をピシャリとしめるように光秀の言葉をさえぎった。

「須弥山はどこにある。確かめた者はいない。だが、この伴天連たちは海をわたってきたのだ」

そして、「あっぱれな、命知らずの者たちよ」と彼《かれ》らの勇気をほめる。

伴天連たちはこれらの会話を通訳《つうやく》をとおして聞いていた。そこで、「スペインの船団が西へ西へと船をすすめ、はじめて太平洋を越えて、東のフィリピナス諸島《しょとう》にたどりつきました。そのとき、世界は丸いと証《あか》されたのです。それ以来、わたしたちの仲間は世界中に布教しています」と述べた。その言葉が訳《やく》されると、秀吉が大げさなしぐさで相づちをうつ。

話の行《ゆ》き場《ば》を見失って、光秀は沈黙《ちんもく》した。

――学問のすべてが目で確かめられることではない。見てわかることだけを相手にしていたら、学問は成りたたない。それに海には波風がある。西にいっているつもりで南や北に流されることもあるのだ。西の極みは東であるなど、私《わたし》には認《みと》められない。

信長は光秀が目を伏《ふ》せて、おのれの考えに沈《しず》んでいくのに気がつかなかった。地球儀を取りあげて、しげしげと見つめている。

――この大陸が唐土、そして天竺、さらにつづく西の大陸、半島……。

地球儀を何度《なんど》もまわしているうちに、信長は日本がどこかわからなくなった。

――たしか、大陸からすこし離《はな》れた島国だ。

地球儀をさまよっていた指先が、ある島国でとまった。そこも日本と同じような小ささだった。

「この国はなんという」

問われた伴天連たちは顔を見あわせた。しかし、信長の質問には答えなければならない。今までこの国を支配していた朝廷《ちょうてい》は、長い戦乱《せんらん》のなかで力を失い、その地位は形だけのものになっている。今この国を動かす王は、信長《のぶなが》だった。

「ノブナンガどの」と、年長の伴天連《ばてれん》が答える。彼《かれ》らには「のぶなが」と発音することがむずかしく、どうしても鼻にかかってしまう。

「それはイングランド王国です」

通訳《つうやく》の弟子は、軽くせきばらいをすると、伴天連の言葉を信長に伝えた。

「王国……王がおさめているのか」

「はい。女の王です」

「女か」と、おどろきの声をあげた信長は、さらに質問を浴びせる。

「王の血筋《ちすじ》ゆえに王なのか。それとも亡《な》き王の正室《せいしつ》が、幼《おさな》い息子のかわりをしているのか。あるいは預言《よげん》の力のある巫女《みこ》なのか」

「王の娘《むすめ》です」

「即位《そくい》したばかりなのか」

「すでに十六年、王位にあります」

「十六年もこの国を統《す》べているのか……」

信長はため息をもらす。

「その王は民に慕《した》われ、敵にはおそれられているのだな」

ふたたび伴天連たちは顔を見あわせた。かまわず信長は訊《き》いた。

「王の名はなんという」

問いは訳《やく》されたが、伴天連たちの返答は遅《おく》れた。そのわずかなためらいを信長は見逃《みのが》さなかった。

「どうした。聞かせられないわけでもあるのか」

この王の鋭《するど》さには負けると伴天連たちは思った。信長を前にして隠しごとはゆるされない。

「ノブナンガどの。その女の名はエリザベスと申します」

年若《としわか》の伴天連がしぶしぶ答えた。その女、エリザベス女王は、生まれたときのいきさつからも、その外交や宗教改革《しゅうきょうかいかく》を進めている政策《せいさく》からも、ローマ・カトリック教会にとっては敵なのだ。

女王の父・ヘンリー八世は彼女《かのじょ》の母アン・ブーリンと結婚《けっこん》するために、妻のキャサリン王妃《おうひ》と離婚《りこん》しようとしたが、離婚を禁じているローマ教会はそれを認《みと》めなかった。そこでヘンリー八世はローマ教会を切りすてた。それを思いだすたびに伴天連たちには苦い怒《いか》りがこみあげてくる。

ヘンリー八世は新しくイングランド国教会を設立し、国内のカトリックの教会や修道院を廃《はい》し、その財産を取りあげた。そして王の意を受けた国教会は、王とキャサリン王妃との結婚の無効を宣言《せんげん》した。アンを王妃とする戴冠式《たいかんしき》は、華《はな》やかにどうどうと挙行されたのだった。

信長が女王に興味を持っている様子なので、その機嫌《きげん》をそこねないように慎重《しんちょう》に言葉を選びながら、年若の伴天連は、エリザベスが王の娘ゆえに即位しただけで、王としての力があるわけではなく、重《じゅう》臣《しん》たちの進言で動いているにすぎないと述べた。しかし、信長《のぶなが》は意に介《かい》さなかった。十六年の長きにわたり、国を保っているのは優《すぐ》れた王にちがいなかった。血筋《ちすじ》だけで国を保つことはできない。

「会ってみたいものだな、そのエリザベス王に」

そしてもう一度、「世界はひろい」と信長はつぶやいた。

「このイングランド王国にいくのに何年《なんねん》かかる」

「我々《われわれ》は商船を乗りつぎ、ローマから三年かかってここまできました。イングランドはローマより遠いので、三年以上かかるかと存《ぞん》じます」

「それほど長いあいだ、城《しろ》を留守にはできぬ」

信長は勢いよく、やんちゃな童子のように地球儀《ちきゅうぎ》をまわした。

「わしはまだ、天下を統一したわけではないからな」

カラカラと音をたててまわった地球儀がとまる。探《さが》していた日本がちょうど目の前にあった。思わず、信長は微笑《ほほえ》んだ。

そのとき秀吉《ひでよし》が「いやいや」と手をふった。「殿《との》はもはや天下を手にいれたも同然でございます。越後《えちご》の上杉謙信《うえすぎけんしん》や中国の毛利輝元《もうりてるもと》ごときも、すぐに降伏《こうふく》いたすでありましょう。のう、光秀《みつひで》どの」

そう呼《よ》びかけられて、光秀は、また出遅《でおく》れてしまったと胸《むね》のなかで舌打ちをした。返事をしないわけにはいかないが、くやしさがつのる。そこであえて秀吉ではなく、信長にむかって手をつき、「天下を取るまで殿に従《したが》って、われら粉骨砕身《ふんこつさいしん》、戦場を駆《か》けまわります」といった。

「そうだな」と信長はうなずく。

「おぬしたちには、もうひと働きもふた働きもしてもらわねばなるまい。頼《たの》むぞ」

その素直なものいいに、光秀も秀吉も「傷《いた》みいります」と深く頭をさげた。

緊張《きんちょう》のとれたこのときを逃《のが》さず、伴天連《ばてれん》たちは面会の目的である、老朽化《ろうきゅうか》した教会を建てなおすゆるしを願いでる。京《みやこ》に異国《いこく》の壮麗《そうれい》な教会が建つのを歓迎《かんげい》して、信長はすぐに許可した。伴天連たちはよろこび、〈被昇天《ひしょうてん》の聖母《せいぼ》教会〉と名づけるつもりだと話した。

「ノブナンガどのは、いつまで京に居《お》られるのですか」

「うむ。もうしばらくは逗留《とうりゅう》するな」と、信長はあいまいな返事をした。しかし、うっとうしい朝廷《ちょうてい》の儀式《ぎしき》はさっさと済《す》ませて、琵琶湖《びわこ》にむかうつもりだった。湖畔《こはん》にかかる瀬田《せた》の大橋の架《か》け替《か》えを命ずるのだ。

琵琶湖の水運を重視《じゅうし》するいっぽう、領地内の街道の整備にも、信長は心を砕《くだ》いていた。主《おも》だった道を三間幅《さんげんはば》にひろげ、往来する旅人のために松と柳《やなぎ》を植え、近隣《きんりん》の住民に管理させる命令もだしていた。無用な関所を廃止《はいし》し、関銭《せきせん》も取るのをやめた。ほかの大名のように、隣国《りんごく》から攻《せ》めこまれないために道を狭《せま》く、見とおしのわるいままにしておこうとは思わなかったし、関銭で稼《かせ》ごうともしなかった。人や物の行《ゆ》き来《き》を盛《さか》んにすることが、領地を富ませることだと信長は考えていた。

居城《きょじょう》にしている岐阜城《ぎふじょう》は、近いうちに長男の信忠《のぶただ》にゆずり、琵琶湖《びわこ》に面した小高い山に、今までにない城《しろ》を築くつもりだった。名もすでに決めてある――安土城《あづちじょう》。いにしえの都、平安京《へいあんきょう》をしのぐ平安楽土を目指すのだ。

――日《ひ》の本《もと》に新しい風を吹《ふ》かせよう。大名同士の争いで、いつ戦《いくさ》になるかとおびえる時代はおわりにするのだ。天下を束ね、世界を相手に交易する。そうすればこの日の本はもっと豊かになる。

信長《のぶなが》はもう、天下を統一した先のことを考えていた。

一五七五年　イングランド〈ロンドン〉

馬車の用意は整った。ケニルワース城《じょう》にむかう行列は宮殿《きゅうでん》の中庭に整列し、エリザベス女王が馬車に乗るのを待っている。

宮殿の奥《おく》まった一室で、女官たちに手伝わせ、、女王は身支度《みじたく》をととのえていた。草花の刺繍《ししゅう》でうめつくされた明るいグレーのドレスは、女王の背《せ》の高さと色白の肌《はだ》をきわだたせている。赤みがかった金色の髪《かみ》に大粒《おおつぶ》の宝石《ほうせき》をあしらった冠《ティアラ》をのせると、王者の威厳《いげん》はいっそう増した。壁《かべ》の大鏡の前で、女王はほっとしたような笑《え》みを浮《う》かべる。

女官から手袋《てぶくろ》と扇《おうぎ》を受けとって、部屋をでようとしたとき、国務長官のウォルシンガムが入ってきた。うしろにつき従《したが》う若者《わかもの》は、宮廷《きゅうてい》の男性の正装《せいそう》であるふくらんだ半ズボンに長剣《ちょうけん》をさげている。

その若者の顔に見覚えがあったので、片手《かたて》をあげて女王が合図すると、女官たちは衣《きぬ》ずれの音をさせてとなりの控《ひか》え室に退《しりぞ》いた。ウォルシンガムとの話はだれにも聞かせてはならない。千の目を持つ男とあだ名される彼《かれ》は、国内外に張りめぐらせた秘密《ひみつ》の諜報網《ちょうほうもう》の長官でもあった。

「なにかあったのですか？」

「ご報告できる確かなものはまだなにもありません。しかし、なにかが起きる兆候をつかみました」

苦い顔つきでウォルシンガムは答える。女王は彼の機嫌《きげん》のいい顔を見たことがない。

ウォルシンガムは、敵であるローマ教皇《きょうこう》のもとから、女王暗殺の密命《みつめい》を受けた者がイングランドに潜入《せんにゅう》した疑《うたが》いがあると報告した。

「全力をあげて探索《たんさく》しています。どうぞ、近づく者すべてにお気をつけくださいますようお願いいたします。できればケニルワースへおでかけになることは、やめていただきたいくらいです」

そういっても、とめることはできないとウォルシンガムにはわかっている。女王も中止するつもりはない。イングランドの王であることは、常に命をねらわれるということだ。

「レスター伯爵《はくしゃく》に、このことを告げましたか」

ケニルワース城の城主《じょうしゅ》であるレスター伯爵は、すでにロンドンを発《た》ち、居城で女王を迎《むか》える歓迎《かんげい》式典の準備をしている。

「いいえ。伯爵《はくしゃく》が防御《ぼうぎょ》の対策《たいさく》をとれば、警戒《けいかい》させ、かえってつかまえにくくなります。陛下《へいか》のお耳にはいれましたが、どうぞ伯爵にはなにもおっしゃらないでください」

その心配はうなずける。レスター伯爵は短気だ。徹底的《てっていてき》な洗《あら》いだしに取りかかるだろう。

「伯爵には、ほのめかすこともしませんよ」

その返事に安心して、ウォルシンガムは、うしろに控《ひか》える若者《わかもの》をふりむいた。

「この者に警護《けいご》をお命じください。二十四時間、たとえお休みのときであってもおそばにいる許可を」

父の故ヘンリー八世がはじめた宗教改革《しゅうきょうかいかく》を続行する女王を、ローマ・カトリック教会は異端者《いたんしゃ》とみなした。ローマ教皇《きょうこう》が女王を破門したうえ、暗殺者には祝福を与《あた》えると宣言《せんげん》して以来、警戒はつづいている。

女王は若者に右手をさしだした。以前の暗殺未遂《みすい》事件のときにも護衛してくれたこの若者の剣《けん》の腕《うで》も、とっさの判断力も、そして忠誠心《ちゅうせいしん》もじゅうぶんに信頼《しんらい》できる。

「またあなたがつきそってくれるのをうれしく思いますよ、ジルメイニ」

女王のさしだすその手にくちびるを押《お》しあてると、若者はいった。

「陛下、命にかえてもお守りいたします」

きりりとした顔だちと剣をさげたその姿《すがた》からは、男性としか見えないが、やわらかな声は女性のものだった。女王の寝室《しんしつ》の前に護衛兵は立つが、ジルメイニは部屋のなかで女王を警護する。

新しい情報をつかんだら、はや馬で報告しなさいとウォルシンガム長官にいいのこし、女王はジルメイニを従《したが》えて部屋をでた。歴代の王の肖像画《しょうぞうが》がかけられた長い廊下《ろうか》に、見送りの貴族《きぞく》たちが並《なら》んでいる。会釈《えしゃく》をかえしながら、女王は足ばやに歩いていった。出発が遅《おく》れている。

その見送りの列のなかにひとり、目立って身をのりだしている青年がいた。女王に話しかけたくてうずうずしている様子だ。身分の高い人には言葉をかけられるまで話しかけてはならないという宮廷《きゅうてい》の作法を破る気でいる。それを察した女王は先に話しかけた。

「キャプテン・ドレイク。あなたはケニルワースへ供《とも》はしないの？」

「陛下、お供はしたいのですが、私《わたし》は世界一周の航海にでたいのです。嘆願書《たんがんしょ》をお読みいただけましたでしょうか。東まわりでも西まわりでもない、新しい航路の開拓《かいたく》になります。ご援助《えんじょ》ください」

女王は立ちどまって青年を見た。期待に胸《むね》をはずませているその目にむかって、「ゆるしません」とはっきりいう。「えっ」といったまま固まった青年をおいて、女王はさっさと歩きだした。そして、

「あなたを海に放てば、きっとスペインともめごとを起こすでしょう。スペインがあなたをなんと呼《よ》んでいるか、知っていますか？　キャプテン・ドレイク」とたずねる。

下問《かもん》に答えようと青年は追いかけてくる。

「名誉《めいよ》なあだ名です。〝海賊野郎《かいぞくやろう》〟も〝略奪王《りゃくだつおう》〟も」

「イングランドは海賊行為《かいぞくこうい》を奨励《しょうれい》していません」

見送りの列のなかの各国の大使たちに聞こえるように、女王は声をはりあげた。それは宮殿《きゅうでん》での女王の発言はすべて、大使から本国に報告されるからだ。ほんとうのところ、スペインと外交問題にならない程度ならば、ドレイクの海賊行為は黙認《もくにん》している。彼《かれ》がスペイン船から略奪《りゃくだつ》した戦利品の一部が、女王に献上《けんじょう》され、国庫をうるおしているのは事実だ。

「陛下《へいか》、アジアのさらに東の果てに、日本という島国があるのをお聞きおよびと思います」

女王のはや足にあわせて歩きながら、青年は話題をかえて食いさがる。

「聞いていますよ。そういえば日本についての本を私《わたし》に贈《おく》ったのはあなたでしたね。面白い本でした」

「その島国はジパングだともいわれています、陛下。あの豊かな黄金の国、黄金でできた宮殿があるという伝説の島ジパングです。確かめてみたいのです。じつは——」

そこだけは、女王の耳にささやくようにいった。

「ジパングの王は、あのプレスター・ジョンではないかと考えています」

思わず、女王は立ちどまる。「王のなかの王、プレスター・ジョン王が日本に——」

でもすぐに首をふって、歩きだした。「それも伝説です。存在《そんざい》しない王です」

プレスター・ジョン王は〝王のなかの王〟と呼《よ》ばれている、伝説の国の王だ。東方のどこかにあるという、金銀があふれるその豊かな国を、ジョン王が平和に治めているという。イエス・キリストが生まれたとき、贈り物を捧《ささ》げた賢者《けんじゃ》の子孫がその王だといわれ、かつて、ジョン王への友好の手紙を携《たずさ》えた使者も派遣《はけん》されたが、だれもその東方の国にたどりつくことはできなかった。

「あなたは、ロマンチックな伝説に惹《ひ》かれて夢を見ている人ね。〝王のなかの王〟、そんな王がいたら、会ってみたいものです」

「〝ヨーロッパの王のなかの王〟には、鏡をご覧《らん》になればお会いできるでしょう。私は〝アジアの王のなかの王〟に会って、陛下宛《あて》の手紙をもらってもどります。新しい貿易がはじまります。どうぞ航海へのご援助《えんじょ》をお願いいたします」

青年がそういって頭をさげたとき、中庭にでた。女王の姿《すがた》を見て、従者《じゅうしゃ》が馬車の扉《とびら》をあける。

「面白い話をありがとう」と、女王は扇《おうぎ》をふった。この話はもうおしまいというつもりだったのに、青年はなおも訴《うった》える。

「陛下、新しい航路で新しい国と貿易をはじめれば、イングランドはいっそう豊かになります」

その真剣《しんけん》な目が、女王の胸《むね》を打った。ふと、夢見る青年の願いをかなえてやりたくなった。口もとを扇で隠し、「ウォルシンガムと話しなさい。彼に取りはからうよう、手紙を書いておきます」と小声でいう。感激《かんげき》して何度《なんど》もお礼をいう青年を、今度こそ扇で追いはらって、女王は馬車に乗りこんだ。

――〝ヨーロッパの王のなかの王〟……なんと耳にこころよいお世辞か。でも私は小国の王にすぎない。スペインやフランスなどの大国に侵略《しんりゃく》されないように、今のところはなんとかうまくやっている、ただそれだけのこと。王のなかの王、ほんとうにそんな王がいたら語りあいたい。どうしたらうまく国の舵取《かじと》りができるのか……。

四頭立ての馬車は宮殿《きゅうでん》の門をでた。ジルメイニは馬車のかたわらに騎馬《きば》でつきそっている。

王宮をふりかえり、女王は胸《むね》のなかでつぶやいた。

――しばし、さようなら、私《わたし》の宮殿。三週間の休暇《きゅうか》をそなたにも、そして私にも。

女王が夏の首都《ロンドン》をはなれ、家臣《かしん》の城《しろ》に滞在《たいざい》するのは恒例《こうれい》になっていた。表むきは避暑《ひしょ》ということになっているが、実際は人口の密集《みっしゅう》したロンドンで流行するかもしれないペストをさけるとともに、首都以外の地を視察《しさつ》し、民衆《みんしゅう》に女王の姿《すがた》を見せて、人気をつなぎとめるねらいもあった。即位《そくい》して十六年、たとえ議会の貴族《きぞく》たちと対立しても、女王は民衆の圧倒的《あっとうてき》な支持を得ていた。

――でも、はや馬は追いかけてくるでしょうね。スペイン領から独立しようと兵を挙げたネーデルランドに、支援《しえん》の軍を派遣《はけん》するかどうか、私はまだ結論《けつろん》をだしていない。失政でスコットランドの王位を追われたメアリー・スチュアートも、イングランドの王位継承権《けいしょうけん》を持つと主張して、最近怪《あや》しい動きをしているらしい。報告書や嘆願書《たんがんしょ》をつぎつぎ読み、家臣たちの意見を聞き、決断する。各国大使と直接、交渉《こうしょう》をする。それだけでも忙《いそが》しいのに、このごろはフランス大使の扱《あつか》いに気を遣《つか》わなければならない。このうえ、ローマからさしむけられた刺客《しかく》のことまで気にしなければならないなんて……王に休暇はない。

女王はため息をついた。

沿道《えんどう》から「女王陛下万歳《へいかばんざい》」という声が聞こえてくる。夏の陽《ひ》ざしを受けるのもかまわず、馬車の窓《まど》から女王はにこやかに手をふった。歓呼《かんこ》の声がいっそう高まる。

第一章　妖《よう》精《せい》

「学校にいきたくないな」

ウィルはつぶやいて、額《ひたい》の前髪《まえがみ》を引っぱった。でも、いかねばならない。ケニルワース城《じょう》をエリザベス女王が訪問《ほうもん》する、その歓迎《かんげい》式典で述べる挨拶《あいさつ》を練習しなければならない。

城《しろ》の式典準備長から、ケニルワース周辺の七つの学校に、生徒に歓迎の挨拶を述べさせてほしいという依頼《いらい》があった。〝七〟というのは、女王の得意な七カ国語――スペイン語、フランス語、ドイツ語、イタリア語、ギリシャ語、トルコ語、そしてラテン語にちなんでいる。

選ばれた七校は、はりきってそれぞれ特色を活《い》かした挨拶を考えていた。エイヴォン町のたったひとつの学校、ウィルのかようキングス・ニュー・スクールに依頼されたのは、いちばんむずかしい

ラテン語だった。庶民《しょみん》の使う言葉ではない。国と国のあいだで使う外交用の公用語だ。

最初に先生からそのことを聞かされたとき、暗唱もラテン語も得意なウィルはよろこんだ。すぐに先生の書いた歓迎文は覚えた。ところが、挨拶の練習がはじまると、まちがえてばかりいる。二十六名いる生徒のうち、ウィルだけがいつもまちがえる。一度つっかえたところがうまくいってほっとすると、つぎはべつのところでつまずき、先生にぼんやりしているからだと叱《しか》られる。

「今日はうまくいくといいな……」

のろのろとかたつむりのように、ウィルは学校にむかっている。

十一歳《さい》にしては背《せ》が高い。それなのに堂々《どうどう》とした印象を与《あた》えないのは、いつも肩《かた》をすぼめて首をたれ、こんなに伸《の》びてすみませんというように、自信なげに歩いているからだ。赤茶けた髪《かみ》はくしでとかしたことがないみたいにくしゃくしゃ。その髪が額にたれてくるのを引っぱりながら、ウィルはぶつぶつと暗唱をくりかえしていた。

「気高《けだか》くお美しい女王陛下《へいか》をお迎《むか》えして、われら一同、よろこびにふるえ……」

――ひとりで暗唱するときはうまくいくんだけどな。それとも先生がつくった歓迎文を最初に読んだとき、固苦しくて退屈《たいくつ》だと思ったのが、いけなかったんだろうか……。

教室でみんなで練習をはじめると、またまちがえた。何度《なんど》もやりなおしをし、先生がいらだち、ほかの生徒たちもうんざりしているのを感じると、いっそう言葉がでてこない。

「両手をだしなさい」

先生が冷たくいった。びくびくしながらウィルは前にでて、先生の机《つくえ》のはしに両手をのせて目をつぶった。鞭《むち》がふりおろされる。手の甲《こう》も全身も、カーッと熱くなる。それでも一度ひっこんだ言葉はでてこなかった。

とうとう、先生はいった。

「ウィリアム君。きみをケニルワースに連れていくことはできない」

ウィルがはずれると、一同の声はぴたりとそろった。ついでに背《せ》の高さも。


七月五日の朝、われらの女王さまをひと目見ようと、エイヴォン町の人たちは晴れ着に身を包んで、馬車や馬でケニルワースへむかった。先生も生徒を引率して屋根なしの乗りあい馬車で出発した。歓《かん》迎《げい》式典の人出をあてこんで、役者の一行や見世物芸人、吟遊詩人《ぎんゆうしじん》も街道を急ぐ。そして宴《うたげ》のあとのほどこしを求めて、食うや食わずの物乞《ものご》いたちが、ぼろを引きずり、杖《つえ》にすがって、エイヴォン川の楡《にれ》の並木道《なみきみち》をケニルワースにむかってよろよろと歩いていった。

そのお祭り騒《さわ》ぎから取りのこされ、ウィルは店の仕事の手伝いをさせられていた。町の大通りに革《かわ》手袋《てぶくろ》を商《あきな》う店兼《けん》住居をかまえる父は、町会議員をしている町の名士でもあった。

――父さんは先生に抗議《こうぎ》をしてくれなかった。町会議員の息子を女王陛下《へいか》の謁見《えっけん》に参加させないとはなにごとだと、かけあってくれなかった。

いや、実際は抗議をしたのだ。ウィルにもそれはわかっていた。しかし、女王陛下のご不興をかえば町の不名誉《ふめいよ》になるといわれて、父はそのままひっこんだ。

どうしてもっと強くいってくれなかったんだと、父に対して苦い怒《いか》りがたまっていく。友だちに対しても、うらやましくて、くやしさがつのっていく。

——今ごろはみんな、お城《しろ》にいるんだ。歓迎式典を見ているんだ。女王さまにお会いしているんだ。ああ……。

じつはウィルが想像するほど、生徒たちはその目で歓迎式典を見たわけではない。出番を待って城《じょう》内《ない》の控《ひか》え室にいただけだ。

ただ、それは熱気でざわつくケニルワース城《じょう》のなかだった。宴会《えんかい》にだされる大量の鹿肉《しかにく》や白鳥の肉、パイやプディングの焦《こ》げる匂《にお》いをかぎ、女王の到着《とうちゃく》を待って打ちあげられた花火の音に肝《きも》をつぶし、控え室の窓《まど》にかじりついて空をいろどる光の花束を見た。さんざん待たされ、待ちくたびれた頃《ころ》、式典係にせかされながら整列し、翼《つばさ》をひろげた大鷲《おおわし》を模《も》したシャンデリアの下を女王陛下の前まで緊張《きんちょう》のあまりぎくしゃく歩いて、歓迎の挨拶《あいさつ》を述べて、おほめの言葉をいただいたのだった。

「ケニルワース城にいった!」「歓迎式典にでた!」「女王陛下にお会いした!」

生徒たちにとってこんな一生に一度の大事件は、しゃべってもしゃべっても、しゃべり足りない話題だ。

ウィルにとって、おいていかれたつらい一日のあとに待っていたのは、もっとつらくてみじめな日々《ひび》だった。教室からはじかれたわけではない。意地わるをされたわけでもない。友だちはみんな、自分が見たこと聞いたことを語りあい、楽しかったことを確かめあうのに夢中だった。その場にいなかった人間がひとり、教室のなかにいることを忘《わす》れているだけだ。

しかし、平気でいられるほどウィルは強くない。ケニルワースにいけなかったことを思い知らされることはつらい。そして、その話の輪の外にいることは、さらにつらい。

聞きたいのだ。みんなの会話のなかからこぼれ落ちる祭りの熱気を、浴びたいのだ。

ウィルは自分を、肉のかけらがほしくて、肉屋のまわりを跳《と》びはねる犬だと感じてかなしかった――せめてしっぽをふるまいとウィルは決意した。

孤独《こどく》なまま、革手袋屋《かわてぶくろや》の家に帰ってきても、落ちつくときはない。仕事場の掃除《そうじ》やナイフ磨《みが》きの手伝いが待っている。父のあとを継《つ》いで革手袋をつくって売るのだから。

学校を卒業したら、父が勧《すす》める親方のところで、革手袋をつくる修業をしなくてはならない。古くからいる職人のタッチストーンが、一枚《まい》の革《かわ》から手袋《てぶくろ》になる手の型を切りとる早技《はやわざ》を見るのは好きだ。

しかし、自分にできるだろうかとウィルは心配になる。

父のように儲《もう》けて、店をひろげることができるだろうか。交渉《こうしょう》ごとは苦手だから、値切《ねぎ》られるとかんたんに「はい」といってしまいそうだ。それに、町の人に信頼《しんらい》されて、町会議員に選ばれるだろうか……つぎからつぎへといろんなことを考えてしまい、なにもかも不安になってしまう。

学校から帰ってまずしなければいけない手伝いは、捨《す》ててある断《た》ち革《がわ》の切《き》れ端《はし》から、まだ使えそうな部分をひろいあげておくことだ。でもひとりになりたかったウィルは、それをあとまわしにして、本を持って屋根裏部屋《やねうら》にもぐりこんだ。

店の二階は父が事務仕事をする書斎《しょさい》と、商談に使う応接間を兼《か》ねたひろい部屋だった。その部屋のすみに、倉庫として使っている屋根裏部屋へのはしごがかかっている。そのはしごを引きあげてしまえば、弟も妹たちもあがってこられない。ときどき、革手袋の材料を取りにくるタッチストーンは、はしごがないといって騒《さわ》いだりしない。かならず口笛《くちぶえ》を吹《ふ》いてくれる、坊《ぼっ》ちゃん、そこにいるんですかい、というように。

屋根裏部屋にはさまざまな材料が積みあげられている。羊や鹿《しか》の皮、その皮をなめした革、それも父とタッチストーンがなめした革もあれば、市場で買ってきた革もある。

なめし加工して革にするまえの、動物の一枚皮のむっとする匂《にお》いはさすがに鼻につくけれど、すぐに慣れる。明かりとりの小窓《こまど》に寄りかかり、ひょろ長い足をちぢめて、ウィルは古代ローマの作家、ルキアノスの『本当の話』をひらいた。月にいった男の旅行談――ウソっぱちのホラ話に「本当の話」という題名をつけるなんて、ルキアノスは皮肉屋で、ほんとうに面白い作家だ。読みながらウィルはひさしぶりに笑っていた。本のなかにはいればひとりになることができ、しかも孤独《こどく》ではない。笑って読んでいるうちに、思いがけないくらい時間がすぎていた。

「ウィル、ウィル……ウィリアム！　どこにいるんだ！」

はっと本をとじて、ウィルは、はしごをおりた。父がウィリアムと呼《よ》ぶときは機嫌《きげん》がわるい。

手伝いをしていないことをたっぷり叱《しか》られた。それだけではない。叱っているうちに父はウィルの至《いた》らない点を思いだすらしい。叱られることがどんどん増えていく。「返事が遅《おそ》い」「しゃんとしろ」「ぐずぐずするな」――火の玉みたいな父が怒《おこ》ると、ほんとにこわい。

さんざん怒ったあとで、父は大きなため息をついた。そしてウィルから顔をそむけると、「生きていけるのか、こんなぼんやり者で……」とぽつりといった。

そのつぶやきが、怒鳴《どな》られるよりも突《つ》き刺《さ》さる。

――ほんとに、こんなぼくが生きていけるんだろうか。いつもぼんやりで、本のなかのつまらないことに憧《あこが》れて、役にたたないことばかり考えているぼくが。

気の短い父は、ウィルがするべき仕事をさっさと片付《かたづ》けていた。それもかえって突《つ》き放《はな》されたように感じる。父にいいかえすこともできず、しょんぼりと家をでたウィルを、母が追いかけてきた。

「しばらくどこかで遊んでいなさい」

母はそういって、ウィルを抱《だ》きしめ、干《ほ》しアンズを口のなかに押《お》しこんでくれた。

あまずっぱい干しアンズをかみながら、エイヴォン川の土手を歩いた。二羽の白鳥が泳いでくるのに、意地わるく石を投げて飛びたたせたりした。

ケニルワースにいきたかった、祭りを見たかった、父に連れていってもらいたかった——ウィルの目に涙《なみだ》がにじんでくる。その涙をぬぐいながら、ウィルは思いだした。だれもがケニルワースにむかったその日、祖母《ばばちゃん》はベッドで寝《ね》ていたことを。

ウィルの足は母の実家——ウィルムコート村の裕福《ゆうふく》な郷士《ヨーマン》であるアーデン家にむかった。村はエイヴォン町をでて、北へ数マイルのところにある。小鳥のさえずりの聞こえるアーデン森のそばをとおるでこぼこ道を歩いたり、馬がひく農夫の荷車に運よく乗せてもらったりしながらいくと、白しっくいの壁《かべ》にオーク材の木組みをそのまま見せる木骨《もっこつ》づくりの大きな二階家が見えてきた。

玄関《げんかん》の戸をあけてくれた召使《めしつか》いに、礼儀《れいぎ》正しく挨拶《あいさつ》をして屋敷《やしき》に入る。でも、ばばちゃんの部屋にいき、ベッドの背《せ》もたれに半身をあずけて窓《まど》を見ているその横顔を見たら、涙がこぼれてきた。ばばちゃんはゆっくりとふりかえった。

「どうしましたか、ウィリアムさん」

ばばちゃんは孫たちみんなに、正式な名前で呼びかける。そのやさしい声を聞いたとたん、ばばちゃんのベッドに身を投げだし、ウィルは声をあげて泣いていた。ふっくらした手が伸《の》びてきて、頭をそっとなでる。そしてウィルの気の済《す》むまで泣くままにさせていた。

泣くだけ泣くとようやくウィルは話しだした。ケニルワースでの女王さまのお祭りに、どれほど憧《あこが》れているかを。

「わたしの若《わか》い頃《ころ》、子どもは子どもだった。思いたったらどこまでも遊びにいった。帰り道のことなど考えもしなかった」

指先をウィルの髪《かみ》にからませながら、ため息とともに、ばばちゃんはつぶやいた。そしてウィルの頭を指先で軽くとんとんとたたいた。

「森へおでかけなさい」

「森へ……なんで？」

「決まっているじゃありませんか。妖精《ようせい》をつかまえるのです」

ウィルは困《こま》って、額《ひたい》にたれてくる前髪《まえがみ》を強く引っぱった。

「妖精にお願いして、ケニルワースに連れていってもらいなさい」

「妖精……」とつぶやき、ウィルはため息をついた。ばばちゃんの人さし指がウィルの頰《ほほ》をつつく。

妖精を信じないのかい、とその指が訊《き》いている。

「妖精をつかまえることは、夢をつかまえることです。自分の夢を信じなさい」

ウィルの顔を見ながら、ばばちゃんは微笑《ほほえ》んだ。幼《おさな》い頃だったら、ウィルはばばちゃんの言葉を信じたかもしれない。でも学校にいくようになってから、妖精は空想にすぎないとわかった。

「妖精なんて昔の話だよ。学校の先生は、妖精というものはこの世に存在《そんざい》しません、昔の人がつくりあげた想像の産物です、って」

「信じている人にだけ、妖精は姿《すがた》をあらわし、夢をかなえてくれるのです」

「じゃあ、ばばちゃんは妖精のつかまえ方を知っているの？」

訊いてみただけだ。ところがばばちゃんはにっこりうなずいて、「ええ、もちろんですとも」と答えたので、ウィルは目を丸くした。

「まず、ハンカチが必要ですね。特別の蚕《かいこ》からとった絹糸《きぬいと》を、特別の秘法《ひほう》をもって染《そ》めあげ、織ったハンカチが。それに、その織り手は若い人ではいけません。四季の星座《せいざ》の巡《めぐ》りを見つめること、二百度《たび》を過ごした者でなければなりません」

「そ、それって、二百歳《さい》ってこと？」

おどろくウィルにむかって、ばばちゃんはうなずき、こともなげにつづける。

「つぎに必要なのは、猫《ねこ》の卵《たまご》か、馬の角《つの》か、女のひげですね」

ますます目を丸くしているウィルに気がついて、言葉を足した。

「どれかひとつで、いいのですよ」

「で、でも……」

「それをハンカチで包んで燃やして、その炎《ほのお》を木ぎれに移して呪文《じゅもん》を唱えるのです。木ぎれが燃えつきるまでに妖精《ようせい》は姿《すがた》をあらわします。姿を見せた妖精はもうあなたにつかまっているのですから、どんな願いもかなえてくれます」

訊《き》くんじゃなかった、とウィルは思った。ばばちゃんの話はどこまでがほんとうで、どこまでが空想か、わからない。幼《おさな》い頃《ころ》は、ばばちゃんの話すことは全部信じて、おどろいたり、こわがったりしたものだ。

「そんなこと、できるはずないよ。ハンカチだって、ない」

できるだけ、ばばちゃんを傷《きず》つけないように、ひとり言のようにつぶやいた。

すると、ばばちゃんはアーデン家の大奥《おおおく》さまの威厳《いげん》をもって、ウィルに命じる。

「わたしの衣装箱《いしょうばこ》をあけなさい。そのなかに銀の宝石箱《ほうせきばこ》があります。それをだしなさい」

しかたなく、ウィルはベッドの足側に置かれている樫《かし》の木でつくられた衣装箱の重いふたをあけた。きちんとたたまれた、ばばちゃんの若《わか》い頃のドレスのいちばん下に、小さな宝石箱があった。それをわたすと、ばばちゃんはなかから絹《きぬ》のハンカチを取りだした。

「はい、これが特別の秘法《ひほう》をもって織ったハンカチです」

そのすこし黄ばんだハンカチをウィルの手に押《お》しつけて、にやりとする。今までばばちゃんはそんなふうに笑ったことはない。

——これを織ったのは、ばばちゃんだろうか?

あわてて首をふり、ウィルは自分の想像をうち消した。

「でも、猫《ねこ》の卵《たまご》も、馬の角《つの》も、女のひげもないよ」

ばばちゃんはまた、あのにやりを頰《ほほ》にきざんだ。「ごらんなさい」とあごをあげる。そのしわの寄ったのどに、ほくろがひとつ。ウィルは目を見はった。そのほくろから、そよりと毛が伸《の》びている。

「ほら、一本だけど、あごひげといえるでしょう」

あごよりはのどに近いと思ったけれど、ばばちゃんにいわれるままに、はさみで切ってハンカチに包んだ。それから、妖精をつかまえる呪文《じゅもん》も教えてもらった。

「ウィリアムさんは、ほんとうにいい子。先生のいうことを聞いて、お父さんのいうこともよく聞いて」

「ぼく、いい子じゃない」

小さな声でウィルはいった。いい子になろうとしてもなれないんだ、ぼんやり者だから、という言葉はのみこんだ。

「そんなにいい子でいると、大人になれませんよ。森にいって妖精と遊びなさい」

「えっ？」

「子どもの時間は必ずおわるものです。子どもの時間を子どもで過ごさなかった人は、それが心残りで、いつまでも大人になれないのです。それは子どもでもなく、大人でもないこと」

「いいんだよ、ばばちゃん。ぼく、べつに大人にならなくても……」

——ぼくは父さんのようにはなれない。

ウィルはうつむいた。

「情けないことをいいますね。学校で大事な脳《のう》みそを取りだされて、かわりにワラくずを詰《つ》めこまれるのですね。なにしろ、先生の頭がワラくずですから。先生がなにを知っているものですか。学校の先生はＡＢＣ以外、なんにも知らないのですよ、世のなかのことは」

ばばちゃんは強い口調でいう。

「子どもはみんな、妖精《ようせい》と一度は遊ぶのです。そうして大きくなるのです。学校へいくより、森へいきなさい。森は人を敬虔《けいけん》にします。この世のことは、人間にはなにひとつわからないのです。それなのに学校というものができてから、なにもかもわかるつもりになって、この世をワラくず同然にしてしまった」

——なんだかこわいよ、今日のばばちゃん……。

「森へいきなさい」

もう一度いうと、ばばちゃんは疲《つか》れたのか、目をつぶった。ウィルが返事に迷っているうちに、そのまま眠《ねむ》ってしまった。そっとウィルは部屋をでた、「ぼく、もう帰るよ」と声だけかけて。

アーデン家からこんなもやもやした思いを抱《いだ》いて帰ったことはない。妖精をつかまえる呪文《じゅもん》を書いた紙と、女《ばばちゃん》のひげを包んだハンカチを、ウィルは自分の衣装箱《いしょうばこ》にしまった。

そしてそれは、そのまま忘《わす》れられた。

女王のケニルワース城滞在《じょうたいざい》は三週間と発表されていた。もう二週間近くがすぎたが、城下《じょうか》のケニルワースはもとより、周辺の町や村のわきたつようなお祭りの熱気はつづいている。

この女王へのもてなしにレスター伯爵《はくしゃく》がかけた金額は六千ポンドだという噂《うわさ》が流れている。とんでもない、一万ポンドだ、いや二万ポンドだそうだ、三万だよと、とほうもない金額が、市場で、酒場で、お茶の席でささやかれている。

歓迎《かんげい》がこれほど派手《はで》になった理由に、みんなの関心があった。なぜなら、戴冠式《たいかんしき》から十六年を経たのに、女王はまだ独身だった。オーストリア大公、スウェーデン王、ドイツ皇帝《こうてい》の王子などがつぎつぎに求婚《きゅうこん》し、争ってイングランドの女王の心を得ようとした。しかし、女王は返事をのばしにのばし、気がつけばそれらの結婚話《けっこんばなし》はいつのまにか立ちぎえになっていた。

「女王陛下《へいか》がご結婚《けっこん》なさらないのは、幼《おさな》なじみのレスター伯爵がいらっしゃるからだ。今度のご訪問《ほうもん》で、伯爵はいよいよ結婚を申しこむにちがいない。そのための歓迎準備さ」

ひとりがいえば、べつのひとりは首をふる。

「いいや、レスター伯爵には敵が多いぞ。女王陛下が伯爵を選べば、そいつらが反乱《はんらん》を起こす。くやしいが、フランス王の弟と結婚なさるだろう」

昨年、フランス大使が王弟《おうてい》アランソン公爵《こうしゃく》との縁談《えんだん》を持って、ロンドンの宮殿《きゅうでん》にやってきた。レスター伯爵《はくしゃく》を快く思わない貴族《きぞく》たちはこの話に飛びついた。敵対しつつある大国スペインに対抗《たいこう》するにはフランスと手を組む以外にない、フランス王弟《おうてい》との結婚《けっこん》は最良の縁組《えんぐ》みではないか、そう支持して、女王に決断を迫《せま》っている。

もうお若《わか》いとはいえない女王さま、結婚なさる最後の機会だ、お相手はフランスのアランソン公爵《こうしゃく》か、それともお気にいりのレスター伯爵か、どちらにせよ、まもなく女王陛下《へいか》のご婚約《こんやく》が発表されるだろう、人びとはそう期待していた。

ウィルは大人たちのそんな話には無関心だった。ただつらく淋《さび》しい日々《ひび》に耐《た》えていた。

そんなある日の午後、父の弟のヘンリーが、ケニルワースからの帰りにウィルの家に立ちよった。いつも借金を頼《たの》みにくるこの弟を父は歓迎《かんげい》しないけれど、その父は仕事ででかけて、まだ帰っていない。子どもたちは陽気なヘンリー叔父《おじ》さんが大好きだ。「お話して、お話して」と、妹たちは両腕《りょううで》にぶらさがってせがむ。

「よしよし。陛下がいらした日のことから話してやろう。さあさあ、みんな、座《すわ》りな」

食卓《しょくたく》の長椅子《ながいす》にウィルと弟のギルバート、妹のジョウンとアンも並《なら》んで腰《こし》かけ、話を待つ。暖炉《だんろ》の横に置かれた揺《ゆ》りかごのなかのリチャードさえ、目をぱっちりとあけている。

「飾《かざ》り立てた馬車を連ねた女王陛下のご一行が、パカパカパカとひづめの音も高く、ご領内に近づく。するといちはやく、知らせの狼煙《のろし》があがる。このよろこばしい狼煙はつぎからつぎへと伝えられ、ついに、城《しろ》の物見の塔《とう》がそれを見つけ、大鐘《おおがね》が打ち鳴らされた。待っていたわれわれはたちまち歓呼《かんこ》の声をあげる、女王陛下万歳《ばんざい》と」

ヘンリー叔父の名調子に、ウィルたちは引きこまれる。

「やがて松明《たいまつ》をかかげ持つ二百人の騎兵《きへい》が並ぶなか、乳白色《にゅうはくしょく》の馬に乗った女王陛下が、堂々《どうどう》としたそのお姿《すがた》をあらわされる。陛下の右に控《ひか》えるは、城の主《あるじ》、レスター伯爵ロバート・ダドリーその人。歴代の王に重く用いられたダドリー家の五男、ロバートさまの水際だった美しさに、みな見とれるばかり。松明の火を受けて、ご自慢《じまん》の黒い巻《ま》き毛《げ》はつやつやと輝《かがや》き、その彫《ほ》り深いお顔をふちどっていた。陛下が馬をおり、伯爵に右手をあずけて城のなかに足を踏《ふ》みいれようとなされるや、トランペットの音が高く鳴りひびく。と同時に、西庭園の丘《おか》から花火が打ちあげられた。つぎつぎにあがる雷《かみなり》のような轟音《ごうおん》に、いななく馬、おどろく貴族、気を失う貴婦人《きふじん》もいたなかで、陛下はゆうぜんと空を仰《あお》がれる。さてこのめずらしき光と音のひとときがおわると、この日のためにえり抜《ぬ》かれた奏者《そうしゃ》が楽《がく》を奏《かな》で、それにあわせて雅《みやび》なダンスを踊《おど》るように、ご一行は優雅《ゆうが》に城内《じょうない》へと足を進められる」

ケニルワースの市《いち》で買ったという羽根飾《はねかざ》りのついた帽子《ぼうし》をひらひらさせ、ヘンリー叔父は、身ぶり手ぶりもいそがしい。

「大広間《おおひろま》に用意された王座《おうざ》に陛下は座り、伯爵のひざまずいてのご挨拶《あいさつ》を受けられる。さあ、ここが肝心《かんじん》だぞ。女王陛下はうっとりと伯爵を見つめ、その声音《こわね》を楽しまれるかのよう。立ちあがるようにとうながしたその手は、伯爵の黒髪《くろかみ》にやさしく触《ふ》れんばかり。ロンドンの宮廷《きゅうてい》での儀礼的《ぎれいてき》なよそよそしい態度とは大ちがいだ。おい、これがどういうことだか、わかるか、ウィル」

突然《とつぜん》訊《き》かれてウィルはとまどい、「えっ」としか答えられない。ヘンリー叔父《おじ》はウィルの額《ひたい》をぽんと軽くたたいて、「おまえにゃ、まだはやいか。つまり、フランス王の弟なんか、競争相手じゃないということさ。陛下《へいか》の御心《おこころ》は伯爵《はくしゃく》にある」というと、にやり笑った。無邪気《むじゃき》な声をあげたのは妹たちだ。

「じゃあ、伯爵さまが陛下と結婚《けっこん》なさるの？」

「伯爵さまが王さまになるの？」

ヘンリー叔父は親指をくいと立てて「そのとおり」と自信たっぷりにいった。そしてすぐにくちびるに指をあてると、芝居《しばい》がかった様子であたりを見まわしながら、おどかすように声をひそめた。

「だが、反対する奴《やつ》らがたくさんいる。そいつらはこの女王陛下へのもてなしに落ち度を探《さが》しだし、レスター伯爵を蹴落《けお》とそうと企《たくら》んでいる。怪《あや》しい動きに気をつけろ」

妹たちは真似をして、「しーっ」といいながら、くすくす笑っている。

「さあさあ、ご城下《じょうか》のにぎわいも話してやろう。広場はもちろん、宿屋の中庭、酒場の裏《うら》庭、空き地という空き地に、芝居小屋や見世物小屋が建っている。お好みと財布におうじて、よりどりみどり。芝居に飽《あ》きれば、レスリングの力くらべに飛びいりするもよし、町の辻々《つじつじ》を練り歩くダンスを見るもよし、一緒《いっしょ》に踊《おど》るもよし。さあ、モリスダンスの踊り子は、すかし模様《もよう》の靴《くつ》につけた薔薇《ばら》の花リボンを見せびらかしながら踊りまわるから、足につけた鈴《すず》の音《ね》はうるさいくらい。こちらの通りでは剣《ソード》ダンスの一団が、剣《つるぎ》をかざして勇壮《ゆうそう》な剣舞《けんぶ》を見せつけ、あちらの通りでは負けるものかと、張り子の馬《ホビーホース》をあやつって、道化の一座《いちざ》が踊りだす。今、ケニルワースにないものはない。あらゆる祭りが集《つど》い、まさに花盛《はなざか》り！」

聞きながら、ウィルは酔《よ》ったようなため息をついた。そのとき、稲妻《いなずま》が光るようにひらめいて、思わず叫《さけ》んでいた。

「叔父さん、ケニルワースに連れてってよ」

あっさりとヘンリー叔父はうなずく。

「ああ、いいよ」

その瞬間《しゅんかん》、ウィルの心は、話に聞いた打ちあげ花火よりも高く飛びあがった。そして叔父がつぶやいた言葉は聞こえなかった。

「おまえの父さんに頼《たの》んでみよう。ふたり分のこづかいをだしてくれって」

だが、まもなく帰ってきた父は、弟と羽根飾《はねかざ》りのついた帽子《ぼうし》を見ると、機嫌《きげん》のわるい顔になった。

そして二階の書斎《しょさい》にいこうと弟をうながす。子どもたちの前で話すのをきらったのだ。そんなことには気がつかず、ヘンリー叔父は階段《かいだん》をあがりかけながら、ふと立ちどまって話しかける。

「兄さん、ケニルワースの市《いち》に手袋《てぶくろ》をださないのかい。明日は鹿狩《しかが》りが催《もよお》されるし、最終日には大規《だいき》模《ぼ》な鷹狩《たかが》りもあるらしい。狩猟《しゅりょう》用手袋や香《かお》り手袋が飛ぶように売れていたよ」

「そんな暇《ひま》がどこにある。町会議員の半分が女王陛下《へいか》のご機嫌伺《きげんうかが》いにいっている。山のような嘆願書《たんがんしょ》を持ってな。留守をあずかるこっちの身にもなってみろ」

ウィルは食卓《しょくたく》に革《かわ》ナイフやはさみをならべて磨《みが》きだした。いわれないうちから日課の仕事をしている姿勢《しせい》を父に見せたかった。となりに座《すわ》った弟のギルバートは、ウィルの手つきを面白そうに見つめ、妹たちはリチャードの揺《ゆ》りかごを交互《こうご》に揺らして、子守りをしている。

「兄さんが留守番をしているおかげで、エイヴォン町の町政は、いつもよりとどこおりなく進んでいるのはいいことじゃないか」

「ふん。いそがしすぎて、せっかくの市《いち》にも店がだせないありさまだ」

「だいじょうぶ。市の売り子はここにいる」

ヘンリー叔父《おじ》は自分の鼻を指さし、それから熱心に革ナイフを磨いているウィルを指さした。

「兄さんの息子も働き者だ」

父はなにもいわなかった。じろりとウィルを見たきり、階段《かいだん》をのぼって書斎《しょさい》に入った。軽い足どりでヘンリー叔父があとにつづく。ウィルは前髪《まえがみ》を引っぱった。

——さすがに叔父さんは話し上手《じょうず》だ。きっとケニルワースにいけるぞ。

二階の様子に聞き耳をたてながら、ウィルはナイフを磨いていたが、ふたりがなにを話しているかはよくわからない。突然《とつぜん》、父が大声で、「祭りはすぐにおわるものだ。私《わたし》は地道に稼《かせ》ぐ。おまえのように馬鹿騒《ばかさわ》ぎをあてにしたりしない」というのが聞こえた。それからヘンリー叔父のぼそぼそいう声が聞こえ、つづいて父の「ウィルはぼんやり者だ」という声が、耳に飛びこんできた。

「ケニルワースのような都会に連れていったら、どんな失敗をしでかすか、わかったものじゃない。連れていくなら、ギルバートだ」

書斎の扉《とびら》からもれてくる声は、容赦《ようしゃ》なくウィルを打った。ケニルワースにいけるかもしれないという望みは絶《た》たれた。しかも父が、ぼんやり者の自分より弟のギルバートに期待しているというおまけまでついた。

ウィルはヘンリー叔父を憎《にく》んだ。それは八つあたりだとわかっていたが、ちらりと希望の光を見ただけに、恨《うら》みは深かった。叔父への憎しみが、沼地《ぬまち》の泥《どろ》がぶくぶく泡《あわ》だつようにわいてくる。そしてそれ以上に、父への憎しみが――。


その夜、ウィルは家をでた。苦しくて、なにかしないではいられなかった。たとえどんなに馬鹿《ばか》げたことでも……ウィルは衣装箱《いしょうばこ》をあけてハンカチを取りだした。

夜中に出歩くのもはじめてなら、夜のアーデン森にくるのもはじめてだった。あまりに緊張《きんちょう》していたので、こわいとは思わなかった。ランプをかかげ、持ってきたナイフで木の幹に刻《きざ》み目をいれながら進む。帰り道がわからなくなったときの用心だ。

木々《きぎ》のあいだを歩いているうちに、ふいにひらけた草地にでた。枝を張ったオークの老木が森の王のように立っている。

ウィルはそこで木ぎれを探《さが》した。生木《なまき》は燃えにくいし、細すぎるとすぐに燃えつきる。やっと適当な太さの枯《か》れ枝《えだ》を見つけた。オークの老木の根もとに、ばばちゃんのひげを包んだハンカチを置くと、ランプの火を近づけた。すぐに小さな炎《ほのお》があがる。枯れ枝の先をかざすと、炎はめらめらと枝に移って、赤く燃えた。ウィルは燃える枝を高くかかげた。ぱちぱちと火が爆《は》ぜ、炎が揺《ゆ》れる。

夜の闇《やみ》の奥《おく》に、さらなる闇がたちあがった。なにかが息づき、そっとこちらの様子をうかがっているように思える。昔話には青ざめた死人のような妖精《ようせい》がでてくる。毛むくじゃらの小鬼《こおに》もでてくる。だからどんなおそろしいものがあらわれるかはわからない。

――でも、いいんだ。なにもしないよりはましだ。

前髪《まえがみ》をちょっと引っぱって、ウィルは気持ちを落ちつかせた。

――妖精をつかまえることは、夢をつかまえることです。

ばばちゃんの言葉がよみがえる。

――自分の夢を信じなさい。

自分のいちばん得意なことをしようと思っていた。それは朗唱《ろうしょう》だ。魔女《まじょ》のようにぶつぶつつぶやくのではなく、堂々《どうどう》と呪文《じゅもん》を唱えようと決めていた。

ウィルは背筋《せすじ》を伸《の》ばすと、オークの老木にむかい、舞台《ぶたい》に立った役者がするように左手を胸《むね》にあてて、ていねいにお辞儀《じぎ》をした。それから声をはりあげ、呪文を朗唱しはじめた。

そのオークの老木の、梢《こずえ》に近い枝の上に、人形のような小さな手がふたつあらわれた。その手が扉《とびら》をあけるように空気を押《お》しひらくと、はちみつ色の顔がのぞいた。とがった耳、黒豆のような目、ぺたんこの鼻、小さな赤いくちびる――そのくちびるが動いた。

「だれだい、大きな声でおいらを起こすのは」

きょろきょろ見まわし、「どっこいしょ」と、残りの身体《からだ》を空気から抜《ぬ》きだして枝に腰《こし》かけた。

人間の親指くらいの男の子だ。袖《そで》のふくらんだ薄茶《うすちゃ》の上着に、茶色のズボン。つま先のそりかえった靴《くつ》の片《かた》ほうは黄色、もう片ほうは緑。頭には黄色い三角の帽子《ぼうし》をかぶっている。帽子の先は折れて、上着のえりまで垂《た》れていた。これがパック――いたずらパック、帽子のパック、はね飛ぶパック、いくつものあだ名を持つ妖精である。

パックは足をぶらぶらさせながら、草地を見おろし、「なんだ、ぼんやり者のウィルじゃないか」と笑った。エイヴォン町へ遊びにいくと、ウィルにときどき出会う。エイヴォン川の土手を考えごとをしながら歩いていたり、よそ見をしていたからと先生に鞭《むち》でたたかれるのを見たりする。だからぼんやり者といわれているのも知っていた。

「なつかしいなあ、ひさしぶりに聞いたよ、この呪文《じゅもん》」

昔、人間は森にきて、この呪文を唱えた。するとそれを聞いた妖精《ようせい》はあらがいがたく惹《ひ》かれて、呪文を唱えた者の願いをかなえてやりたくなる。でもそれはもうはるか昔のこと。この頃《ごろ》の人間はよそよそしくなって、森にこない。パックとしてはどうでもいい。風に乗って遊び、空気のなかで眠《ねむ》り、ときおり人間にいたずらをしてからかうのが楽しい。

「うん、いい声じゃないか」と、パックはにやにやしている。

「惜《お》しいね。その呪文の言葉、ちょいとちがう。まえにも呪文を唱えた女の子がいたっけ。へへ、同じところをまちがえてるよ」

ひと言でもまちがっていれば、呪文の効果はない。パックはウィルの前に姿《すがた》をあらわし、願いを聞いてやる気になれなかった。それよりもいたずらを思いついた。

「あいつのもじゃもじゃ頭を小鳥の巣みたいにしてやろう」

オークの枝から、パックはウィルの頭に飛びのった。

ところが、ウィルはなにも気がつかない。

右手にかかげた枝は、もう燃えつきようとしている。あたりを見まわし、ウィルは耳をすませた。なんのしるしもなかった。熱くて枝を持っていられなくなり、地面に置いた。一瞬《いっしゅん》、炎《ほのお》が高くあがる。急いでもう一度、呪文を唱えた。炎が揺《ゆ》らめき、唱えおわると同時に火は消えた。

月明かりに照らされて、ウィルは夜の底に立っていた。

夏の乾《かわ》いた風が吹《ふ》いてくる。どこか遠くでフクロウが鳴く。羽音がしてキイキイ悲鳴があがったのは、ノスリにハツカネズミがつかまったのだろう。森は音に満ちている。

頭上を仰《あお》げば、無数の星がまたたく空がひろがっている。いつのまにか、ウィルはその星をつかまえようとするみたいに両手を伸《の》ばして叫《さけ》んでいた。声と一緒《いっしょ》に自分がどこまでもどこまでも伸びていくようだ。

叫んで、叫んで、声の限りに叫んで、草地にたおれた。こんなに声をだしたのははじめてだ。はあはあと息をつきながら、草の上に寝《ね》っ転《ころ》がったウィルは、自分の影《かげ》に目をとめた。

――あれ？

頭の毛がさかだったり、曲がったりしている。なにかが頭の上で動いているようだ。

ウィルは頭を動かさないようにして、そろそろと右手をあげた。ぱっと髪《かみ》の毛ごとにぎりしめ、そのままはね起きた。引っぱった頭がひりひりと痛《いた》むのも、髪の毛が抜《ぬ》けたのもかまわなかった。

にぎった手のなかでなにかが動いている。ぴくぴくしている。

つかまえたことはたしかだ。だんだん手のなかが熱くなってくる。

「妖精をつかまえたあ！」

ウィルはにぎったこぶしを空へつきあげた。すると、どこからか歌が聞こえてきた。

からっぽつかんだ　ぼんやり坊《ぼう》や
ヘイノン　ヘイノン　ヘイ　ノンノン
ないものあるなら　あるものない
ヘイノン　ヘイノン　ヘイ　ノンノン

その歌声は、ウィルの足もとから聞こえてくる。よく見ると、親指くらいの男の子が、頭をふりながら踊《おど》っていた。つま先のそりかえった靴《くつ》で大地を蹴《け》って、楽しそうだ。たんぽぽの綿毛みたいな髪《かみ》がふわふわと揺《ゆ》れている。それはあざやかな紫色《むらさきいろ》だった。

ウィルは目を見はった。

——小さなこびとの妖精《ようせい》だ。ぼくの願いをかなえにでてきてくれたんだ。

見つめるウィルの視線《しせん》を感じて、パックは踊りをやめた。

ふたりの目があう。ウィルはにっこり笑ってお辞儀《じぎ》をした。

「こんばんは」

パックの黒豆のような目が、おどろきでさらに丸くなった。「おいらが見えるのか」と首をかしげ、とがめるように指を突《つ》きだした。

「見えるはずない」

「見えるよ」

あっさりとウィルが答えたので、パックはフウウゥと猫《ねこ》が怒《おこ》って毛を逆だてたときのような声をあげ、紫《むらさき》の髪をかきむしった。とたんに、跳《と》びはねながら叫《さけ》んだ。

「ない、ない、ない、ない、おいらの帽子《ぼうし》」

ウィルはこぶしをにぎりしめる。と同時に、パックもウィルがにぎりしめているものに気がついた。

「かえせ、おいらの帽子」

パックが怒ると、帽子も怒って、ウィルの手をちくちくと攻撃《こうげき》してくる。痛《いた》いのと熱いのをこらえて、ウィルはいった。

「願いをかなえてくれたらね」

「ふん、ウィル、おまえの呪文《じゅもん》なんかで、このパックがつかまるもんか」

思いもよらない妖精の出現に、ウィルはおどろいた。そのうえ、自分の名前まで知られている。

――たいへんだ、気をつけないとだまされるぞ。あのいたずら好きのパックだ！

身がまえたウィルに、パックは追い打ちをかける。

「かえせ。かえさなきゃ、おまえを呪《のろ》ってやる」

「え、呪えるの？」

ウィルのつぶやきを、パックはべつの意味にとった。

「の、呪《のろ》えるさ。帽子《ぼうし》がなくても呪えるさ」

そういったパックの口調に、さっきまでの勢いはない。

――そうか。帽子がないと力がでないんだな。

しめたと思ったウィルは、いいかえそうとしたが、舌をかんでしまった。

「そんな呪いはおそ、そそるるに」

パックが手を打ってはやしたてる。

「やあい、いいまちがえた。ぼんやり者の、ぼんやりウィル」

わる口をいわれると、ウィルはいつもひるんでしまう。いいかえせなくて黙《だま》ってがまんをしてしまう。

でも今はちがった。手のなかのちくちくした痛《いた》みが、妖精《ようせい》の帽子が、ウィルに力を与《あた》えていた。

――これさえ放《はな》さなければ、おそるるに足らず！

ウィルは声の限りに叫《さけ》んだ。

「ぼんやりウィルに帽子を取られた、パックのほうがぼんやり者だ！」

パックはくやしそうなり声をあげた。くちびるをかんで、ウィルをにらんでいる。

ふいにくるりとでんぐりがえりをした。くるりくるりと、でんぐりがえりをくりかえし、ひらけた草地から木々《きぎ》のあいだに姿《すがた》を消した。それから、パックの声が聞こえてきた。

「願いをいいな」
　いいな
　　いいな
　　　いいな
森の木々がこだまをかえす。
「ひとつだけだ」
　ひとつだけだ
　　ひとつだけだ
　　　ひとつだけだ
ウィルは考えた。
——ケニルワースにいきたいといえばいい。いや、あいつはいたずらパックだ。そんな単純《たんじゅん》ないい方をしたら、きっと女王さまがお帰りになったあとのケニルワースに連れていくに決まっている。ぼくが見たいのは、お祭りなんだ……。
頭をしぼって、考えに考えた。そして叫んだ。
「女王さまがいらっしゃるあいだに、ケニルワースにいって祭りが見たい」
　祭りが見たい

祭りが見たい
祭りが見たい
木々《きぎ》は揺《ゆ》れながらウィルの言葉をくりかえす。パックの返事があった。
「おいらの帽子《ぼうし》をかえせ」
かえせ
かえせ
かえせ
こだまが叫《さけ》んでいるうちに、ウィルはにぎっていた手をひらいた。黄色い三角の帽子があった。
ウィルの手のひらで、帽子はつんと立ちあがると、地面に飛びおりた。そしてつんつんと跳《と》びはねながら持《も》ち主《ぬし》を追って、森の奥《おく》へ消えていった。
それを追うように、ウィルは叫んだ。
「帽子はかえしたぞ。約束を守れ」
守れ
守れ
守れ
木々はこだまをかえしたが、パックからの返事はなかった。

第二章　手袋《てぶくろ》

粗末《そまつ》な木のベッドに病《や》んだ女が横たわっている。呼吸《こきゅう》は荒《あら》く、高熱にうなされるその顔は、すでに死の近いことを示していた。顔にも、毛布からはみでたやせた腕《うで》にも、青黒い水泡《すいほう》がひろがっている。おそらく身体《からだ》じゅうにできているだろう。ペストにかかっているのは明らかだった。

窓《まど》のない暗い部屋だ。その戸口に、麻《あさ》の粗末な服を着た小柄《こがら》な老僧《ろうそう》がランプをかかげ、もうひとりの長身の男とともに、病人をじっと見つめて立っていた。黒いマントに身をくるんだ長身の男は、祝祭用の銀の半仮面で顔を隠し、つば広《びろ》の帽子を目深《まぶか》にかぶっている。銀の仮面の細い目は笑っているようにも、すすり泣いているようにも見えた。

老僧《ろうそう》はランプを床《ゆか》に置くと、細い棒《ぼう》のようなものを二本取りだし、「これは箸《はし》と申します」と、仮面の男を見あげていった。

「明《みん》や日本では、このようなもので食事をいたします。彼《かれ》らはナイフやフォークという便利なものを知りませんので」

そういいながら部屋のなかに入り、長い菜箸《さいばし》を持った手を女の胸《むな》もとに伸《の》ばした。そこには折りたたまれた便せんが置かれている。

「しかし、箸にはこのような便利な使い方もあります」

便せんを箸でつまみ、腰《こし》にさげた魚籠《びく》に落としいれる。そして戸口の男をふりかえった。

「これをいれるものをご用意いただけましたか」

仮面の男は小さな青い箱を見せた。箱のふたにもまわりにも、ローズマリーの青紫《あおむらさき》の花が描《えが》かれている。その瀟洒《しょうしゃ》な小箱に目をやった老僧は、「印章もご用意いただけましたか」とつづけた。

男は黙《もく》したまま右手をあげて、中指にはめられた指輪印章《シグネットリング》を見せる。

「本物でしょうな」

「わが主人の机《つくえ》の鍵《かぎ》のかかる引きだしにあったものだ」

男の声は暗い。そして暗い声のまま、とがめるようにつづけた。

「まにあうのか。女王陛下《へいか》はあと一週間でロンドンにもどられる」

老僧は「準備はすべて順調に」とかえした。そして胸《むね》の前で十字を切ると、皮肉な笑《え》みを浮《う》かべる。

「しかしながら、女王がこの手紙を手に取り、ペストにかかるかどうかは、神の思《おぼ》し召《め》し次第です」

病人の部屋をでて、ふたりは人気《ひとけ》のない回廊《かいろう》をいく。廃院《はいいん》となったこの修道院は、雑草のなかに朽《く》ちかけている。老僧は先に立って歩みながらいった。

「ご心配なさる点はなにひとつありません。万一、計画がもれるようなことがありましても、いえ、そのようなことはけっしてありませんが、そちらのご主人が疑《うたが》われることは絶対にないとお伝えください。だれかがお名前をかたって仕組んだことでございます」

月の光がさしこむ、荒《あ》れ果てた庭を見やりながら、男は問いかけた。

「女王陛下にこの手紙をわたす人間が、ペストをおそれて手がふるえ、発覚することはないのか」

「これをわたすのはなにもしらない少年です。危《あぶ》なげのない手つきでわたすでしょう」

老僧の答えに男はうろたえ、「少年か」と声をあげた。

「そんな年端《としは》のいかない者まで巻《ま》きこむのか」

「ご安心を。そもそもこの計画にかかわる者で、信頼《しんらい》のおけない者はひとりもおりません」

仮面の男が子どもを使うことに異議《いぎ》を唱えたのは承知していたが、老僧はそれを無視《むし》して話をずらした。その強引さに気《け》おされたのか、男はそれ以上なにもいわなかった。

この廃院のなかで、わずかに屋根の残っている部屋へ、老僧は男を案内した。粗末《そまつ》な机がひとつと椅子《いす》がふたつ、置かれているだけだ。その机《つくえ》でふたりは作業に取りかかる。

病人の胸《むね》に置かれてペストに汚染《おせん》されたと思われる便せんを、老僧《ろうそう》は魚籠《びく》から菜箸《さいばし》でつまみだし、白い封筒《ふうとう》にいれた。そして取りだした蠟《ろう》のかたまりをランプのろうそくの炎《ほのお》で溶《と》かすと、封筒に垂《た》らす。まだやわらかいその封蠟《ふうろう》に、すかさず仮面の男が指輪の印章を押《お》しつけた。樫《かし》の木につながれた熊《くま》とRとDが浮《う》かびあがり、それまで息をつめていたふたりは、ふうと安堵《あんど》のため息を吐《は》いた。

R・Dはレスター伯爵《はくしゃく》ロバート・ダドリーのイニシャル。そして木につながれた熊はダドリー家の紋章《もんしょう》。熊の紋章を使う貴族《きぞく》は多いが、樫の木につながれた熊の意匠《いしょう》を使うのは、イングランド王国ではただひとり、ロバート・ダドリーのみ。この封印《ふういん》を見れば、女王はなんの疑《うたが》いもなく手紙をひらくだろう。

「手紙の文章は、私《わたくし》めが偽造《ぎぞう》しました。単なる挨拶文《あいさつぶん》でございます」

「その文章に目をとおしたいと、わが主人はおっしゃっておられたが――」

「お見せしてもかまいませんが」とうなずきながら、老僧はおどかすようにいった。

「発覚したさい、こんな手紙は知らないと、しらを切れなくなりますよ」

「わかっておる。だから結局のところ、見ないことにしたのではないか」

仮面の男はいらだって声を荒《あら》らげた。しかし老僧は動じなかった。そして先ほどの小箱をわたすようにうながす。男は可憐《かれん》なローズマリーが描《えが》かれた青い小箱を、「由緒《ゆいしょ》ある品だ。くれぐれも粗略《そりゃく》に扱《あつか》うことのないように」といいながら、机の上に置いた。その小箱に、老僧は手紙をおさめ、蝶《ちょう》つがいのつけられたふたをとじた。

これで準備は整った。老僧は感慨《かんがい》ぶかげに手のなかの箱を見つめたが、仮面の男はもはや一刻《いっこく》もここにいたくないというように、椅子から立ちあがった。

どこかでフクロウが鳴いている。馬に乗った仮面の男と、見送る老僧を、白い月が照らしていた。

「今夜のことは、わが主人にしかと伝えよう。金が必要なら使いをよこすがいい。城《しろ》の通行証は受けとっているな」

「お心づかい、ありがとうございます」

老僧はていねいに頭をさげる。しかし、馬上の男が走りさると、草むらにつばを吐いた。

「使者をよそおいやってきて、いったいなにが見たかったのだ。ふん、小心者め。しょっちゅう揺《ゆ》れ動いている」

悪態《あくたい》をつきながら、それでも男の身分を思いかえしたらしい。

「無理もないな。この暗殺に失敗してもわしが失うのは命ひとつだが、奴《やつ》は命以外のものを持ちすぎている」

そのとき、足音をしのばせて若《わか》い僧が近づいてきた。「サミュエル司教」とささやく。

「今、あの女が息を引きとりました。埋葬《まいそう》してやりたいのですが」

「そうだな——気をつけてくれ、エセルレッド。そなたがペストにかかっては、もとも子もない」

「はい」と若《わか》い僧《そう》は、素直にうなずいた。

ふたりは酢《す》を浸《ひた》した海綿《スポンジ》で鼻をおおいながら——それがペストに効くと信じられていたので——女を礼拝堂《れいはいどう》だった場所の床下《ゆかした》に埋葬《まいそう》した。

女王暗殺の密命《みつめい》を受け、ローマからイングランドにひそかに上陸したふたりは、ケニルワース城《じょう》近くのこの廃院《はいいん》となったカトリックの修道院を隠《かく》れ家《が》にするつもりだった。

しかし、予期せぬ先客がいておどろいた。それがこの女だ。身寄りもなく、家もなく、ここをすみかにして近隣《きんりん》の村に物乞《ものご》いをしているという境遇《きょうぐう》に同情したのは、若いエセルレッドだったが、サミュエル司教は邪魔《じゃま》だと思った。追いだして騒《さわ》がれても困《こま》ると思ううちに、女は発症《はっしょう》した。そしてそれがペストとわかったとき、司教の女王暗殺計画はできあがった。これを利用しない手はない。

それは幾重《いくえ》にも張りめぐらされた蜘蛛《くも》の巣だった。すべてはサミュエル司教の頭のなかに。その一《いっ》端《たん》はエセルレッドですら、知らされていなかった。

こうして今夜、手紙に封印《ふういん》がなされた。もはやこの廃院に用はない。その夜のうちにふたりは立ち去り、ケニルワース城下《じょうか》に宿をとった。女王滞在《たいざい》でにぎわう町に、商人の親子に偽装《ぎそう》したふたりがまぎれこんでも目立つことはなかった。

夏の朝のぴんとはった空気をふるわせて、鹿狩《しかが》りの開始を告げる角笛《つのぶえ》がケニルワース郊外《こうがい》の狩《か》り場《ば》にひびいた。首輪をはずされた猟犬《りょうけん》が、獲物《えもの》を求めていっせいに走っていく。白馬の横鞍《サイドサドル》に乗ったエリザベス女王の白いマントが風を受けてひるがえり、裏地《うらじ》の深緑が踊《おど》った。

今日の鹿狩りは最終日に予定されている大がかりな鷹狩《たかが》りとは異《こと》なり、女王の私的《してき》な遊びなので、従《したが》う者もすくない。そしてこの二週間というもの、いつもかたわらにいて接待に努めてきたレスター伯《はく》爵《しゃく》は、今日は勢子《せこ》となって、狩り場の林の反対側から、女王の前に獲物を追いつめる役割《やくわり》を担《にな》っていた。

やがて勢子の角笛が鳴りわたり、猟犬の吠《ほ》え声が近づいてきた。若い男鹿《おじか》が女王の馬前に狩りださ れ、猟犬に囲まれて逃《に》げまどっている。

ところが馬上で女王が猟銃《りょうじゅう》をかまえたとたん、おびえて逃げまわっていた男鹿は、なぜか勇ましく猟犬たちをけちらして、林の奥《おく》へもどっていった。ため息とともに女王は猟銃をおろした。

ふたたび高らかに勢子の角笛がひびき、今度は太った女鹿《めじか》がゆうゆうと姿《すがた》をあらわした。しかしこれもまた、女王が銃《じゅう》をかまえると、急に走りだし逃げていった。

「まるでだれかにからかわれているみたいだわ」

かたわらの女官長をふりかえって、女王は嘆《なげ》いた。

——あたりぃ！

女王の肩《かた》に腰《こし》かけて、縦笛《たてぶえ》を吹《ふ》いていたパックが、「ヒャッヒャッヒャ」と笑った。

——おいら、ウィルにつかまったわけじゃない。けど、あいつ、帽子《ぼうし》をかえしてくれたからな。

ウィルとの約束を果たすつもりで、ケニルワース城《じょう》まで風に乗ってやってきたパックだが、女王をからかうのが面白くなった。妖精《ようせい》の縦笛《たてぶえ》で、若《わか》い男鹿《おじか》に勇気を与《あた》えたり、女鹿《めじか》を走りださせたりして遊んでいる。

女官長は馬をおり、女王の前にひざまずいた。

「角《つの》の生《は》えそろわない若い鹿《しか》や女鹿は、しとめても心が痛《いた》みます。立派《りっぱ》な角を持った大鹿《おおじか》こそ、陛下《へいか》にふさわしい獲物《えもの》かと存《ぞん》じます」

そして休息をとることを勧《すす》める。目の前の湖に面した丘《おか》に、古代ギリシャの神殿《しんでん》を模《も》した東屋《あずまや》が見えている。女王がうなずいたので、一行はそこへむかった。

大理石の柱がささえる東屋の屋根の下に入ると、湖面をわたってくる涼《すず》しい風が女王の頬《ほほ》をなでた。御影石《みかげいし》でできた青緑の円卓《えんたく》と、白い大理石の長椅子《ながいす》が、湖をながめる位置に置かれている。

猟銃《りょうじゅう》をおつきの女官にあずけ、汗《あせ》ばむ両手から手袋《てぶくろ》をぬぎとって、女王は円卓の上に置いた。

「ここでしばらく、暑さを忘《わす》れましょう。みなも休息するように」

そこで女官長はななめにかけた吊《つ》り帯《おび》から角笛《つのぶえ》をはずし、休憩《きゅうけい》の合図を勢子《せこ》に告げようとした。ところが女王は急に片手《かたて》をあげて、それをとめた。

「待って。ロバートにはもうすこし働いてもらいましょう、大角《おおつの》を持った鹿をわれらの前に追いだすまで」

女王の青みをおびた黒い瞳《ひとみ》が、いたずらっ子のように輝《かがや》いている。

伯爵《はくしゃく》をうっかりロバートと呼《よ》んでしまった女王の心の内を思って、女官長は微笑《ほほえ》みながら「承知いたしました」といった。

「ではお気の毒ながら、レスター伯爵には忠勤《ちゅうきん》にはげんでいただきましょう」

角笛は吹《ふ》かれないまま、吊り帯にさしもどされた。

いっぽう、パックは女王の肩《かた》から円卓に飛び移っていた。

――いいことを思いついた。ウィルをよろこばせてやれるぞ。

にやにやしながら笛を取りだし、女王の手袋のまわりを歩きながら吹き鳴らす。

――大鹿、でてこい。大角持った大鹿、でてこい。

涼風《すずかぜ》に誘《さそ》われて、女王は水ぎわに歩む。身をかがめ、群青色《ぐんじょういろ》の湖の水を両手にすくうと、その透《す》きとおった冷たさが心地よかった。

突然《とつぜん》、すさまじい猟犬《りょうけん》の吠《ほ》え声《ごえ》があがった。その異様《いよう》な鳴き声に、今まで影《かげ》と化して女王につきそっていたジルメイニは、いちはやく飛びだした。剣《けん》の柄《つか》に手をかけたまま、女王を背《せ》にかばい、まわりの動きに目をそそいでいる。

猟犬に囲まれ、追われながら、見事な角を生やした大鹿が、丘をくだって逃《に》げてくる。その大角にひっかけられ、すでに何頭《なんとう》もの犬が地面にたたきつけられていた。仲間の血の匂《にお》いに逆上して、猟犬《りょうけん》たちは狂《くる》ったように吠《ほ》えている。

その猟犬たちを従《したが》えて、大鹿《おおじか》は東屋《あずまや》になだれこみ、そのまま駆《か》けぬけた。追いかける猟犬のなかで、なぜか一頭が、円卓《えんたく》に駆けあがり、女王の手袋《てぶくろ》の片《かた》ほうをくわえて走り去った。

大角をふりたてながら、大鹿は水辺に立つ女王の前を横ぎって、湖に飛びこんだ。泳いで岸にたどりつき、林の奥《おく》に消える。猟犬たちは騎馬《きば》でわたれる川は越《こ》えるように訓練されているが、湖のなかまでは追いかけない。水ぎわをいったりきたりしながら、けたたましく吠えていた。

「ああ、今この手に銃《じゅう》があったら、あの見事な鹿《しか》をしとめたものを」

くやしそうに女王がいう。あっというまの出来事だった。女官たちも口々《くちぐち》に、「まことに。素晴らしい鹿でございました」「森の王とでも呼《よ》びたいような大鹿でした」といいあう。

やがて栗毛《くりげ》の馬にまたがったレスター伯爵《はくしゃく》が、勢子《せこ》とともに馬を走らせ、丘《おか》をくだってきた。女王に怪我《けが》がなかったかを気づかい、この不祥事《ふしょうじ》をわびる。そして、興奮《こうふん》する猟犬たちを鎮《しず》め、手負いの犬には手当をするよう命じた。

あれほど見事な鹿を見たからには、もうそれ以上の獲物《えもの》でなければ満足できず、かといって逃《に》げた鹿を今さら追う気にもなれず、女王は城《しろ》へ帰ることにした。狩《か》りの終了《しゅうりょう》を告げる角笛《つのぶえ》を女官長が吹《ふ》き鳴らす。そして、馬に乗ろうとする女王に手袋をわたそうとして、女官長は右の手袋がないのに気がついた。あわてて探《さが》すが見つからない。青ざめてわびる女官長に女王は首をかしげた。

「盗《ぬす》まれたとも思えないが……」

女王はジルメイニ――男装《だんそう》の護衛官に目をとめた。

「そなたならなにか見知っていよう」

「はい」と答え、猟犬が手袋の片ほうをくわえて走りさったと護衛官は述べる。その犬はすぐに探しだされたが、手袋は見つからなかった。

「犬がなくしたものなら、しかたがないでしょう」

女王の言葉に、ほっとした空気が流れる。そのとき、それまで黙《だま》っていたレスター伯爵が進みでて、ひざまずいた。

「陛下《へいか》、残った片ほうをお貸しください。同じものをつくらせ、献上《けんじょう》いたします」

「まあ、レスター伯爵」と、女王はおどろいていった。

「この手袋は父上の贈《おく》り物《もの》。お亡《な》くなりになるすこしまえだった」

父のことを口にした瞬間《しゅんかん》、ざわざわと心が波立った。

――母を断頭台に送り、母の侍女《じじょ》と結婚《けっこん》したわがままな暴君。そして小国イングランドの、今の繁《はん》栄《えい》の基礎《きそ》を築いた名君。愛《いと》しく憎《にく》い父、ヘンリー八世……。

手袋のない右手を反らし、その指先を見つめるふりをして、女王は波立つ思いに耐《た》えた。

「いつもそなたの指はほっそりと長く美しいと慈《いつく》しんでくださった。そのせいか、贈《おく》られたときはいくぶん長めで指先があまったけれど、今はちょうどよい。これほど手になじむ手袋《てぶくろ》はもうつくれないでしょう。無くした物は無くしたままに。それでいいのです」

女王はさりげなく辞退したが、かえってレスター伯爵《はくしゃく》に意地を張らせてしまったようだ。

「つくってごらんにいれましょう、一週間後の鷹狩《たかが》りまでに。どうぞ私《わたし》に、わが猟犬《りょうけん》の罪をつぐなう機会をお与《あた》えください」

黒い瞳《ひとみ》が哀願《あいがん》するように女王を見ている。

――意地っぱりなロバートね。

それならばと、女王は片手袋《かたてぶくろ》をレスター伯爵にあずけた。

ことのなりゆきを、円卓《えんたく》に寝《ね》そべって見ていたパックは、「うまくいったぞ。ヒャッヒャッヒャ」と大よろこびで、でんぐりがえりをした。


城《しろ》にもどったレスター伯爵は、すぐに甥《おい》のフィリップ・シドニーを書斎《しょさい》に呼《よ》んだ。伯爵の話を聞いて、フィリップは「素晴らしい」と声をあげる。

「女王陛下《へいか》の御心《おこころ》をつかむ、最高の機会ではありませんか」

伯爵は肩《かた》をすくめ、「失敗をつぐなうというだけのことだ」といった。

「なにをおっしゃるのです、叔父上《おじうえ》。美しい詩をそえて陛下の御心をとらえる贈り物にしましょう」

その自信に満ちた口調は、伯爵の笑《え》みを誘《さそ》った。

レスター伯爵を叔父《おじ》と呼ぶこの青年は、あの不運な出来事さえなければ、まだ女王の女官を務めていたであろう、伯爵の姉、メアリー・シドニーの長男である。今回の女王滞在《たいざい》の知らせを聞いて、

「わたしのかわりに手伝わさせてほしい」という手紙をたずさえ、はりきってケニルワース城《じょう》にやってきたのだ。姉からの手紙には「気《き》の利《き》かない若輩者《じゃくはいもの》です」と謙遜《けんそん》して書いてあったが、式典準備の片腕《かたうで》として大いに役にたってくれた。そのうえ、フィリップは遠慮《えんりょ》して隠しているが、詩人としても名をあげているという。美しかった姉によく似た青年の成長を、伯爵はよろこんでいた。

刺繍《ししゅう》がほどこされた白い革手袋《かわてぶくろ》の左手を、伯爵はフィリップにわたした。受けとった青年は窓《まど》に近寄り、あふれる陽光のなかで手袋をためつすがめつして見た。

「上等の鹿革《しかがわ》です。それにこれほど手のこんだ刺繍はロンドンの職人でなければ……うーむ、ロンドンまで馬で二日、往復四日か……まにあわない」

そうつぶやきながら、フィリップはかすかな香《かお》りに気がついた。

「これは香り手袋ですね」

それを聞いた伯爵は、さらなる難題《なんだい》に顔をしかめた。

「一週間後には鷹狩りがある。それまでにと、ついいってしまった。まにあうだろうか」

「まにあわせるのです」

フィリップはきっぱりいった。その若《わか》さを伯爵《はくしゃく》は、頼《たの》もしくも、うらやましくも思った。

そのとき、妖精《ようせい》パックはフィリップの肩《かた》に乗っていた。そして、そっとその耳にささやく。

「ストラットフォード＝アポン＝エイヴォンの革手袋屋《かわてぶくろや》、手袋《てぶくろ》をつくる名人ジョン……」

なんだかくすぐったくなって、フィリップは耳のうしろをかいた。その指先をかいくぐりながら、なおもパックは町の名と革手袋屋の名をささやきつづける。するとフィリップは、たった今、思いだしたかのように、ロンドンに勝るとも劣《おと》らない革《かわ》の町の名を伯爵に告げた。

「そうだ。このあたりでは、ストラットフォード＝アポン＝エイヴォンが革工芸で知られた町です。そこの職人を集めてみましょう。彼《かれ》らは注文がなくても革を常備しているものです」

「おまえにまかせる。金には糸目をつけぬ。頼むぞ」

伯爵はフィリップの肩をたたいた。すばやいパックはそのときすでに、そこにはいなかった。

その日の夕食の席で、女王が父王の形見の手袋をなくされた一件を知らない者はいなかった。これはレスター伯爵の失点になると考えた者たちが、いやみと皮肉の矢を伯爵めがけて飛ばす。

しかし、伯爵は受け流していた。そしてこの場に若い甥《おい》がいないことにほっとしていた。エイヴォン町にむかったフィリップなら、怒《いか》りにまかせて決闘《けっとう》になったにちがいない。

——それにしても、女王陛下《へいか》はなぜ、そしらぬ顔をしておられるのだろうか。

隣席《りんせき》のフランス大使と熱心に話しこんでいる女王を、伯爵は横目で見た。

――笑っておられる。アランソン公の話でもしておられるのか。あのフランス王の弟……もしかしたら、陛下の未来の夫……。

女王が聞いていないふりをしているので、勢いを得た反伯爵派《は》はますますこの落ち度を責めたてる。受け流していたはずの伯爵の顔がしだいに紅潮《こうちょう》し、白いテーブルクロスの下で、その右手が剣《けん》の柄《つか》にかかった。

ふいに、女王がフランス大使との会話をやめた。皮肉の矢を放っていた者たちを厳《きび》しいまなざしでにらむと、「私《わたし》はなにもなくしていません」といった。そして、「そうですね、レスター伯爵」と、伯爵にむかって微笑《ほほえ》んだ。城《しろ》の主《あるじ》は「御意《ぎょい》」と頭をさげる。反伯爵派は口をとじた。

宴席《えんせき》の一角で楽《がく》を奏《かな》でていた楽師《がくし》たちが曲をかえる。その曲にあわせ、銀の皿をかかげた給仕が、列をなして入ってきた。プディングの香《こう》ばしい香《かお》りがひろがっていく。女王の顔がほころぶ。

こうして、女王陛下を囲む晩餐《ばんさん》会は、なごやかにおわった。

眠《ねむ》れないまま、レスター伯爵は夜の薔薇園《ばらえん》を歩きまわっている。

――この苦しみはだれにも理解されないだろう。神よ、あなたはこの愚《おろ》かな苦しみを背負《せお》う男をご覧《らん》になっておられるのか、空の高みから。

こみあげてくる激情《げきじょう》を抑《おさ》えきれず、重たげに揺《ゆ》れる黄色い薔薇《ばら》を、思わずつかんでつぶした。手のなかで花びらが崩《くず》れていく。

暗い思いに囚《とら》われていたので、伯爵《はくしゃく》は、人の近づく気配に気がつかなかった。名を呼《よ》びかけられ、一瞬《いっしゅん》うろたえた。ふりかえると、あの男装《だんそう》の護衛官——ジルメイニがすぐうしろに立っていた。

彼女《かのじょ》は一礼すると、「陛下《へいか》のお言葉をお伝えします」といった。

「つつしんでお聞きします」

片膝《かたひざ》をついて頭《こうべ》をたれると、伯爵の耳に豪奢《ごうしゃ》な衣《きぬ》ずれの音が聞こえた。顔をあげることはできないが、女王が自分の近くにいることがわかった。

「ガスを抜《ぬ》かないパン種《だね》は破裂《はれつ》します。いわせておきなさい」とジルメイニは告げる。なんのことかと思ったが、伯爵は訊《き》きかえさなかった。女王はいいかえされるよりも、訊きかえされることをきらう。

「仰《おお》せのとおりに。いわれるままにしておきましょう」

そう答えたとき、これは晩餐《ばんさん》会でのことだと思いあたった。するとふたたび怒《いか》りがこみあげてくる。

——非難《ひなん》されるのはこの私《わたし》だ。陛下ではない。

ジルメイニはさらにつづけた。

「陛下は先ほどまでお部屋で嘆願書《たんがんしょ》にお目をとおされていましたが、お疲《つか》れになったので、この薔薇《ばら》園《えん》をそぞろ歩きなさってておられます。手いれのゆきとどいた美しい園《その》に心がなごむとおよろこびです。

この薔薇の香《かお》りに包まれてお休みになりたいと、陛下はお望みです」

「おほめにあずかり、光栄です。すぐにお部屋にとどけさせましょう。陛下の夢に甘《あま》き香りがおとずれますように」

その返事を聞きとどけ、衣ずれの音が遠ざかっていく。ジルメイニもすぐに女王のあとを追う。

伯爵は顔をあげた。あざやかなロイヤルブルーのドレスが去っていく。

――今なら、女ふたりだけだ。

しかし、つきそう男装の護衛官にはわずかのすきもない。なすすべもなく、伯爵はふたりを見送った。

すると、薔薇園の出入り口のアーチにきたとき、ロイヤルブルーのドレスがくるりとまわった。

ちょっと右手をあげ、声をたてずにくちびるを「ロバート」と動かす。にっこり笑うと、薔薇の花咲《さ》くアーチの下をくぐって去っていった。

ため息をついて、伯爵は天を仰《あお》いだ。

――神よ、見たか。あの可愛《かわい》い人の死を、私は願っているのだ。


夜のエイヴォン町は静まりかえっている。ウィルは父の帰りをそわそわしながら待っていた。

革手袋屋《かわてぶくろや》の組合《ギルド》から手持ちの最も上質な鹿革《しかがわ》を持って、急ぎ集まれという知らせがあったのだ。ケニルワースに滞在《たいざい》中の貴族《きぞく》からのご注文にちがいないと、母はタッチストーンに話している。その素晴らしい考えに賛成してくれればいいのに、無口な職人は、「さあ、どうでしょう」といったきり、顔もあげずに自分の革《かわ》切りナイフを磨《みが》いている。

夜更《よふ》けて、とうとうウィルがベッドに追いやられる頃《ころ》、眉間《みけん》にしわをよせ、緊張《きんちょう》した面持ちで父が帰ってきた。そんな父の顔をはじめて見た。なにがあったのかとウィルが心配で青ざめたとき、父は出迎《でむか》えた母を抱《だ》きしめ、その両頬《りょうほほ》にキスをして、「おまえのいったとおりだ！」と叫《さけ》んだ。母の顔が輝《かがや》き、タッチストーンの目は見ひらかれる。ウィルは両手をにぎりしめていた。

「どなたのご注文を受けたのですか」

「伯爵《はくしゃく》さまが陛下《へいか》への贈《おく》り物《もの》になさる」

ウィルの耳に、母がつばをのみこむ音が聞こえた。タッチストーンの頬《ほほ》には笑《え》みが浮《う》かぶ。

「あの、あなた、あの、女王さまの……」

「しーっ」と父はくちびるに人差し指をあて、「陛下のお品ということは秘密《ひみつ》だ」といった。そして堰《せき》を切ったように話しだした。

レスター伯爵の甥《おい》であるフィリップ・シドニーさまがお見えになり、組合《ギルド》の親方たちが持ち寄った鹿革《しかがわ》をじきじきにご検分なさったこと、それから別室にひとりだけ呼《よ》ばれたこと、これとそっくり同じ右手の手袋《てぶくろ》をつくって、ひと組にしてほしいといわれ、女王さまの左の手袋とそれをおさめる小箱をあずかったこと――いつもなら、大人の話を聞くんじゃないと怒《おこ》る父が、ウィルが耳をすませているのも気にしていない。

「お祝いをしましょう」と、母は台所へいき、仕込《しこ》んでおいた麦芽酒《エール》と、聖誕祭《クリスマス》のときにしかださない銀のカップをふたつ、お盆《ぼん》にのせて持ってきた。

「女王陛下と、この素晴らしい注文をくださったケニルワースの城主《じょうしゅ》さまに乾杯《かんぱい》！」

父が声をあげ、銀のカップをタッチストーンとうちあわせる。タッチストーンはひと口だけのんで、父がカップをぐいとのみほすのを待った。そして、おもむろに口をひらいた。

「旦那《だんな》さん、革はあっしに切らせてください」

その口調には断固とした意志があって、ウィルはびっくりして彼《かれ》の顔を見た。この控《ひか》えめな職人が、自分の要望を口にするのを今まで聞いたことがない。

ウィルは、はらはらした。もし父が断ったら、彼はこの店をでていくだろう。

上機嫌《じょうきげん》な父は、二杯《はい》目の酒に口をつけている。

「もちろんだ、タッチストーン。おまえほど巧《たく》みに革を切る者はロンドンにもいないさ。そして——」

カップをあげながら、「縫《ぬ》うのは私《わたし》だ」と高らかにいった。ふたりは顔を見あわせ笑った。母も笑っている。ウィルも一緒《いっしょ》に笑った。

あずかってきた青い小箱を、父はテーブルの上に置く。ふたにもまわりにも、ローズマリーの花が描《えが》かれている。それから鹿革もテーブルにひろげた。

「これを買ったときは、みんな馬鹿《ばか》にしたものだ。そんな高価な革《かわ》は使い道がない、ジョンは思いあがって女王さまの注文でも待つつもりかと。そのとおりだ。この革の、このなめらかな肌《はだ》ざわりを見たとき、私《わたし》は賭《か》けたのだ。ケニルワースの城主《じょうしゅ》は豪気《ごうき》なお方だ。いつかきっと注文があると」

「あなたは賭けに勝ったわ」と誇《ほこ》らしげに母がいう。

「お願い、その箱のなかを見せてくださいな。女王さまの手袋《てぶくろ》を見たいわ」

「だめだ。手袋の香《かお》りが逃《に》げる。今は気が高ぶって、私の頭も鼻も馬鹿になっている。だから、明日の朝、箱をあける。わたされたときは竜涎香《アーバングリス》だと思ったが、麝香《ムスク》もまじっている。それにしては香りに濁《にご》りがないから、薔薇水《ローズウォーター》が多めに使ってあるか、なにかハーブも使っているな」

あとのほうは母ではなく、タッチストーンに顔をむけて父はいった。カップのふちをなめるようにして麦芽酒《エール》をのんでいた彼《かれ》は、黙《だま》ってうなずいている。それから、父はあらためて母にむかって、

「陛下《へいか》の手袋は明日には見せるさ。おまえがこの鹿革《しかがわ》を、なんてきれいな革といったのを覚えている。おまえとタッチストーンだけが、私を馬鹿にしなかった」といった。

「値段《ねだん》を聞いてびっくりしましたけど」と、青紫《あおむらさき》の花が咲《さ》き乱《みだ》れる小箱を母はじっと見つめながら、

「今夜のことは一生忘《わす》れない」といった。父もうなずいて、しみじみという。

「私は運がいいのかもしれないな。この祭り騒《さわ》ぎに取りのこされてあせっていたが、幸運がひとりでに転がりこんできた」

三杯目《ばい》をのみほして、父は立ちあがった。テーブルの端《はし》に座《すわ》って、青い小箱をじっと見つめているウィルに、赤くなった首をつきだして訊《き》く。

「なぜ、酒をのんだか、わかるか。ウィル」

ウィルはどぎまぎして答えられない。それでも父は機嫌《きげん》がよかった。

「今夜ぐっすり眠《ねむ》るためにのんだんだ」

片手《かたて》を母の肩《かた》にまわし、もう片《かた》ほうの手でタッチストーンの肩をたたいていう。

「さあ、明日からは眠らないし、休まない。ほんとうの祝いは、手袋が完成しておほめの言葉と代金をもらってからだ」

つぎの日から店はしめた。母には仕事を断るという仕事が増えた。もう噂《うわさ》になっていたのだ。

「お城《しろ》から注文があったそうだな」「どなたからなの。ねえ、伯爵《はくしゃく》さま、それとも女官長さま」

母は受け流す。「そうだったらどんなにいいでしょうね」

それでもしつこく訊く人には、「ご注文があったとしても、話せることではありませんよ」とピシャリとかえした。不思議に、「女王陛下からのご依頼《いらい》か」とか「女王さまのお品をつくっているのか」という声はなかった。あまりに名前が大きすぎて、想像が追いつかないこともあるのだ。

父とタッチストーンは仕事部屋にこもって、手袋をつくっている。香料《こうりょう》をまぜあわせ、スポンジでたたきこみ、刺繡《ししゅう》をほどこし……。

ウィルは手袋《てぶくろ》ができあがるまで、学校などいかず、ただじっと家にいて、ふたりの仕事を見ていたかった。けれど子どもは邪魔《じゃま》になってはいけない。ウィルばかりか弟も妹たちも、揺《ゆ》りかごのリチャードさえ、自分の役目を心得たように、父をいらだたせることはしなかった。

手袋ができあがるのを楽しみに待っているのは、ウィルだけではなかった。ねらった以上にうまく事が運んで、うれしくてしかたがないパックは、ウィルの家にちょくちょくきては、窓《まど》から仕事の進み具合をのぞいている。

——うん、もうすぐだな。できあがったらウィルに妖精《ようせい》の魔法《まほう》をかけて、この小箱にはいれるくらい小さくしてやろう。手袋と一緒《いっしょ》にケニルワースにいける。あいつ、よろこぶぞ。

青い小箱に腰《こし》かけて、パックはにやついた。

そして約束の日、手袋はできあがった。

昨夜のうちに完成したらしく、ウィルが起きたときにはもう、青い小箱におさめられていた。食卓《しょくたく》の中央に置かれている小箱のなかを見せてほしいと頼《たの》むことは、ウィルにはできなかった。

父とタッチストーンは母の用意した若鶏《わかどり》とエンドウ豆の煮込《にこ》みを食べている。父は組合《ギルド》の正装《せいそう》を、タッチストーンは教会の礼拝《れいはい》に出席するときの服を着こんで、黙々《もくもく》と豆をすくって口に運んでいた。

ウィルが食卓につくとタッチストーンが、坊《ぼっ》ちゃん、やりましたぜ、というように微笑《ほほえ》みかける。

ウィルも笑顔《えがお》をかえしたが、かえって哀《かな》しい気持ちがつよくなる。

窓の外はまだほの暗い。暖炉《だんろ》のなかにつるした鍋《なべ》をかきまわしながら考えごとをしていた母が、ふいにその手をとめて、食卓の父のかたわらに立った。そして思いきったように声をかけた。

「あなた、とても気になることがありますの」

「なんだ。大事なことか」

「いいえ、つまらないことかもしれないのですが……」

「つまらないことに耳を貸す暇《ひま》はない」

父はそっけなくかえす。母はひるまず、ひと呼吸《こきゅう》してつづけた。

「つまらないように見えて、大事なこともありますわ。気になったことをいわないと、きっと後悔《こうかい》すると思うから」

それから母は、念を押《お》すように父にたずねた。

「そっくり同じものを、というご注文でしたね」

ウィルはスプーンを持つ手をとめて、母を見つめた。父の顔にも不安が浮《う》かぶ。

「同じでないというのか」

母は首をふった。

「いいえ。形も刺繍《ししゅう》も、それに香《かお》りもまったく同じです」

「それじゃあ、なにがちがうというんだ」と気の短い父は食卓《しょくたく》をたたいた。

「女王さまの手袋《てぶくろ》は使いこまれたお品。あなたのおつくりになったのは新品」

「そんなことはあたりま――」といいかけて、父はタッチストーンと顔を見あわせた。

「古色《こしょく》をつけろということか」

母はうなずき、父はうめいた。

「そうだった。フィリップさまはそっくり同じということを、何度《なんど》もおっしゃっておられた」

「旦那《だんな》さん、半日あればつけられます」

はげますように、タッチストーンがいう。彼《かれ》はもう木のスプーンを置いて立ちあがっている。

「いや、あせって動くな。ご注文を確かめることが先だ」

手をあげて、父はタッチストーンをとめた。

「お城《しろ》へ道具を持っていこう。古色をつけろといわれたら、そのときつける。とにかく食べろ。こうなったらつぎはいつ食事がとれるか、わからんぞ」

タッチストーンは座《すわ》りなおし、大急ぎで残りを食べはじめた。ほとんど食べおわっていた父は、皿に残った煮込《にこ》みのソースをパンのかけらでふきとりながら、ぐちをこぼす。

「困《こま》ったことだが、ああいう身分の高いお方は、命令すれば自分が頭のなかに描《えが》いたものが目の前にでてくると思っている。ちがえばお怒《いか》りになる。けっして言葉が足りなかったとはお考えにならない」

最後のひとかけを口にいれて、父はウィルを見た。そして、小箱を持って立ちあがりながらいった。

「なにをぼんやりしている。はやく食べろ。おまえもお城へいくんだ」

ウィルは耳をうたがった。母もおどろいている。

「え、この子は学校が」

「休ませろ。できあがった手袋に古色をつけるには、子どもの細い指が必要だ」

決断すれば父の行動ははやい。ぐずぐずしていれば、おいていかれるだろう。ウィルは大急ぎで皿のエンドウ豆をほおばった。

手袋ができたらすぐにケニルワース城《じょう》にとどけられるように、馬車と馭者《ぎょしゃ》が手配されていた。宿屋で待機している馭者を、タッチストーンが呼《よ》びにいく。そのあいだに、ウィルはあわただしく出発の準備をし、母はウィルの服のなかでいちばんいいものを取りだしてきた。

到着《とうちゃく》した馬車に父が青い小箱を抱《かか》えて乗りこむと、ようやくまにあったウィルは、そのとなりに座る。すると父は、「手袋をつくるうえでいちばん大事なのはなにか、わかるか」と問いかけてきた。

ウィルが考えているうちに、「想像力だ」と父はいいきった。

「客の望みを想像できることだ。自分がいちばん目立つ奇抜《きばつ》な手袋を、という客もいる。さりげなく目立たないものを、という客もいる。その言葉の奥《おく》になにがあるか。それを想像するのだ。覚えておけ。客はこわいぞ。自分の望みどおりのものがでてこないと文句をいう。ときには望み以上のものでなければ満足しない。そのくせ自分がなにを望んでいるのか、わかっている客はすくない」

父が商売のコツを教えているということはわかった。だが、ウィルは聞いていなかった。ケニルワースにいけるうれしさで心がいっぱいだった。

——パック、ありがとう。約束を守ってくれたんだ。ぼくの願いをかなえてくれたんだ。

道具を抱《かか》えたタッチストーンが乗りこんだので、ひげ面《づら》の馭者《ぎょしゃ》が馬車の扉《とびら》をしめながらいった。

「しっかりつかまっていておくんなさい。ケニルワースまで、飛ばしますんで」

鞭《むち》はうなって風を生《しょう》じ、馬は勇んで走りだした。


風に乗ったパックが、かんかんに怒《おこ》りながら馬車を追いかけている。

「おいらが連れていくはずだったのに。なんてことだ。ウィルの奴《やつ》、勝手にケニルワースにいくなんて。ぜったい邪魔《じゃま》してやるからな」

第三章　ケニルワース城《じょう》

でこぼこ道を馬車は飛ばしに飛ばした。ウィルは何度《なんど》も舌をかみそうになった。ところが、まもなくケニルワースというところで、車輪がぬかるみにはまった。馭者は馬をはげますが、進むことも退《しりぞ》くこともできない。気の短い父が馬車からおり、上着を脱《ぬ》いで馬車を引きあげるのを手伝う。タッチストーンもウィルも、腕《うで》まくりして加わった。そしてなんとか馬車を泥《どろ》から引きあげた。

ほっとして馬車にもどったとたん、今度は馬の耳にアブが入った。おどろいた馬は竿立《さおだ》ちになっていななき、めちゃくちゃに走りだした。街道をそれ、野を走り、丘《おか》を越《こ》えて駆《か》けまわる。馭者の手綱《たづな》さばきで横転こそしなかったものの、どこにきたのかわからなくなり、もとの街道に

もどるのにたいそうてまどってしまった。

駁者《ぎょしゃ》はひげの汗《あせ》をふきながら、「ひと休みいたしやしょう」と馬車のなかに声をかける。

「まにあうのか」と心配そうに父は訊《き》いた。

「なんだか、小さいお方に邪魔《じゃま》をされているようです」

「小さいお方？」

「妖精《ようせい》のことですよ。へへ、馬の機嫌《きげん》がわるいとき、あっしらはそういうんで」

そして近くの農家へ走り、しぼりたてのミルクと極上のチーズを買ってきた。それらを街道の四つ辻《つじ》の十字標の石の前に置くと、だれにともなく、こうささやいた。

「小さいお方、なににお怒《いか》りか存《ぞん》じませんが、馬をからかわないでおくんなさい。今日のうちに城《しろ》につかないと、あっしは首になってしまいます。どうか、あっしとあっしの家族を飢《う》えさせないでおくんなさいまし」

そのひとときの休憩《きゅうけい》ののちは、まるで空を飛んでいるようにはやかった。

すでに日はかたむきかけている。

「お城が見えやす」

駁者の声にウィルは馬車の窓《まど》から顔をだした。ケニルワース城《じょう》は人工の湖に囲まれた島の上に建つ城だ。天守である角形櫓《スクエアキープ》がまず目に入った。赤砂岩《あかさがん》で築かれた角形櫓は、夕陽《ゆうひ》をうけてさらに赤く、燃えるように輝《かがや》いている。ウィルの胸《むね》は高鳴る。

「攻《せ》めるにむずかしく、守るにたやすいのが、水城《みずじろ》だ。イングランドでもっとも優《すぐ》れた名城《めいじょう》をよく見ておけ」と父がいった。

街に入ると、にぎやかな声がウィルの耳に飛びこんできた。

「さあさあ、焼き肉、ゆで肉、揚《あ》げた肉、貧しいお方にゃ安い肉。お金持ちには上等お肉。さあさあなんでもそろえてあるよ！　おいしいよ！」

「うちのプディングは街いちばん、ってことはイングランドでいちばん、ってことだぜ。買った買った！」

「干《ほ》しアンズいかがですか。干しイチジクいかがですか」

売り子の声の飛《と》び交《か》う雑踏《ざっとう》を馬車は走りぬけ、城門《じょうもん》をくぐった。さざなみのきらめく湖のなかの島へつづく長い堤《つつみ》を、夕陽を浴びながら走って、とうとう内門についた。そこで馬車をおり、駅者とわかれる。日没《にちぼつ》まえに到着《とうちゃく》したから、駅者は笑顔《えがお》だった。

そこからはレスター伯爵《はくしゃく》の紋章《もんしょう》〝樫《かし》の木につながれた熊《くま》〟のエンブレムをつけた制服を着た白髪《しらが》の従者《じゅうしゃ》が、案内人となって三人の先頭に立った。

ウィルはどきどきしながら、宮殿《きゅうでん》と見まがうような城館《じょうかん》に足を踏《ふ》みいれる。遠い国々《くにぐに》から輸入された高価な壺《つぼ》や花びんが飾《かざ》られた廊下《ろうか》をとおり、よく磨《みが》かれたらせん階段《かいだん》をのぼり、また階段をおりて、別棟《べつむね》に入る。耳もとで父が「きょろきょろするな。ふりかえるな。落ちつけ」とささやくが、見たいものがたくさんありすぎて、ウィルは行儀《ぎょうぎ》よくすることができない。

迷路のような館内で、見慣れない服装《ふくそう》の外国の使節、近隣《きんりん》の町のおえら方、役人や商人、着飾《きかざ》った女官たちと行《ゆ》き交《か》う。それらの人びとはそれぞれお供《とも》を引き連れているから、まるでエイヴォン町の市《いち》のにぎわいだ。しかし、しだいに人の行《ゆ》き来《き》も静かになり、シャンデリアのろうそくが揺《ゆ》らめく廊《ろう》下《か》には、息をひそめるような緊張感《きんちょうかん》がただよってきた。女王の部屋が近いのだ。

やがて一行は行《ゆ》く手《て》を分厚い扉《とびら》にはばまれた。この先は限られた人しかはいれない私的《してき》な空間だ。扉の前には、案内人と同じように伯爵《はくしゃく》の紋章《もんしょう》をつけた制服を着た中年の従者《じゅうしゃ》が立ちはだかっていた。

「フィリップさまにご面会の方々《かたがた》です。お取りつぎください」

案内人が口上を述べると、「通行証を見せよ」という。父が青い小箱を見せた。今まで「通行証を」といわれた場合は、この小箱を見せてとおっていた。ところが、この従者はちらりと目をとめただけで「フィリップさまはただ今、お忙《いそが》しい。明日、あらためて参上されよ」と横柄《おうへい》な態度でいった。

「貴殿《きでん》はおかしなことをいう」

怒《いか》りをふくんだ口調で、案内人は抗議《こうぎ》をした。

「この青い小箱を持ってきた者は急ぎ取りつぐように、私《わたし》はフィリップさまからいいつかっている。たとえ真夜中、食事中でもかまわないとの仰《おお》せだ。すぐに取りつがれよ」

「陛下《へいか》のお相手を務《つと》めているときでも、とおっしゃらなかったのなら、取りつぐわけにはいかない」

「どのようなときでも、という意味でおっしゃられたのだ」

「フィリップさまは今、陛下のトランプゲームのお相手をなさっておられる。だれがきても取りつぐなとの仰せだ。明日、あらためてこられよ」

「なるほど。貴殿がそのような仰せを受けたのはわかった。だが、私が受けたご命令のほうが緊急《きんきゅう》かつ重要なのだ」

役目に忠実《ちゅうじつ》な案内人は引きさがらなかった。同じく役目に忠実な従者も引かない。

「なにをいう。陛下のお相手をなさっていることが重要でないというのか」

このやりとりをウィルは不安な気持ちで聞いていた。父とタッチストーンの表情もきびしい。

「伯爵にお仕えして、私はもう三十年になる。貴殿のように新しく雇《やと》われた者は、自分の受けた命令だけが大事だろうが、命令には軽重がある。取りついでも貴殿が叱責《しっせき》されることはない」と案内人はいったが、従者も負けじといいはる。

「叱責がこわくて取りつがないのではない。そちらこそ、陛下をないがしろにしているような物いいはつつしまれよ」

とまどっているウィルたちをおきざりにして、ふたりは今にも剣《けん》に手をかけて、抜《ぬ》きそうな勢いだ。

そのとき、扉の前の従者の表情がはっとかわり、同時にウィルたちの背後《はいご》から声がした。

「なにを騒《さわ》いでいるのだ。陛下のおそば近いということを忘《わす》れたか」

おだやかではあるがきびしさをふくんだ声音《こわね》にふりむくと、城《しろ》の主《あるじ》レスター伯爵《はくしゃく》が立っていた。燭《しょく》台《だい》をかかげた小姓《こしょう》がつき従《したが》っている。一同は頭をさげた。

伯爵の目が父の持っている青い小箱にとまり、みるみる顔色がかわる。

「その箱はどうしたのだ」

その問いつめるような口調に、案内人があわてて答えた。

「フィリップさまの小箱でございます。これを持ってきた者をとおせとの仰《おお》せでございました」

それでも不審《ふしん》な表情で伯爵は、父と小箱を見くらべている。

「ストラットフォード＝アポン＝エイヴォンから参りました革手袋屋《かわてぶくろや》でございます」

思いきったように父が述べると、伯爵の顔に安堵《あんど》の色が浮《う》かんだ。

「そうか。その件か。それでは私《わたし》が聞こう。ついてくるがよい」

案内人は勝ち誇《ほこ》ったまなざしを扉《とびら》の前の従者《じゅうしゃ》に投げかけ、従者はくやしさを隠した無表情で扉をあけた。案内人に見送られて、父とタッチストーン、そしてウィルは、伯爵と小姓のうしろに従った。

真新しいじゅうたんの敷《し》かれた廊下《ろうか》を歩いて、伯爵の書斎《しょさい》に入る。部屋の中央に重厚なマホガニー材のテーブル、窓《まど》ぎわに読書用の机《つくえ》と飾《かざ》り戸棚《とだな》が置かれ、壁《かべ》にはまだ戴冠《たいかん》まえの十代の頃《ころ》のエリザベス王女と、戴冠式《たいかんしき》の女王の肖像画《しょうぞうが》が二枚《にまい》、並《なら》べて飾られていた。

伯爵は椅子《いす》に座《すわ》ると、テーブルの中央に燭台を置く小姓にむかい、「フィリップが陛下《へいか》の御前《ごぜん》をさがったら、すぐにくるように伝えてくれ」と命じた。そしてお辞儀《じぎ》をして小姓がでていくのももどかしく、「できあがったのだな」と父にむかって訊《き》く。

遠慮《えんりょ》して扉近くに立っていた父は、進みでて、「はい、このように」と、伯爵の目の前で箱のふたをあけた。なぜか、伯爵は顔をそむける。それから小箱のなかをのぞきこみ、満面の笑《え》みを浮かべた。

「まったく同じだ」

ウィルの耳に、父のほっとしたようなため息が聞こえた。しかし、ためらいながら父はたずねる。

「これでよろしいのでしょうか」

「よい。それともなにか、不都合なことでもあるのか」

「いいえ。精魂《せいこん》こめてつくりました。私にとりましても、また――」と、うしろに控《ひか》えている職人を手で示しながら、「このタッチストーンにとりましても、生涯《しょうがい》誇れるできばえでございます。ただまったく同じというご注文でございましたので」

父はひと息つき、伯爵の顔色をうかがいながら言葉をついだ。

「古色《こしょく》をつけたほうがよろしいでしょうか」

伯爵は首をかしげて、「古色？　どういうことだ」

「手袋《てぶくろ》に時代を経た古さをつけることができます。その片《かた》ほうの手袋とまったく同じように」

しばらく考えていたが、伯爵は「いや。これで充分《じゅうぶん》だ。ご苦労であった」と立ちあがった。

――ああ、これでおわった。ぼくの出番はなかった。もう帰るんだ……。

ウィルは小さなため息をついた。窓《まど》ぎわの読書用の机《つくえ》に近づくと、伯爵《はくしゃく》はベルトにさげた巾着袋《オモニエール》から鍵《かぎ》を取りだして引きだしをあけた。なかの金細工の箱から金貨を数枚《すうまい》つかんだ。

「この件はフィリップにまかせてある。これは私《わたし》からの礼だ。よくまにあわせてくれた」

礼金を父の手にわたしたとき、伯爵はあらためて三人を見て、長身のウィルがまだ子どもだということに気がついた。「この子は」と父に訊《き》く。

「息子のウィリアムでございます。古色《こしょく》をつける場合は子どもの小さな手が必要になりますので、一緒《いっしょ》に連れてまいりました」

突然《とつぜん》に自分のことが話題になり、ウィルは面くらったまま、棒立《ぼうだ》ちで伯爵を見つめた。「ご挨拶《あいさつ》しないか」と父が小声でつつく。しかしウィルは、肖像画《しょうぞうが》でしか見たことのない伯爵をじっさい間近《まぢか》にして、絵とはちがう印象にうたれていた。

伯爵の波うつ黒髪《くろかみ》、大きな黒い瞳《ひとみ》、ひきしまった浅黒い肌《はだ》は精悍《せいかん》な武人そのもの。それなのに、影《かげ》のある暗い雰囲気《ふんいき》、心がここにないかのような、どこかうつろなまなざし……。

――こんな淋《さび》しそうな人を見たことがない。

父にいわれ、挨拶をしなければと思ったが、あせるばかりで頭のなかはまっ白になり、自分の言葉はでてこなかった。

そのかわり、いつも暗唱している古代ローマの詩人ヴェルギリウスの傑作《けっさく》『アエネーイス』の一節が浮《う》かんだ。この叙事詩《じょじし》の主人公で、美の女神《ヴィーナス》の息子、アエネーアースが登場するところだ。ウィルは左手を胸《むね》にあて、武人アエネーアースをほめたたえるその一節を、目の前の伯爵に重ねあわせて朗《ろう》唱《しょう》しはじめた。

「明るい陽《ひ》ざしのもとにあらわれし　光り輝《かがや》く女神の御子《みこ》よ
黒き豊かな巻《ま》き毛《げ》　よろこびあふれるその瞳　気迫《きはく》に満ちたその姿《すがた》
これはみな　母女神《ははめがみ》の心つくしし贈《おく》り物《もの》なり
あたかも腕良《うでよ》き匠《たくみ》が　技《わざ》をふるって造《つく》りし　彫像《ちょうぞう》のごとく
象牙《ぞうげ》か大理石《いし》か　はたまた　銀《しろがね》に黄金《こがね》を　象眼《ぞうがん》せしか」

伯爵の顔におどろきとよろこびが浮かぶ。そのとき、突然、背後《はいご》から拍手《はくしゅ》が聞こえた。

「お見事！」

思わずふりむくと、部屋の入り口にまっ白なレースの襞襟《ひだえり》をつけた若《わか》い貴族《きぞく》が立っていた。親しげに伯爵と挨拶を交《か》わすこの人物が、伯爵の甥《おい》のフィリップ・シドニーだと、ウィルにもわかった。父とタッチストーンがお辞儀《じぎ》をしている。あわててウィルも頭をさげた。

フィリップは軽く会釈《えしゃく》をかえすと、叔父《おじ》の邪魔《じゃま》をしないように窓ぎわに立った。さりげなく庭の噴《ふん》水《すい》を見ている。水晶《すいしょう》のように涼《すず》しげな水が噴《ふ》きあがっていた。

あらためて伯爵《はくしゃく》が「そなたの息子は詩人だ」とほめる。

「お耳汚《よご》しで。たいした詩ではございません」

父が謙遜《けんそん》すると、伯爵は声をあげてほがらかに笑った。

「そなたはヴェルギリウスはたいした詩人ではないというのだな。私《わたし》は古代ローマ随一《ずいいち》の詩人だと思っているが」

うろたえて赤面する父にかまわず、伯爵はウィルの肩《かた》に手をおいた。

「アエネーアースが好きなのだな。ローマを建国したあの英雄《えいゆう》を私も尊敬《そんけい》している。若《わか》い頃《ころ》は勇ましい戦いの場面など、そらでいえたものだが、今はもう、そのようにすらすらとはでてこない」

そして、窓《まど》ぎわのフィリップをふりかえり、「そなたはどうだ、『アエネーイス』を暗唱できるか」と訊《き》いた。

「いくつかの章は覚えています。しかしその少年のようには朗唱《ろうしょう》できません。声の張りといい、息つぎといい、見事です。作者のヴェルギリウスが聞いていたらきっとよろこぶでしょう」

フィリップの返事に伯爵はうなずく。そして再び、ウィルにたずねた。

「ほかに好きな詩人はいるのか」

これはすぐに答えられる質問だった。ウィルは頬《ほほ》を紅潮《こうちょう》させて返事をした。

「ルキアノスです。『本当の話』が大好きです」

「これはまた渋《しぶ》い詩人を好む。早熟《そうじゅく》な少年よ、あの皮肉屋の皮肉がわかるのか」

伯爵は微笑《ほほえ》んだ。

「それでは、そなたがまだ読んでいないルキアノスの本をみやげに持たせてやろう。私の書庫に彼《かれ》の本はそろえてあるはずだ」

思いがけない伯爵の言葉にウィルは目を見はった。教科書以外に自分の本は持っていない。『アエネーイス』も『本当の話』も、父の書斎《しょさい》にあったものだ。父にいわれるよりはやく、ウィルは伯爵に心からお礼をいった。

それから伯爵は完成した手袋《てぶくろ》をフィリップにも見せた。父は技術の説明や自慢《じまん》にも聞こえる苦心談をする。そして古色《こしょく》の話になった。すると、「そんなことができるとは思ってもみなかった」とフィリップは目を輝《かがや》かせる。

「叔父上《おじうえ》、古色をつけましょう。新しいものに時間をそえるのです」

そう勧《すす》められても伯爵はためらっていた。しかし、半日あればできると説明を受け、ようやくうなずいた。

「今日はもう遅《おそ》い。城《しろ》に泊《と》まっていくがいい。明日の朝はやくから仕事にとりかかるように。必ず半日で仕あげてくれ」

伯爵はそういうと、手袋をおさめた青い小箱を父にわたした。部屋をでるとき、ウィルはまるで雲を踏《ふ》んでいるような夢見心地だった。

三人が小姓《こしょう》に案内された部屋は、なにもないがらんとしたところだった。急にきまったことで支度《したく》がまにあわなかったのだろうとウィルが思っているうちに、制服を着た従者《じゅうしゃ》たちが、まるめた厚手の布を抱《かか》えて入ってくる。それは四季の花々《はなばな》を織りだした色鮮《あざ》やかなタペストリーで、石の壁《かべ》に垂《た》らすと部屋はいっきに華《はな》やいで、まるで花園にいるみたいになった。そのあいだに、べつの従者たちが脚《きゃく》台《だい》を運びこみ、その上に板をわたす。そこにまっ白なテーブルクロスがかけられると、立派《りっぱ》な食卓《しょくたく》があらわれた。この手際のよさにウィルが目を丸くしていると、今度は座《すわ》り心地のよさそうな椅子《いす》が三つ、運ばれ、並《なら》べられた。そして席につくようにうながされる。

給仕が湯気の立ちのぼるスープ皿を運んできた。その香《かお》りに誘《さそ》われて、父の唱える食前の祈《いの》りがおわるやいなや、ウィルはスプーンを手に取った。

——おいしい！

あとは夢中でスプーンを口に運んだ。うなぎのレモン風味や鴨肉《かもにく》のサラダ、プディングの皿がつぎつぎ目の前にでてくる。甘《あま》いくるみの砂糖《さとう》がけまでそえられていた。

幸せな夕食が済《す》むと食卓は解体されて持ち去られ、今度はベッドが運びこまれた。

——そのベッドで寝《ね》るもんか。ここでの時間を寝て過ごすなんて、もったいないことはしないぞ！

そう決心したウィルだが、従者たちが引きあげ、身内だけになるともう眠《ねむ》くて眠くてたまらなくなった。壁の燭台《しょくだい》差しに立てられたろうそくが、ジジジと音をたてて燃えている。

「部屋からでるな」「お城《しろ》はひろい」「小便がしたかったら、そこの室内便器にしろ」

口うるさく父がいうのに「うんうん」と生返事をしながら、上着を脱《ぬ》いで胴着《どうぎ》と下着になる。神さまへのお祈りを短く、しかし心の底から感謝して、窓《まど》に近いベッドにもぐりこむともう眠っていた。

大人たちも限界に近かった。不眠《ふみん》不休で手袋《てぶくろ》をつくっていたのだ。タッチストーンはひざまずいて就寝《しゅうしん》まえの祈りを唱えると、立ちあがりながらいった。

「坊《ぼっ》ちゃんはすごいですね、伯爵《はくしゃく》さまもフィリップさまもあんなに感心していらした」

父にとって、そのほめ言葉は苦い。伯爵に捧《ささ》げる詩をウィルが即興《そっきょう》でつくったと思ったのだ。父の期待はいつも息子をうわまわる。

「たまたまうまくいっただけだ。あの子のすることはよくわからん」と、そっけなくいって、そそくさと十字をきるとベッドに入った、大切な小箱は枕《まくら》の下に隠して。

ろうそくの火を吹《ふ》き消してから、タッチストーンがベッドに入る。やがて規則正しい寝息《ねいき》がどちらからも聞こえてきた。

月の光のさしこむ窓べに、ようやくパックはウィルを探《さが》しあてた。

馬車の馭者《ぎょしゃ》の祈りのこもったミルクとチーズを食べていたので、ウィルに追いつくのが遅《おそ》くなったのだ。近ごろなかなかお目にかかれないごちそうだったので、すっかり機嫌《きげん》をなおしている。

窓《まど》わくに腰《こし》かけてウィルの寝顔《ねがお》を見ながら、こいつに腹《はら》をたてていたような気がするが、と首をかしげたが、なぜ怒《おこ》っていたのか、もう忘《わす》れていた。

——祭りが見たいって、いったよな。庭で花火を打ちあげようかな。そうすりゃみんなおどろいて飛びだしてくるから、妖精《ようせい》の魔法《まほう》をかけてお祭りにしてやろう。こいつ、おいらの帽子《ぼうし》をかえしてくれたからな。よろこばせてやらなくちゃ。

パックはなんだか楽しくなってベッドに飛び移ると、ウィルの耳に「おい、起きろ」と叫《さけ》んだ。しかし、ウィルはぐっすり眠《ねむ》っている。額《ひたい》の上でぴょんぴょん跳《は》ねて、起こそうとしたが起きない。

今度はウィルの鼻の頭に腰かけて、足をぶらぶらさせながらパックは考えた。

——うん、おねしょをさせてやれ。そうすりゃ、こいつ、飛び起きるぞ。

いいことを思いついたと力が入ったとたん、片足《かたあし》がウィルの鼻の穴《あな》にすっぽりはまった。

「ハー、ハクション！」

ウィルのくしゃみに、パックはもんどりうって床《ゆか》に落ちた。

いっぽう、目をあけたウィルは、自分がどこにいるのか、一瞬《いっしゅん》わからなかった。ケニルワース城《じょう》だと気がついて、いっぺんに目が覚める。すると、床に座《すわ》りこんでいる妖精が目に入った。思わず、「パック！」と叫んだ。

パックはあわてて頭に手をあてた。でも黄色い帽子はかぶっている。どうやら一度帽子を手にいれた人間は、いつでも持《も》ち主《ぬし》の妖精を見ることができるらしい。今まで人間に帽子を取られたことがなかったパックは、それに気がつかなかったのだ。くやしくてパックはウィルにむかってアカンベエをした。その様子がおかしくて、ウィルは笑った。

月の明るい夜だ。窓わくに飛びのったパックが手招きをする。

「でてこいよ。こっちこっち、塀《へい》のり越《こ》えて遊びにいこう」

おいでおいでをするパックに誘《さそ》われて、ウィルは窓からでた。

両手をあげてくるくると踊《おど》りながら先へいくパックについていくと、いつのまにか薔薇園《ばらえん》まできた。咲《さ》き誇《ほこ》る大輪の薔薇《ばら》に囲まれた小道は、甘《あま》い香《かお》りに満ちている。

ふと、だれかが近づいてくる足音が聞こえた。あわててウィルは茂《しげ》みの陰《かげ》にひそみ、隠《かく》れなくていいパックまで、花のなかにもぐりこんだ。

外套《がいとう》に身を包み、フードを頭からすっぽりかぶった人影《ひとかげ》がふたつ、話しながらこちらにむかってくる。その影《かげ》がウィルの隠れている茂みの前で立ちどまった。

「気をつけてくれ。これがどれほど大事な箱か、わかっているな」

しわがれた声の年寄りが、もうひとりの若《わか》い男に小さな箱をわたしている。

はっとウィルは息をのんだ。それは手袋《てぶくろ》をいれてきた小箱と同じくらいの大きさだった。形もよく似ている。

——父さんの部屋から盗《ぬす》まれたのか？

ふたりがとおりすぎるのを待つあいだ、心臓《しんぞう》が胸《むね》から飛びだすくらい、ウィルはドキドキしていた。

それなのに、花びらからパックは顔をだし、陽気な口調でいう。

「ウィル、花火をあげるぞ。今夜は輪になって踊《おど》りまわろう」

「しーっ。あのふたりの持っている箱がなんだかわかるかい」

ウィルに訊《き》かれ、パックは伸《の》びあがって見た。それから、ひそひそと話しながら小道をいくふたりをひょいひょいと追いかけ、しばらくして、また跳《は》ねながらもどってきた。

「あの手袋《てぶくろ》の箱とおんなじ箱だね」

——盗まれた！

「父さんのつくった手袋が入ってるか？」

「さあ、どうかなあ」とパックは気のなさそうな返事をする。ウィルはあせった。

「それなら確かめなくっちゃ。あの手袋が盗まれたら、父さんはおわりだ」

茂《しげ》みからウィルはそろそろと這《は》いだした。低い姿勢《しせい》のまま、怪《あや》しい影《かげ》のあとをつける。確かめなくてはいけないということだけで、頭のなかはいっぱいだ。

「あいつら、泥棒《どろぼう》か。ようし、つかまえよう。泥棒ごっこで遊ぼうぜ」

パックは急にはしゃいで、ウィルの肩《かた》ででんぐりがえりをする。

「遊びじゃないよ。真剣《しんけん》なんだ、ぼくは」

「真剣な遊びだろ。ヒャッヒャッヒャ」

「ちがう！」と思わず声が大きくなって、ウィルは自分の口を押《お》さえた。それでも目だけは、先にいくふたりを追っている。

「邪魔《じゃま》しないでくれ」

強くいわれて、パックはむくれた。ふん、と鼻を鳴らすと、ウィルの肩をぽんと蹴《け》る。そのままでんぐりがえりをして、宙《ちゅう》に消えた。

ウィルはふたりの男を追いかけるのに必死だ。薔薇園《ばらえん》をでると彼《かれ》らは左右にわかれた。ウィルは箱をわたされた若《わか》い男のほうを追いかける。男は薔薇園のむかい側の建物のなかに入っていく。人の背丈《せたけ》ほどもある高価そうな花びんが所々《ところどころ》に飾《かざ》られ、片側《かたがわ》に扉《とびら》の並《なら》ぶ長い廊下《ろうか》がつづく。外套《がいとう》の裾《すそ》をひるがえし、人どおりのない廊下のまんなかを足ばやに進んでいく細身の影は、まるで墓場の亡霊《ぼうれい》のようだ。

影が立ちどまった。ウィルはとっさに花びんの陰《かげ》に隠《かく》れたが、見つかったかもしれないとヒヤヒヤしているうちに、若い男はまた歩きだした。今度はゆっくりだった。そしてひとつの部屋の扉をあけて、なかへ入っていった、扉を半びらきのままにして。

花びんの陰からでて、ウィルは扉のなかをそっとのぞいた。

不気味に槍《やり》の穂先《ほさき》が光っている。ぎょっとして、よく目をこらすとそれは銀紙を貼《は》った棒《ぼう》きれだった。床《ゆか》には革《かわ》かばんや取っ手つきの大きな衣装箱《いしょうばこ》などが乱雑《らんざつ》に置かれ、壁《かべ》ぎわの棚《たな》には高く結《ゆ》いあげた貴婦人《きふじん》のかつらや羽根飾《はねかざ》りをつけた将軍《しょうぐん》のかぶとなどが並《なら》んでいる。

——ここは芝居《しばい》の支度《したく》部屋だ。

おそるおそる、ウィルは部屋に足を踏《ふ》みいれた。奥《おく》はつづき部屋になっているのか、かすかな明かりがさしている。怪《あや》しい影《かげ》はそちらにいったにちがいない。

追いかけようとしたウィルの目の端《はし》に青い色が飛びこんできた。かつらやかぶとが並ぶ棚のすみに、青いローズマリーの小箱が置いてある。

——父さんの箱だ！

つまずかないように革かばんや衣装箱をよけながら、棚に近づく。ようやく手がとどくというそのとき、「そこにいるのは、だあれ」と奥の部屋から声をかけられた。女のように細く高い声だった。

とっさにウィルはその場にしゃがみこんだ。声は近づいてくる。

「ハムネットだろ。近ごろちょくちょくでかけて怪しいぞ。夜遊びしてるって座長《ざちょう》にいうからな」

ランタンの明かりがさしだされ、いきなり、「泥棒《どろぼう》だあ！」とわめかれた。

反射的《はんしゃてき》にウィルは立ちあがり、手近にあったかぶとをつかむと、声の主《ぬし》めがけて投げつけた。悲鳴と物の倒《たお》れる音を背中《せなか》に聞いて、部屋から飛びだした。

うしろから、だれかが追いかけてくる。

ウィルは必死で走った。まっすぐ走ったら追いつかれると思って、いくつかの角を曲がるうちに足音はしなくなった。助かったと思ったが、同時に見知らぬ廊下《ろうか》に立っていることに気がついた。壁にかかる絵も天井《てんじょう》のシャンデリアにも見覚えがない。いつのまにか別棟《べつむね》にきていたらしい。

――薔薇園《ばらえん》はどっちだろう……。

父がケニルワース城《じょう》の敷地《しきち》は百エーカーはあるといったことが思いだされて、ウィルはぞっとした。それではひろすぎる。心細くなってあたりを見まわすと、廊下の先にらせん階段《かいだん》があった。年数を経てすりへったオークの木目は、父にきょろきょろするなと叱《しか》られながらのぼった階段のような気がする。へとへとだったが、一段《いちだん》一段ゆっくりのぼって、いちばん上にたどりついた。

「あっ、ちがう」

そこもまた見たことのない場所だった。血の気が引いて目がくらむ。身体《からだ》をささえようと伸《の》ばした手は、手すりをつかめなかった。小さな叫《さけ》び声をあげて、ウィルは階段からころげ落ちた。踊《おど》り場《ば》でとまったものの、したたかに頭を打ち、気を失ってしまった。

「しっかりしろ、だいじょうぶか」

頰《ほほ》をたたかれ、ウィルは目をあけた。

「寝《ね》るにはふさわしくない場所だよ」

整った美しい顔だちの、金髪《きんぱつ》の青年が微笑《ほほえ》んでいる。自分が下着のままだと気がついて、ウィルは顔が赤くなった。「階段《かいだん》から落ちました」と小さな声でいった。

手をそえて起こしてくれた青年は、まだふらついているウィルを気づかって、「ひとりでもどれるかい？　部屋はどこ？」と訊《き》く。泥棒《どろぼう》を追いかけて迷子になったとは話せないから、ただ廊下《ろうか》が長くて迷ったと答える。すると、なぜ夜中に出歩くとも訊かず、親切に部屋の特徴《とくちょう》をいろいろたずね、それなら夜になってベッドを運んでいた部屋だろうと、先に立って案内してくれた。

寝ていると思った父は、息子を探《さが》しにいこうと着替《きが》えているところだった。「部屋をでるなといっただろ」と、いきなりウィルを叱《しか》りつける。それからはっとして青年にお礼をいった。

「お父上を心配させるものじゃないよ」と青年はウィルに微笑む。そして、名をたずねる父に「名のるほどのことはしていませんので」と答えて、青年は帰っていった。

ローズマリーの小箱は父のベッドの枕《まくら》もとにあった。それを見たとき、ほっとして、涙《なみだ》がこぼれた。

――盗《ぬす》まれたんじゃなかった。父さんの名誉《めいよ》は守られた。

泣きじゃくるウィルをもてあましている父も、泣き声に目を覚ましたタッチストーンも、それを帰ってきた迷子の安堵《あんど》の涙としか見ていなかった。

翌日《よくじつ》、朝からレスター伯爵《はくしゃく》はいらいらしていた。女王がフランス大使を私室に招いたという報告がとどいていた。人を遠ざけ、立ち会っているのは女官長だけだという。疑《うたが》いが伯爵の胸《むね》を切り刻《きざ》む。

――とうとう、陛下《へいか》はフランス王弟《おうてい》アランソン公との縁談《えんだん》に応じる返事をしたのだろうか……。

窓《まど》を押《お》しあけて、伯爵は庭の噴水《ふんすい》を見た。水盤《すいばん》から噴《ふ》きあがる水は、それを囲む人魚たちの像にしずくをかける。海の乙女《おとめ》といわれる人魚は、イルカの背《せ》に乗って楽しそうに歌っている。

――噴水の水はどんなに高くあがっても、天にとどくことはない。むなしく崩《くず》れて墜《お》ちる、私《わたし》の恋《こい》のように。

物思いにふけるレスター伯爵の、その背中《せなか》にむかって、フィリップは力説していた。

「明日、狩《か》りがおわれば陛下はロンドンにお帰りになります。今夜です。今夜こそ、手袋《てぶくろ》をわたして求婚《きゅうこん》なさってください」

声に熱がこもる。部屋には叔父《おじ》と甥《おい》しかいない。人ばらいをしてつづきの間《ま》にも従者《じゅうしゃ》はいない。

「無くしたかわりの新しい手袋を贈《おく》るのではありません。古色《こしょく》をつければ、亡《な》き父君が女王陛下に贈った手袋そのものです」

叔父上《おじうえ》がヘンリー八世になるのですという言葉は、さすがにのみこんだ。

レスター伯爵は黙《だま》っている。

ふとフィリップは自分の言葉が伯爵にとどいているのか、不安になってきた。壁《かべ》にむかって話しているような気分になったとき、ふいに伯爵《はくしゃく》がふりむいてたずねた。

「なぜ、ローズマリーの箱にいれたのだ」

思いがけない質問にフィリップはとまどい、口をつぐんだ。しばらくして、ようやく答えた。

「叔父上《おじうえ》にとっては姉、そして私《わたし》には母のメアリー・シドニーが、あの不運な出来事により、女官を退《しりぞ》くさいに、記念としてつくらせ、親しい人に贈《おく》った品です。この箱を見れば、女王陛下《へいか》は母の忠誠《ちゅうせい》を思いだしてくださるはず。愛の手袋《てぶくろ》を贈るにふさわしい容《い》れ物《もの》と思いました」

「そうだな。愛を贈るにふさわしい――」とフィリップから目をそらして、伯爵はつぶやく。

「母はなにも宮廷《きゅうてい》を退くことはなかったのです。たとえ、醜《みにく》い顔になったとしても」

そういったとたん、激《はげ》しく首をふってフィリップは自分の言葉を否定《ひてい》した。

「いいえ、私は醜いとは思っていません。天然痘《てんねんとう》にかかった女王陛下をつきっきりで看病《かんびょう》したのは母上です。その甲斐《かい》あって陛下は快癒《かいゆ》され、痘痕《あばた》もお顔には残らなかった。母上に陛下の天然痘が伝《う》染《つ》ったのは不運。痘痕が残ったのも不運にすぎません。しかし、騎士《きし》ならば顔に受けた傷《きず》は誉《ほま》れ。なぜ、女なら非難《ひなん》されねばならないのか。痘痕のある母上は以前に増して美しいと私は思っています。人を傷つけるのが好きな宮廷人《きゅうていじん》が母上をはずかしめて、宮廷に居づらくさせたのだ」

だれを思い浮《う》かべているのか、その人物が目の前にいるようにフィリップはこぶしをにぎりしめた。

だが、かろうじて自分を抑《おさ》え、ため息をついた。

「女王陛下のお気持ちは、おそばに仕える者はだれもが察しています。王とはいえ、陛下は女。申しこまれなければ、ご自分から結婚《けっこん》したいといいだすわけにはいかないのですぞ」

その言葉に、レスター伯爵の頬《ほほ》にただよう憂《うれ》いの影《かげ》が濃《こ》くなった。

「それとも、フランスのあの蛙野郎《かえるやろう》に、イングランドの美しい薔薇《ばら》を摘《つ》ませるのですか」

それは伯爵の触《ふ》れてはならない心の奥《おく》にさわったらしい。怒《いか》りをふくんだ声で、「指図は受けぬ」と伯爵は吐《は》きだすようにいった。はっとしたフィリップは、深く頭をさげる。「おゆるしください、叔父上。出過ぎたことを申しました」と謝り、肩《かた》を落として部屋からでていった。

そのうしろ姿《すがた》を見送って、伯爵はまた窓辺《まどべ》に寄りかかった。まぶしいほどの青空にむかって噴水《ふんすい》はあがる。

——わかっているのだ……私は宮廷に長く居すぎた。もうフィリップのように、率直にものがいえなくなっている。

噴水は高くあがり、水音をたてて落ちてくる。

——陛下に結婚を申しこめと、だれもが進言する。もちろんそうしたい。あの人がただの女ならば……だが、あの人は王だ。強い王だ。だから、私を選ぶことはない。イングランドのためにフランス王の弟を選ぶ。あの青二才を。

しずくがきらめき、人魚とイルカの像の上に小さな虹《にじ》が生まれた。だが、伯爵の目はもう噴水を見てはいない。

——あの人と、あの人の夫が、王座《おうざ》に並《なら》ぶ。それを見るのは耐《た》えられない。今夜、もうひとつのローズマリーの小箱に入った手紙があの人の手にわたる。手紙の中身に意味はない。問題はあの便せん。それにさわれば……おお、あなたがペストにかかったら、私《わたし》は姉よりもっとおそばで看病《かんびょう》する……。死をもたらす病《ペスト》をおそれてだれも近づかない宮殿《きゅうでん》の一室で、息絶えているふたりの姿《すがた》が心に浮《う》かんだ。

——だが、手紙が死をもたらすとはかぎらぬ。いや、だからこそ気にいったのだ、この暗殺計画が。首謀者《しゅぼうしゃ》のサミュエル司教の言葉、「女王がこの手紙を手に取り、ペストにかかるかどうかは、神の思《おぼ》し召《め》し次第です」とその皮肉な笑《え》みが思いだされた。

——神の思し召し……それであの人の死を願う罪が軽くなるとは思わぬが……すべては神の決めることだ。

伯爵《はくしゃく》は首をふって窓《まど》をしめた。そして壁《かべ》の肖像画《しょうぞうが》に歩みよる。色を抑《おさ》えた細身のドレスに真珠《しんじゅ》の首飾《かざ》りだけを装飾《そうしょく》としている、質素な王女の姿を見あげながら、ため息をついた。

——あなたが私の求婚《きゅうこん》を待っているというのは、ほんとうだろうか。

ノーサンバランド公ジョン・ダドリーの五男ロバートと、ヘンリー八世の次女エリザベスは、幼《おさな》なじみだった。母のアン・ブーリン王妃《おうひ》の処刑《しょけい》後、父王の不興を買ってその支援《しえん》を受けられず、苦境にあったエリザベスの経済的困窮《けいざいてきこんきゅう》を救ったこともあった。手を伸《の》ばせばとどく距離《きょり》にいたときは、気がつかなかった。地味でふさぎがちな少女としか思っていなかった。

――王冠《おうかん》を頭にいただいて、あの人はかわった。まるでさなぎから蝶《ちょう》が飛びたつように。戴冠式《たいかんしき》の女王を忠実《ちゅうじつ》に描《えが》かせた肖像画に伯爵は目をやった。白貂《しろてん》の毛皮のガウンを身にまとい、チューダー家の薔薇《ばら》を刺繍《ししゅう》した豪華《ごうか》な衣装《いしょう》をつけた女王は、どうどうとして近寄りがたいほどの威厳《いげん》をおびている。

――もし愛の手袋《てぶくろ》を贈《おく》ったら、望みの返事がくるのだろうか……いや、そんなはずはない……だが、もしかしたら……。

愛を願い、死を願い、伯爵の心はたえず揺《ゆ》れていた。


女王の手袋はウィルの手にはめられている。空《あ》いたほうの手で、ウィルは眠《ねむ》い目をこすっていた。日がのぼるすこしまえから、従者《じゅうしゃ》たちがきてベッドを片付《かたづ》け、はやく作業に取りかかるようにうながしたのだ。

父はざらざらした布を手に巻《ま》き、手袋をはめたウィルの手をなで、包んでいる。その布は鮫《さめ》の皮だとタッチストーンが教えてくれた。なでて毛羽立《けばだ》たせるいっぽう、包みこんで毛羽立ちを抑える。そして染料《せんりょう》をすこし染《し》みこませ、急いで拭《ふ》きとる。慎重《しんちょう》に手袋の様子を見ながら、それらの相反する作業をくりかえす。

いつのまにかウィルは目を見はっていた。父の顔から汗《あせ》が吹《ふ》きでている。こんな間近《まぢか》で、職人としての父の腕《うで》まえを見るのは、はじめてだった。

その日の昼まえにはできあがった。父はタッチストーンとウィルを連れ、急いでフィリップのもとにとどけた。古色《こしょく》のついた手袋《てぶくろ》を見たフィリップは、ロンドンの職人に勝るとも劣《おと》らない優《すぐ》れた技だと大いによろこんだ。それこそ父のもっとも聞きたかった言葉だ。そして、充分《じゅうぶん》な代金ももらった。

それからウィルはフィリップに手招きされ、部屋のすみに置かれた小さなテーブルの前に連れていかれた。約束どおり、伯爵《はくしゃく》の書庫にあったルキアノスの本が数冊《さつ》、並《なら》べられている。好きな一冊を持ち帰っていいといわれたが、はじめて見る題名ばかりだ。どれにしようか、迷う。「はやくしないか」と父にせっつかれ、ウィルは目をつぶって一冊を取った。ルキアノスならどれを選んでも面白いはずだ。

父がフィリップに御礼《おれい》と帰りの挨拶《あいさつ》を申しのべているあいだ、ウィルはみやげの本を胸《むね》に抱《だ》きしめて、これ以上ないほどの満足感にひたっていた。

そのとき、部屋の扉《とびら》がひらいた。取りつぎの従者《じゅうしゃ》が入ってきて、来客の名を告げようとする。ところがそれを押《お》しのけ、でっぷりと太った赤ら顔の男が、ズカズカと入ってきた。男はウィルたちをちらりと見たが、フィリップにむかって両手を大きくひろげながら叫《さけ》んだ。

「おお、フィリップさま、緊急《きんきゅう》事態でございます」

この作法を無視《むし》した失礼な態度をとがめもせず、フィリップは「どうしたのだ」と問いかける。

「芝居《しばい》の演目を変更《へんこう》させていただきたいのです」

「ならぬ」

フィリップはばっさりと切《き》り捨《す》てる。すると男は胸をかきむしり、絶望の表情を浮《う》かべて床《ゆか》に膝《ひざ》をつけ、天を仰《あお》いで「ああ、この身は破滅《はめつ》だ」とうめいた。

ウィルは目を丸くした。父もタッチストーンもあきれた顔で男を見つめている。フィリップだけが男の反応を予想していたようで、笑って拍手《はくしゅ》しながらいった。

「フォールスタッフ、いったいなにが起きたのだ。ギリシャの将軍《しょうぐん》ピラマスと貴族《きぞく》の令嬢《れいじょう》シスビーの悲しい恋物語《こいものがたり》を上演するのではなかったか」

すると、フォールスタッフと呼《よ》ばれた男は、ひょいと立ちあがり、けろりとした顔で、「はい。じつは、悲しいことに昨夜、〈シスビー〉がねんざをしてしまいました。朝には回復する予定でしたが、あてがはずれて今は歩けないほどで。〈ピラマス〉ひとりでは恋《こい》ができません」といった。

それを聞いて、ウィルは思わず声をあげそうになった。それは自分が忍《しの》びこんだ芝居の支度《したく》部屋でのことかもしれない。

——あれはニセモノの軽いかぶとだった。あんなもので怪我《けが》をするはずがないけど……。

いっぽう、フィリップは顔をしかめた。みるみる機嫌《きげん》がわるくなる。

「なんということだ。上演できないなどと――今夜の芝居《しばい》は女官方を慰労《いろう》しようという陛下《へいか》の思《おぼ》し召《め》しで企画《きかく》されたものだぞ。観客席を男子禁制にしたのも、殿方《とのがた》の目を気にせずくつろげるようにとのご配慮《はいりょ》からだ。演目もいろいろ考えて、教訓をちりばめた寓話劇《ぐうわげき》はつまらん、品のない笑劇《しょうげき》はだめ、王家の運命だの神の預言《よげん》だのという悲劇《ひげき》は重い、だからこの悲しい恋《こい》の台本を新しく創《つく》らせたのではないか。わかっているのか。これほど周到《しゅうとう》に用意してきたのに、主役の少年役者がねんざとは。座長《ざちょう》のおまえの監督《かんとく》不ゆきとどきだ。演目を変更《へんこう》せずになんとかするのだ」

これはたいへんな事態だということは、ウィルにもわかった。

役者は男の職業だ。舞台《ぶたい》の女性役はすべて男が演じる。化粧《けしょう》と衣装《いしょう》と役者の演技で、女らしく見えるが、若《わか》い女性の役だけは無理だ。それは声がわりまえの少年が演じる。しかし、少年役者のなり手はすくないから、一座《いちざ》にひとりかふたりしかいない。主役を欠いて芝居は上演できない。

「もちろん、なんとかいたします、ご安心を。じつは――」とフォールスタッフが話しはじめる。

長引きそうだと思った父は、ウィルの袖《そで》を引っぱり、「帰るぞ」とささやいた。心残りだが、父には従《したが》わなければならない。三人がそろってフィリップにお辞儀《じぎ》をすると、会釈《えしゃく》をかえされた。

退室をゆるされたと判断した父は部屋をでようとした。

「しばらく。しばらく、お待ちあれ」

芝居がかった呼《よ》び声に、ウィルはもちろん、父の足も、タッチストーンの足もとまる。

フォールスタッフが愛想笑いをしながら近づいてきて、ウィルのとなりに立った。

「フィリップさま、こちらの少年のように、まだひげの生《は》えていない年頃《としごろ》で、こちらの少年のような背《せ》の高さで、こちらの少年のように顔だちのよいお子がいますれば、代役にお借りしたいと存《ぞん》じます」

思いがけない申し出に、ウィルは目を丸くした。

しかし、父はフォールスタッフの言葉を無視《むし》した。あらためてフィリップにむかって、「われわれはこれで失礼いたします」と述べ、ウィルを連れてでていこうとする。

ウィルは動かなかった。父に逆らうという意識はなかった。ただこの呼びかけに応えたかった。

「ぼ、ぼく、やってみます」

ひっこみじあんで、いつもみんなから〝ぼんやり者〟と思われているウィルが、はっきりと自分の意志を口にしている。

父はおどろき、「なにをいうか！」と叱責《しっせき》したが、すぐにフィリップにむかってあやまった。

「差しでがましきことを申しました。ものを知らぬ子どもの言葉とお聞《き》き捨《す》てください。それでは失礼いたします」

強引にウィルを連れて帰ろうとすると、今度はフィリップが手をあげて、「待て」といった。父のいいわけなど、気にもとめていない。

「そうだ、この子は『アエネーイス』を見事に朗唱《ろうしょう》した」

そしてフォールスタッフに、「シスビーの台詞《せりふ》はどれほどだったかな」とたずねる。

「ほんのわずかでございます。女役の少年は美しく着飾《きかざ》って、悲しげに泣いていればいいのでして。それがご婦人方の涙《なみだ》を誘《さそ》います」

「それなら、この子にもできる」

フィリップはうなずくと、父にむかっていった。

「もうひと晩《ばん》、城《しろ》に泊《と》まって、芝居《しばい》の上演に力を貸してくれないだろうか」

予想もしない展開《てんかい》に、父は身がまえ、かたい口調で答える。

「ふた晩も家をあけましては妻が心配いたします。一刻《いっこく》もはやく帰り、仕事が無事におわり、おほめの言葉もいただいたことを告げてやりたいと思います」

「なるほど。もっともなことだ」

フィリップはしばらく考えていたが、「では、そなたたちだけ先に帰りたまえ。この子は明日、馬車で送りとどけよう」といった。それでもためらっている父に、命令ともとれる口調でつづける。

「女王陛下《へいか》がご覧《らん》になる芝居だ。予定どおり上演したい」

女王をもちだされては、父も断るわけにはいかない。しぶしぶと頭をさげた。

赤ら顔に満面の笑《え》みを浮《う》かべたフォールスタッフは、父に握手《あくしゅ》を求め、出演料をはらうと申し出る。あからさまにいやな顔をして、父はそれを断った。

「私《わたし》は息子を役者にする気はない。フィリップさまのお頼《たの》みだから承諾《しょうだく》するのだ」

そして、フィリップに釘《くぎ》をさす。

「まだ幼《おさな》い者でございます。もし失敗して陛下のご機嫌《きげん》をそこねることがありましたら、お取りなしくださいますでしょうな」

「芝居は遊びだ。とやかくおっしゃる陛下ではない。私が責任を持つ。それに親が思うより、子はしっかりしているものだ」

「親が思うほどしっかりしていない子でございますので、心配しております」

ふたたび父は深々《ふかぶか》と頭をさげた。

——決まった。

固唾《かたず》をのんで大人たちのやりとりをながめていたウィルは、ほっと息をついた。舞台《ぶたい》に立てるうれしさとよろこびがこみあげてくる、と同時にその少年役者に対して申しわけない気持ちも。

フィリップは、もうこの一件はこれで済《す》んだとばかりに、フォールスタッフのほうをむく。

「さあ、フォールスタッフ。陛下を賞賛する詩を、芝居の最後におわたしするといっていたな」

「はい。なかなか面白い趣向《しゅこう》でございましょう。一座《いちざ》のなかに知恵者《ちえしゃ》がおりまして、提案してくれました」

「詩を見せてくれ。さしさわりがあるといけないので、陛下におわたしする文章はすべて私が目をとおす」

「そのようにうかがいましたので、ここに持参いたしました。恋人同士《こいびと》が死をもって結ばれ、涙《なみだ》、涙、涙でおわります。しかし、観客を気持ちよく帰すのが、よいお芝居《しばい》というもの。この詩で悲しい気分を切りかえ、笑顔《えがお》になっていただくつもりです」

そういいながらフォールスタッフは、ベルトにさげた巾着袋《オモニエール》から封筒《ふうとう》を取りだし、フィリップに手わたした。

「陛下《へいか》を月の女神に、女官の方々《かたがた》を月の女神に仕える妖精《ニンフ》たちにたとえました。わが一座《いちざ》の台本作者グロスターの精魂《せいこん》こめた傑作《けっさく》でございます」

詩が書かれた便せんを封筒から抜《ぬ》きだし、フィリップは読みはじめた。すぐにくすくす笑いだし、読みおわったときには、大笑いしていた。

「たしかにご気分をかえてお笑いになるだろうが、これは詩ではない」

「これは意外なお言葉。それではなんと思《おぼ》し召《め》す」

「陛下のお化粧《けしょう》の解説書だ。ほら、この一節」

便せんをひらひらさせながら、「女王陛下のまゆずみは　すみにおけない　美しさ」と読みあげる。

「いったいこれは、陛下のまゆをほめているのか、まゆずみをほめているのか」

フォールスタッフはにやりと笑うと、「その両ほうでございます」といいかえした。

「韻《いん》に対句に、直喩《ちょくゆ》に暗喩《あんゆ》――さまざまな技巧《ぎこう》をこらして陛下をほめちぎりました自信作です」

「たしかに技巧は詰《つ》まっている」

フィリップは詩の入った封筒で、フォールスタッフの大きなお腹《なか》を軽くたたいて、かえした。

「まあ、いいだろう。陛下は臣下《しんか》の努力はおよろこびになる。詩ならぬ詩もお受けとりになるだろう」

するとフォールスタッフは両手をひろげ、大げさにお辞儀《じぎ》をした。

「ありがとうございます。詩人のフィリップ・シドニーさまに認《みと》めていただき、安心いたしました。〈シスビー〉の手から女王陛下に詩をおわたしいたします」

そして、ウィルのほうをむいて、こういった。

「名誉《めいよ》ある役目だ。しっかりとお願いしますよ」

――ぼくが。ぼくが女王さまに手紙をおわたしする……。

急に不安になった。

――できるはずがない。ぼんやり者のぼくだ。ラテン語のご挨拶《あいさつ》もできなかったのに。台詞《せりふ》が覚えられるはずがない。

とんでもないことを自分は引き受けたのだと、青くなった。よろこびで舞《ま》いあがった心は、どさりと穴《あな》の底に落ちる。その動揺《どうよう》を見てとったのか、フォールスタッフは芝居がかって胸《むね》をたたいた。

「すべてこの座長《ざちょう》におまかせあれ。女王陛下にご満足いただけるよう、手取り足取りお教えしますぞ」

大きなお腹を揺《ゆ》らし、フォールスタッフは豪快《ごうかい》に笑った。

その明るい笑い声はウィルをほっとさせた。あれよあれよというまに決まったことなので、気持ちがまだ追いついていかなかった。でも、この人についていけばだいじょうぶという気がした。

苦虫をかみつぶしたような顔の父と、「坊《ぼっ》ちゃんならきっとうまくできます」とはげましてくれたタッチストーンを見送ったあと、フォールスタッフに連れられて、ウィルはケニルワース城《じょう》の広間《ひろま》にやってきた。広間は大道具係たちが舞台《ぶたい》を組み立てる木槌《きづち》の音や、稽古《けいこ》中の役者たちの台詞《せりふ》のやりとりでうるさいほどだ。そしてそんなざわめきをものともせず、窓《まど》ぎわで針《はり》を持った衣装係《いしょうがかり》がもくもくと舞台衣装《いしょう》をつくろっている。

「おーい、みんな。手は動かしたまま、耳だけ貸してくれ」

フォールスタッフが大声で呼《よ》びかけると、その場にいた十四、五人の男たちは、それぞれ自分の仕事に熱中したまま、「おう」と元気な声をかえす。広間のまんなかで立ち稽古《げいこ》をしていた役者たちだけが、動きをとめてフォールスタッフのほうへ顔をむけた。

そのなかに思いがけない顔を見つけ、ウィルはおどろくと同時にうれしくなった。

しかし、昨夜助けてくれた金髪《きんぱつ》の青年は、目をあわせても知らん顔をしている。

「代役が見つかった。ウィリアム君だ」

フォールスタッフは役者たちのほうへ歩みを進めながら、みんなに聞こえるようにウィルを紹介《しょうかい》した。

「シスビーは俺《おれ》の役だ！」

いきなり、横手からなにかが飛んできた。顔をかすめたクッションに、ウィルがはっとして見ると、壁《かべ》によりかかった黒髪《くろかみ》の少年が、両脇《りょうわき》や背中《せなか》に置いたクッションに埋《う》もれるように足を伸《の》ばして座《すわ》っていた。痛《いた》みに顔をしかめている。華奢《きゃしゃ》な身体《からだ》つきだが、十三、四歳《さい》だろうか。

この声には聞き覚えがあると、ウィルは気がついた。昨夜、かぶとを投げつけた相手だ。そのせいで舞台に立てなくなったのだと思うと心が痛んだ。

フォールスタッフは「妬《や》いているだけだ。気にしないでくれ」とウィルの耳にささやき、黒髪の少年に声をかけた。

「デメトリアス、こんなことをすると足の痛みが長引くぞ。せっかくおまえのおかげでなにも盗《と》られなかったんだから」

くやしさと痛みにうめきながら、黒髪の少年役者――デメトリアスはいう。

「そうだよ、雲つくような大男が殴《なぐ》りかかってきたんだ。かみついたら逃《に》げていったけどさ」

えっ？　という声をウィルはあわててのみこんだ。

まさかウィルがその大男だとは気がつかず、デメトリアスは甘《あま》えた声で訴《うった》える。

「追いかけてねんざしたんだからさあ、ねえ、座長《ざちょう》、座ってできるように台本《ほん》をかえてよ」

「台本はかえないと決まったんだ。今は足をなおすことだけを考えろ」

なだめるようにフォールスタッフはいい、手をあげて、金髪《きんぱつ》の青年を呼《よ》んだ。

「ハムネット、台本を持ってきてくれ」

そしてあげた手をそのままウィルの肩《かた》におく。

「ウィル少年よ。フィリップさまにはあのように申しあげたが、じつは台詞《せりふ》は多い」

ぎょっとしたが、「心配しなくてもいい」とフォールスタッフはつづける。

「覚えなくてもいいんだ。シスビーは貴族《きぞく》の娘《むすめ》だからいつも侍女《じじょ》がついている。その侍女が、うしろからそっと台詞を教える。とりあえず、台本を読んで聞かせるから、筋《すじ》を頭にいれてほしい」

「ぼく、読めます」

ウィルの返事に、フォールスタッフはヒューと口笛《くちぶえ》を吹《ふ》いた。

「字が読めるのか。そいつはすごい！」

そして笑いながら、「うちの一座《いちざ》で字が読めるのは、わしとグロスターとハムネットだけだよ。あとの奴《やつ》らは耳で覚える」といった。

そのハムネットが黙《だま》ってウィルに台本を手わたす。せっかく再会したのに、金髪の青年がなんの挨《あい》拶《さつ》もしないことにとまどったが、今は台本に目をとおすほうが先だ。ウィルはむさぼるように読んだ。

「舞台《ぶたい》は古代ギリシャのアテネだ。ピラマス将軍《しょうぐん》の家と、同じ軍人で貴族の家柄《いえがら》のイージアスの家は、となり同士だが、代々《だいだい》張りあっていて仲がわるい。だからお互《たが》いの屋敷《やしき》は高い壁《かべ》でへだてられている。

しかし、ピラマス将軍とイージアスの娘シスビーは愛しあっている」

ウィルが読みおわるのを待って、フォールスタッフがそういった。

「おい、ハムネット、ここに壁をつくってくれ」

指をパチンと鳴らす。それを合図にハムネットの芝居《しばい》がはじまった。

広間《ひろま》の中央に立ち、顔をあげて視線《しせん》を動かす。それだけでなにもない空間に壁があらわれた。両手をひろげ、手のひらに力をこめて壁を押《お》す。しかし壁はびくともしない。首をたれ、「ああ」とうめく。

「この壁が憎《にく》い。この壁があなたとわたしをへだてているのだ」

このときはじめて、〈ピラマス〉の役がハムネットであることをウィルは知った。

つぎにつづくのは〈シスビー〉の台詞だ。とっさにウィルは貴族の娘らしくうつむいて壁の前まで歩いていき、壁に頬《ほほ》をよせるようにして、台本にあった台詞をいってみた。

「いいえ、目に見える壁はのりこえることができましょう」

すらすらとでてきたことに自分自身がおどろいた。恋《こい》に命をかけた〈シスビー〉らしくて素敵だと思った台詞だ。

「それより、おそろしいのは心のなかの見えない壁。今は愛をささやいても、やっぱり敵の娘だと、いつかわたしを遠ざけなさるでしょう」

ハムネットが、おっ、いいぞ、という目をして、つぎの台詞をかえす。

「わが心のなかの壁《かべ》はすでにのりこえた。ひと目見たそのときから、あなたを敵の娘《むすめ》と思ったことはない。あなたへの愛は永遠にかわることがない」

「その思い、わたしも同じでございます」

ウィルは自然にひざまずき、愛を誓《ちか》うように両手を組んでいた。まわりから拍手《はくしゅ》がわき起こる。大道具係たちも衣装係《いしょうがかり》も手をたたいている。ハムネットも微笑《ほほえ》みを浮《う》かべて拍手している。フォールスタッフが貴婦人《きふじん》にするように、ウィルの手をやさしく取って、立たせてくれた。

「素晴らしい！」と叫《さけ》びながら、年配の男がウィルに抱《だ》きついてきた。

「きみは素晴らしい！　きみは天才だ！　はじめて台本を読んでこれだけできるなんて」

とまどっているウィルに「この台本を書いたグロスターだ」とフォールスタッフが紹介《しょうかい》した。それをきっかけに、みんな、ウィルをかこんで賞賛の言葉を浴びせる。

そのとき、かぼそい泣き声が聞こえてきたので、一瞬《いっしゅん》、しんとなった。クッションに顔を押《お》しつけて、デメトリアスが泣いている。その背中《せなか》をたたいて、フォールスタッフが慰《なぐさ》めた。

「泣くことはない。一座《いちざ》の花形役者はおまえなんだから。つぎの芝居《しばい》はおまえが主役だ」

すると、泣き声はいっそう大きくなった。

それからウィルは〈シスビー〉の衣装《いしょう》あわせをするために、別室に連れていかれた。舞台《ぶたい》の上手《かみて》に紫《むらさき》の幕《まく》をさげて隠している扉《とびら》があり、その奥《おく》が衣装部屋になっている。そこでかつらをつけ、化粧《けしょう》もしてもらった。

「ぴったりだ。なおすところがない。ほら、鏡をご覧《らん》」

衣装係が指さす鏡には、銀色のドレスをまとった乙女《おとめ》がしとやかに立っていた。これが自分なのかとウィルはおどろいた。ほそ長い手足に女の衣装がよく似あっている。

つぎにだされたのは血のように赤い衣装だった。「不吉《ふきつ》な色ですね」とつい、いってしまった。怒《おこ》られるかと思ったら、「よくわかるね、この服の雰囲気《ふんいき》が」と衣装係は感心している。

〈シスビー〉と〈ピラマス〉が、はじめて出会う舞踏会《ぶとうかい》のドレスだそうだ。のちの不幸な死を暗示して、暗い赤を使ったと得意そうに説明する。そして、「これは長めの衣装で裾《すそ》を引きずる。デメトリアスはかかとの高い靴《くつ》をはいていたんだ。きみもそうするか、それとも裾をあげるか、どっちがいいか選んでくれ」と訊《き》いた。

かかとの高い靴なんてはいたことはない。転びそうだから、ウィルは裾をあげてもらうことにした。

「衣装のなおしがこれ一着でいいなんて。背《せ》の高いきみが代役で助かった」

そういうと、衣装係は両手に赤のドレスを抱《かか》え、すぐに部屋をでていった、「身体《からだ》になじませるためにその衣装を着ていたほうがいいよ」という忠告《ちゅうこく》を残して。広間《ひろま》に窓《まど》から明るい陽《ひ》ざしがさしこむうちに、衣装係は裾あげを済《す》ませたいのだ。

忠告《ちゅうこく》どおりにウィルは〈シスビー〉の服装《ふくそう》のまま、衣装部屋《いしょう》をでた。そして組み立て中の舞台《ぶたい》の前を横ぎって、下手《しもて》にむかった。

舞台の上手《かみて》が衣装部屋なら、下手はもしかしたら昨夜入りこんだ支度《したく》部屋かもしれないと思ったのだ。行ってみると、そこには上手と同じように紫《むらさき》の幕《まく》に隠《かく》された扉《とびら》があった。あけてなかをのぞくと、思ったとおり、雑然と小道具やかつらが棚《たな》に並《なら》び、床《ゆか》にはかばんが積まれていた。青い小箱は、なかった。

——あれはいったい、どういうことだったんだろう？　手袋《てぶくろ》の入った青い小箱は父さんのところにあった……結局、同じ小箱がふたつあったということなのかな。

青い小箱にいれた手袋は無事にレスター伯爵《はくしゃく》の手にわたり、父とタッチストーンは家に帰った。謎《なぞ》は残るが、もうその謎を追う気になれなかった。

そっと扉をしめてふりかえると、〈ピラマス〉が立っていた。おどろくウィルに、〈ピラマス〉の衣装をつけたハムネットは、先ほどの態度とはちがって、親しげに歩みよってきた。

「ゆうべはひとりで台詞《せりふ》の稽古《けいこ》をしていたんだ。だれにも邪魔《じゃま》されたくなかったし、まだ覚えていないのかといわれるのもしゃくだし」

そしてウィルの顔をのぞきこんだ。

「だから、ぼくは、今日はじめて、きみに会った、ね」

青い瞳《ひとみ》にじっと見つめられて、ウィルはどぎまぎした。〈シスビー〉の衣装を着ていると〈シスビー〉の気持ちになるのかもしれない。思わずうなずくと、ハムネットはにっこり笑った。

「代役に背《せ》の高い小姓《こしょう》を借りてくると座長《ざちょう》はいってたけど、まさかきみがくるとは思わなかったな」

組みあがった舞台の上で、役者全員が衣装をつけて、小道具もそろえ、本番とまったく同じ稽古をする。それを通《とお》し稽古《げいこ》というのだと教えられた。ただ、女王にわたす詩をポシェットから取りだして〈シスビー〉が読みあげるときは、本物を汚《よご》すといけないので、べつの紙に書いたものを使った。

この最後の稽古がおわると、「よし。それでいい。とてもいいぞ」と、客席で見ていたフォールスタッフはウィルにいった。彼《かれ》は出番のすくない町の有力者の役も兼《か》ねている。

となりに座《すわ》っていた台本作者で〈ピラマス〉の父を演じるグロスターがひと言、つけ加える。

「ウィル君、額《ひたい》の前髪《まえがみ》を引っぱる癖《くせ》はやめるんだな。禿《は》げるぜ」

「こいつのいうことは気にするな」とフォールスタッフがグロスターをつつく。

「安心して引っぱりたまえ。その癖があるからきみは落ちついていられるんだ」

そして舞台に手をついて飛びのり、倒《たお》れている〈ピラマス〉の肩《かた》をたたいて起こした。

「うちの一座《いちざ》は名優《めいゆう》ぞろい。最近一座に加わったこのハムネット君も天性の役者だ。きみがどんな失敗をしても、必ずうまくつなぐから心配いらない。でも最後の場面だけはピラマスとシスビーのふたりだけで、しかもピラマスは死んでいる。その場面だけはしっかりやってくれ」

するとハムネットが立ちあがりながらいう。

「心配するな。シスビーがまちがえたら、死んだピラマスが生きかえってつないでやるから」

それを聞いたグロスターは肩《かた》をすくめる。

「なんて奴《やつ》らだ。おい、俺《おれ》の書いた悲恋《ひれん》の台本を台無しにする気か」

そして大げさに天を仰《あお》いでため息をつく。ウィルもハムネットも、その場にいた役者たちはみんな、遠慮《えんりょ》なく笑った。大きなお腹《なか》を抱《かか》えてフォールスタッフも笑いながら、「かまわん。作者がなにを書こうと、開演のラッパが鳴れば、舞台《ぶたい》は役者のものだ」といい放つ。

そして、ウィルをぎゅっと抱《だ》きしめた。

「さあ、今のままでいいからね。もうこれ以上稽古《けいこ》もしなくていい。なにも考えるな」

「はい」とウィルは大きく息をついた。

女官たちのふくらんだスカートのために、ひじ掛《か》けのない椅子《いす》を従者《じゅうしゃ》たちが運びこんでいる。あいだをとってゆったり並《なら》べているが、百席はあるだろう。客席の後ろのほうはあけてある。

客席のいちばん前のまんなかは、天蓋《てんがい》つきの豪華《ごうか》な王座《おうざ》だ。ゴブラン織りのはなやかな座《ざ》面、ひじ掛けの飾《かざ》りは獅子《しし》の頭を模《も》している。王座の前には赤いじゅうたんがひろげられた。

女王を迎《むか》える準備は整った。あとは開演を知らせるラッパが三度、吹《ふ》き鳴らされるのを待つだけだ。

第四章　芝居《しばい》

　夜の薔薇園《ばらえん》で遊ぶつもりだったのに、青い小箱を持ったふたり組を追いかけるのに必死なウィルに断られたパックは、腹《はら》いせに城《しろ》のなかをいたずらしてまわった。

　明かりのともる厨房《ちゅうぼう》で夜を徹《てっ》して粉を練る料理人の秤《はかり》の目盛《めも》りをくるわせたり、壁《かべ》にかかる特大《とくだい》フライパンを落としたりして、料理長をあわてさせた。

　それから物見《ものみ》の塔《とう》へいき、見張りの兵士をいねむりさせようとしたが、思いのほか真面目な兵士で、小さなあくびをしただけだった。くやしいからしゃっくりをおこさせ、とまらなくさせてやった。

　迷子になったウィルが金髪《きんぱつ》の青年――ハムネットに送られて部屋にもどった頃《ころ》、パックは見張りをからかうのにも飽《あ》きて、城でいちばん高い角形櫓《スクエアキープ》のてっぺんに腰《こし》かけていた。東の空から顔をだす朝陽《あさひ》の最初の光を浴びるつもりだ。

——おや？　なんだか、へんな匂《にお》いがするぞ。

パックは鼻をうごめかせた。

——この匂い、どこからやってくるんだ？　これはとほうもなく大きくなって、わがもの顔に駆《か》けまわる爺《じい》さんの馬車の匂いだ。ここらあたりは、おいらの遊び場。爺さんの馬車を駆けまわらせたりはさせないぞ。

パックは立ちあがった。


開演のときが迫《せま》っている。支度《したく》部屋では衣装係《いしょうがかり》が走りまわり、着付けの済《す》んだ役者はほかの役者の着付けを手伝う。ウィルも〈シスビー〉の衣装《いしょう》を着せてもらい、いよいよ本番の化粧《けしょう》もしてもらう。その騒《さわ》ぎのなかで、ウィルの胸《むね》の鼓動《こどう》はだんだんひどくなる。

——だいじょうぶ、台詞《せりふ》は全部覚えている……はずだ。

稽古《けいこ》はするなといわれて、台本は取りあげられた。でももう一度だけ台本を読んで、台詞を覚えているいることを確かめたかった。

「不安で倒《たお》れそうだって顔をしているよ、シスビー」

となりで〈ピラマス〉のマントをつけていたハムネットが笑いかける。ウィルはうなずいて、ため息をついた。すると、「ついておいで。ここはうるさすぎる」とハムネットはささやいた。

うしろについて、そっと支度部屋をでた。いくつもの長い廊下《ろうか》をとおりすぎ、ようやくハムネットはある部屋の扉《とびら》をあけた。大きな鏡と装飾《そうしょく》された白い化粧台《けしょうだい》が目につくひろい部屋だ。

「ここはなんの部屋なの？」

「女王さまのお着替《きが》えの間《ま》だ」

おどろいたウィルは腰《こし》をおろしたばかりの椅子《いす》から飛びあがる。ハムネットはゆかいそうに笑った。

「もちろん見つかれば、ただじゃ済まないさ。わるくすると」

シュッとのどを切る真似をする。

「やめてよ。こわいじゃないか」

「びくびくするな。女王はただいま食事中。だれも入ろうと思わないから、かえって安全だ」

「落ちつかないよ」

口をとがらすウィルに、ハムネットはくすくす笑った。そして、台本をさしだす。

「ほら、もう一度目をとおせば、落ちつく」

ウィルは目を丸くした。どうしてぼくの気持ちがわかったのかと訊《き》くまえに、ハムネットはにやりとしてこういった。

「ぼくも初舞台《はつぶたい》のときは、緊張《きんちょう》した。台本を読んだら落ちついたのさ」

「ありがとう」と受けとると、つづいて、〈シスビー〉が持つはずの、ゴブラン織りのポシェットをさしだした。

「ほら、女王陛下《へいか》にわたす詩だ」

ポシェットは四角くふくらんでいる。詩が入っている封筒《ふうとう》にしては、ふくらみすぎている。けげんな顔をしているウィルに、ハムネットはいった。

「詩を箱にいれてきたから、このまま女王にわたせ。いいか、芝居《しばい》のなかで読みあげることになっているが、読まずに、箱ごと女王に捧《ささ》げろ」

ウィルは迷った。ハムネットがなぜそんなことをいいだしたのか、わからない。

「台本にないことをしていいの？　グロスターは女王陛下の目の前で朗読《ろうどく》してほしいといっていたよ。自信作だからって」

「あいつはへっぽこ詩人だ。シスビーはこれを詩だと思うかい？」

その問いには答えられない。答えればグロスターを傷《きず》つける。

黙《だま》っているウィルに、ハムネットは重ねていう。

「これを朗読している途中《とちゅう》で、観客からあざけりの笑いがわいたら、シスビーはどうするの？　芝居の流れがとまるよ」

ハムネットの青い瞳《ひとみ》がのぞきこむ。心のなかにひそかに持っていた心配をいいあてられた。

——これは詩というより、むりやりこじつけた駄洒落文《だじゃれぶん》だ。

「グロスターの名誉《めいよ》のために読まないほうがいいのさ。だがそれは内緒《ないしょ》。ピラマスとシスビーのふたりだけの秘密《ひみつ》だ」

「フォールスタッフも読まないほうがいいって、いってるの？」

「えっ……ああ、そうだよ」

一瞬《いっしゅん》の間《ま》があいたのが、気になった。けれど、座長《ざちょう》のフォールスタッフもそのほうがいいというならば、ウィルは承知するだけだ。

「わかった。箱のまま、女王さまに捧げるよ」

ハムネットは「いい子だ」と、ウィルの肩《かた》をたたく。そして、「愛《いと》しいシスビー、もうひとつ、約束しておくれ」と、今までになく真剣《しんけん》な顔をして、こういった。

「箱をあけるな」

ウィルはうなずいた。

「手紙は女王のものだ。臣下《しんか》がさわってはいけないものだぞ」

そういって念を押《お》すと、「じゃあ、ゆっくり台本を読みたまえ。だれかが近づいてきたら知らせてやる」とハムネットは部屋をでていった。

急に静かになった。化粧台《けしょうだい》の上にポシェットを置いて、台本を読みはじめる。そして、台詞《せりふ》を全部覚えていることを確かめると、ウィルはほっとした。

それからあとひとつ、練習してみなければいけないことがある。それは、箱をわたすときのしぐさだ。化粧台《けしょうだい》の前に女王が立っているつもりで、ウィルは床《ゆか》にひざまずき、台詞《せりふ》をいった。

「月の女神のダイアナさまに、この手紙を捧《ささ》げます」

ほんらいなら、そこで封筒《ふうとう》から便せんを取りだし、書かれた詩を朗読《ろうどく》して、再び封筒にいれ、女王にわたすことになっていた。今は、封筒の入った箱を、両手に持ったつもりで高くかかげて頭をさげた。

なんだか恭《うやうや》しくて、大げさすぎる気がする。

——そうだ。じっさいに箱を持って、捧げるしぐさをしてみればいい。なかをあけなければいいのさ。

ゴブラン織りのポシェットから小箱を取りだして、ウィルは「あっ」と声をあげた。青い小箱のふたにローズマリーの花が咲《さ》いている。形も大きさも、父があずかった小箱と同じだった。

——どうしてここにあるんだ？　手袋《てぶくろ》が入っているのか？　そんなはずはない。あれはフィリップさまにおわたしして、もう伯爵《はくしゃく》さまの手にとどいている。

思わず、なかを確かめようとふたに手を伸《の》ばした。

——いけない。ハムネットはあけるなといった。

ウィルは手をひっこめた。

——でも、このなかに、なにが入っているんだろう？

もちろん、女王に捧げる詩が入っているはずだ。だが、そのとき、はっと思いあたった。

――そうか！　あの怪《あや》しい人影《ひとかげ》が持っていたのは、この箱だ。

ウィルは首をかしげた。

――それならなぜ、ハムネットがこの箱を持っているんだ？　なぜぼくにわたした？

考えれば考えるほど、ウィルはわからなくなった。

――見たい。なかになにが入っているか……だめだ、あけないって約束した。それにこれは女王さまのもの。臣下《しんか》がさわってはいけない。

あけるな、とだれかがささやいたような気がした。

――そうだよ、あけてはいけない……見たい……だめだ。

あけろ、女王の手にわたったらもう見ることはできないぞ、とべつの声が聞こえたような気がした。

――ほんのちょっとあけて……だめだ、だめだ……今しかない……だめだ……でも……。

ウィルはふたに手をかけた。思いきって、あけた。

とたんに、パックが飛びだす。

「ほうら、おいらが勝った」

と同時に、封筒の陰《かげ》にうずくまっていた老人――パックと同じ、親指ほどの大きさだ――が小箱のなかで立ちあがった。古代ローマの貴族《きぞく》が着ていたような長衣《トーガ》をまとっている。それは闇《やみ》のように黒い。

「小童《こわっぱ》、なぜあけた」

老人が地獄《じごく》の底からひびいてくるような声でいう。冷たい風が吹《ふ》きつけたように、ウィルは背筋《せすじ》がぞくっとした。いっぽう、化粧台《けしょうだい》の上でパックはゆかいそうに笑う。

「人間というのは知りたがり屋なのさ。ヒャッヒャッヒャ」

「ふん。くそいまいましいこびとめ」

「へえ、そっちもこびとじゃないか」

「余《よ》は巨大《きょだい》になれる」

老人はたちまち黒い柱のように大きくなって、天井《てんじょう》まで頭がとどく。そしてその太い指でパックをつまもうとした。

「あれえ、助けてえ」と大げさな悲鳴をあげて、パックは化粧台を逃《に》げまわり、香水瓶《こうすいびん》のうしろに隠《かく》れて舌をだした。

「ひきょうな爺《じい》さんだよ、賭《か》けに勝ったおいらをつぶしにかかるなんて」

「口のへらぬ奴《やつ》め」

老人はもとの小さな背丈《せたけ》にもどり、「賭けの結果には従《したが》う」といった。それでふたりが、ウィルが箱のふたをあけるかあけないかで、賭けをしていたことがわかった。

「じゃあ、約束どおり、このあたりではだれも連れていかないでくれ」

「承知」

重々《おもおも》しく老人はパックに答える。ウィルは気になって、パックに小さな声で訊《き》いてみた。おそろしくて老人には訊けない。

「パック、なにを賭けたの？」

「ぼんくら坊《ぼう》やにゃ、関係ないよ」

「あるさ。この箱はぼくが女王さまにおわたしすることになっているんだ」

「なんにも知らないから、そんなのんきなことをいっていられるのさ」

パックはまた、「ヒャッヒャッヒャ」と笑った。

「便せんにさわったら、爺さんに連れていかれるぞ。ペストにまみれた便せんだからな」

「ええっ。女王さまにわたす詩だよ」

ウィルのおどろく顔をパックはにやにやしながら見ている。そして、でんぐりがえりをしながら、歌うようにいった。

「すりかえられたのさあ。さあ、だれがすりかえたのかねえ。ねえ、知ってるかい」

それを聞いた老人が、ウィルにむかっていう。

「余がゆるす。封筒《ふうとう》をあけて読むがよい」

ためらっていると、パックがうなずいている。

「さわってもだいじょうぶ。爺さんが連れていかないといったから」

そういわれて、おそるおそるウィルは封筒《ふうとう》を手に取った。樫《かし》の木につながれた熊《くま》の封印《ふういん》がある。それはレスター伯爵《はくしゃく》の印《しるし》だから、勝手に封《ふう》を切るわけにはいかない。

すると、老人はせせら笑って、封筒に息を吹《ふ》きかけた。あっというまに封蠟《ふうろう》が飛び散った。伯爵の秘密《ひみつ》をのぞきみるようで、うしろめたい思いをしながら、ウィルは便せんの文章を読んだ。そしておどろきのあまり、声をあげた。

「伯爵さまはどうかしてる。女王さまをあんな危険《きけん》な森に呼《よ》びだすなんて」

その便せんには、今夜〈恋人の森《こいびとのもり》〉でお会いしたいと、女王を誘《さそ》う文章がつづられていた。しかし、ケニルワース城《じょう》の郊外《こうがい》にあるその森は、迷うことが多いので、土地の者は〈不帰の森《かえらずのもり》〉と呼んで近づかない場所だ。その呼び名がついたのも、恋人たちが行方《ゆくえ》不明になったことがあるからだ。その森に入るなと、ウィルたち子どもはいわれていた。

「小賢《こざか》しい者どもが小賢しい企《たくら》みをしておる」

老人はねばっこい笑い声をあげた。

——そうか。これはにせの手紙だ。伯爵さまが書いたものじゃ、ない。薔薇園《ばらえん》のあの怪《あや》しいふたりはこのことに関係していたんだ……ハムネットに知らせなきゃ、この箱は怪しいって。

パックが面白がって、はやしたてる。

「たくらみだ、たくらみだ。たくみなわるだくみだ」

「どうしよう、女王さまをお救いしなくちゃ」

「すくおう、すくおう、網《あみ》持ってこい」

ウィルが心配すればするほど、パックは調子にのり、ウィルの肩《かた》に飛び乗って踊《おど》っている。新しい遊びを見つけたつもりなのだ。

「ふざけるのはやめてくれ！」

うるさいパックをふり落とそうと、ウィルは首をふった。なおさらパックはしがみつく。

「騒々《そうぞう》しい者どもめ」

そのつぶやきがふたりをとめた。パックはウィルの肩から化粧台《けしょうだい》に飛びうつると、香水瓶《こうすいびん》によりかかって、「爺《じい》さんはどうする気だい」と訊《き》いた。

老人は「手紙を封筒にいれよ」といった。ウィルがいわれたとおりにすると、老人は口をすぼめて息を吸《す》いこんだ。飛び散った封蠟がたちまちもとにもどる。

「余《よ》を利用しようなどとは身のほど知らずめ。ちとかきまわしてやろうて」

ぞっとするような笑いを頰《ほほ》にきざんで、「この手紙をいわれたとおりにわたすがよい」といった。

ウィルはおどろいて、「それじゃ、女王さまがペストになる」と声をあげた。

「ふん。約束をしたゆえ、連れてはいかぬ。かわりに小賢しい者どもを脅《おど》かしてやる」

老人の言葉を信じていいのだろうかとウィルが思ったとき、パックがいった。

「おいらも森へいく」

「うむ。そちもくるがよい」

ウィルはごくりとつばをのみこんだ。

「ぼ、ぼくもいく。女王さまをお守りする」

その言葉に老人は目を見はった。女王さまをお守りする」

「勇気があるな、小童《こわっぱ》」

そのとき、かすかな音がして、扉《とびら》が細めにあけられた。差しこまれたハムネットの片手《かたて》が、引きあげろと合図している。

「他言は無用。芝居《しばい》がおわったら会おうぞ」

老人がいい、パックがうなずくと、ウィルもそれに従《したが》うほかはなかった。


広間《ひろま》は着飾《きかざ》った女官たちでびっしり埋《う》められていた。燭台《しょくだい》の蜜《みつ》ろうそくがあかあかと燃えている。その甘《あま》い匂《にお》いと女官たちの化粧《けしょう》の香《かお》りがまざって、むせかえるようだ。広間を見おろす二階の回廊《かいろう》に陣取《じんど》った楽師《がくし》たちは、芝居への期待を盛《も》りあげる楽しい曲を奏《かな》でている。

ウィルはふるえていた。観客は椅子《いす》の数だけだと思っていたので、垂《た》れ幕《まく》のすきまから客席をのぞいて、人が多いのにびっくりしたのだ。位《くらい》のある女官は椅子に座《すわ》り、そのほかの人たちは立って観《み》るという習慣をウィルは知らなかった。

肩《かた》にだれかの手がおかれ、「こわいのか、シスビー」とささやかれた。羽根飾《はねかざ》りのついたかぶとをかぶり、〈ピラマス〉の衣装《いしょう》を着たハムネットが、となりに立っていた。

「あの人たちはみんな、ぼくたちに拍手《はくしゅ》をするために集まっているのさ」

そして垂れ幕のすきまから、挑《いど》むような目で客席を見まわす。

――そうだ、失敗してもハムネットがなんとかしてくれる。

ウィルは落ちつきを取りもどした。王座《おうざ》の女王は、扇《おうぎ》で口もとを隠し、となりの女官長となにか話をしている。その女王にじっと目をすえたまま、ハムネットがつぶやく。

「すべては順調。今夜、おれは夢をつかむ」

思わずウィルはハムネットを見た。いつもだれかを演じているようなハムネットの、素の声をはじめて聞いたような気がした。

「ハムネットの夢って、なに？」

なにげなくウィルが訊《き》くと、はっとしてハムネットはふりかえった。彼《かれ》がなにかいおうとしたとき、開演を告げるラッパが高らかに鳴った。

ハムネットは〈ピラマス〉にもどり、〈シスビー〉の手を取って、口づけをする。

「さあ、ぼくたちの芝居がはじまる」

三度目のラッパが鳴りひびき、客席のおしゃべりがやんだ。舞台《ぶたい》のまんなかに、古代ギリシャの貴《き》族《ぞく》の衣装《いしょう》を身につけたグロスターが進みでて、口上を述べる。

「われら一同、けんめいに努めますれば、至《いた》らぬところは寛容《かんよう》の精神をもってお見逃《みのが》しくだされたく、お願い申しあげるしだいであります」

楽師《がくし》たちは甘《あま》い恋《こい》の序曲を演奏《えんそう》しはじめる。

芝居《しばい》はとどこおりなく進んだ。〈ピラマス〉は〈シスビー〉が死んだと思いこみ、彼女《かのじょ》のあとを追って毒薬をあおる。そして〈シスビー〉はその亡骸《なきがら》を抱《だ》きしめ「ああ、愛《いと》しいお方。わたしもおそばにまいります」という。観客席からすすり泣く声が聞こえる。流れる涙《なみだ》を扇《おうぎ》で隠す人もいる。

舞台の上で演技しながら、ウィルはちょっと得意になった。その涙は自分が流させたのだ。

「ああ、でもわたしが死んだら、わたしたちの恋はだれにも知られないままになってしまう。そうだ、あの月に——月の女神のダイアナさまに、恋の証人になっていただこう。わたしはここにふたりの恋のいきさつを書いた手紙を持ってきている」

気力をふりしぼって、という感じの演技で身体《からだ》を起こす。そして〈シスビー〉は客席の女王に手を伸《の》ばし、呼《よ》びかける。

「月の女神のダイアナさま。どうぞ、ここに足をお運びいただき、この手紙をお受けとりください」

おどろきと迷いの表情が女王の顔に浮《う》かぶ。これは芝居のなかの台詞《せりふ》か、それともほんとうに私《わたし》に呼びかけているのか、というように。とっさにウィルは台本にない言葉をいった。

「受けとってくださらなければ、わたしたちの恋はだれにも知られず消えてしまうのです」

ひたと見つめるウィルの気持ちがつうじたらしい。女王が微笑《ほほえ》んだ。

「なんということでしょう。芝居を観《み》ていたのに、いつのまにかこの私が芝居に登場しているとは」

まるであらかじめ決められていた台詞のように、女王がそういうと、どうなることかと見守っていた女官たちはいっせいに拍手《はくしゅ》をする。扇を女官長にあずけ、女王はふわりと立ちあがった。フォールスタッフがすかさず歩み寄り、舞台へみちびく。もはやなんのためらいもなく、女王は舞台にあがり、〈シスビー〉のかたわらに立った。

「月の女神のダイアナさまに、この手紙を捧《ささ》げます」

ポシェットから取りだした小箱を〈シスビー〉はさしだした。女王が受けとろうとしたそのとき、べつの手が箱をうばいとった。

あっと叫《さけ》びそうになったウィルを、その手の持《も》ち主《ぬし》――ジルメイニが目でとめる。男装《だんそう》の護衛官は箱を持ったまま、舞台の奥《おく》に退《しりぞ》いた。女王にも観客にも背《せ》をむけ、小箱におおいかぶさるようにして慎重《しんちょう》にふたをあける。そして中身を確認《かくにん》すると、箱のふたをあけたまま、女王にさしだした。樫《かし》の木につながれた熊《くま》の封印《ふういん》が押《お》されている封筒《ふうとう》を見て、女王はうなずく。受けとってよいとの合図だ。護衛官は小箱を手に舞台《ぶたい》をおりた。

すべてが無言で流れるようにおこなわれたので、観客にはそれが芝居《しばい》の一部のように見えた。しかし一座《いちざ》の者は肝《きも》を冷やした。護衛官がいつのまに舞台にあがっていたのか、床《ゆか》に倒《たお》れて死んでいる〈ピラマス〉すら、その足音に気がつかなかった。

「安心するがよい。この恋《こい》のてんまつ、たしかにわが身が見《み》とどけた」

即興《そっきょう》で女王が台詞《せりふ》をいうと、割《わ》れんばかりの拍手《はくしゅ》が起きた。演説が得意な女王は、すっかり登場人物になって芝居を楽しんでいる。

「そなたたちの恋は永遠に語りつがれるであろう」

さらに盛大《せいだい》な拍手がわき起こるなか、女王は王座《おうざ》にもどる。そのあいだに、ウィルは血を流すしかけを確かめた。そして最期《さいご》の台詞をいう。

「これでもう思いのこすことはない。さあ、短剣《たんけん》よ。おまえの鞘《さや》はここに！」

〈ピラマス〉の腰《こし》から短剣を抜《ぬ》くと、自分の胸《むね》に突《つ》きたてた。と見せかけ、ドレスの下に隠した赤ワイン酢《す》をふくんだ海綿《スポンジ》を剣《けん》で押《お》す。すると胸の下に赤い染《し》みがひろがっていく。そのしかけに、おどろきの声があがるのを聞きながら、〈シスビー〉はゆっくりと〈ピラマス〉の亡骸《なきがら》の上に倒れ伏《ふ》した。

万雷《ばんらい》の拍手がつづく。しかし、これはもうおまけだった。今夜の主役はもはや、月の女神を演じた女王に移っている。女官たちは口々《くちぐち》に女王をほめそやし、女王は満足げな笑《え》みを浮《う》かべて席を立った。

薔薇《ばら》の香《かお》りのする女王の寝室《しんしつ》に、ジルメイニだけが控《ひか》えている。女王はローズマリーが描《えが》かれた小箱をなつかしげに手に取って、ふたをあけた。手紙の封印《ふういん》を切って、読みながら部屋のなかを歩きまわり、ふむふむとうなずいている。

やがてジルメイニに手紙をわたし、「読んでみるがよい。ロバートは『今夜、胸のうちに秘《ひ》めし思いを打ちあけたく』と書いている」といった。そういいながらじっとしていられない様子で、ジルメイニが読みおわるのも待ちきれずに、もう話しはじめている。

「そなたひとりを供《とも》に連れ、〈恋人《こいびと》の森《もり》〉にきてほしいという。馬屋にいけば馬の用意があると。さあ、私《わたし》たちも急いででかけましょう。そして、その『秘めし思い』とやらを見せてもらおう。『そなたを連れて』とあるのが、ロバートらしい。ジルメイニを供にすれば軍隊に守られているも同じ」

そしてうっとりと、「〈恋人の森〉とは、なんと素敵な名前」とつぶやく。

しかし、ジルメイニは顔を曇《くも》らせた。

「おそれながら、陛下《へいか》。これは罠《わな》のような気がいたします」

女王は動じない。

「そう、罠。恋の罠」

その先の言葉を女王はのみこむ。

――獲物《えもの》は私《わたし》。狩《か》るのも私。この夏、なぜケニルワースを訪問《ほうもん》したのか。それは優柔不断《ゆうじゅうふだん》なロバートに決断をつけさせるため。私を飽《あ》きさせまいとこの三週間、彼《かれ》は趣向《しゅこう》をこらし、贅《ぜい》を尽《つ》くし、心を砕《くだ》いて歓待《かんたい》してくれた……。

女王は寝室《しんしつ》を見わたした。薔薇《ばら》の花びらが床《ゆか》一面に敷《し》かれ、歩くたびに濃厚《のうこう》な香《かお》りが靴《くつ》の下からたちのぼる。

――私が薔薇をほめたから、この素晴らしい花びらの贈《おく》り物《もの》。でも私が待っていた言葉はそえられていなかった。明日には帰らなければならない。だから、今夜なのだ。

女王が自分の思いにふけっているあいだも、ジルメイニは手紙の怪《あや》しい点をいくつもあげて、外出をとめようとした。だが、女王はいいかえす。

「この封印《ふういん》はロバートのもの。芝居《しばい》のなかで手紙をわたすのもロバートらしい洒落《しゃれ》たやり方。なによりもこの小箱は彼の姉、メアリー・シドニーが療養《りょうよう》のために宮廷《きゅうてい》を退《しりぞ》いたときの記念品。どこにでもあるものではない」

それでもジルメイニは引きさがらない。封印は偽造《ぎぞう》できるとか、同じ小箱をつくらせることはできるとか、ひとつひとつ反論《はんろん》していく。

女王はため息をついた。ジルメイニの判断は正しいと頭ではわかっていた。だが、ロバートと会いたいのだ。

ローズマリーの小箱のふたに腰《こし》をかけて、パックと老人はその言葉を聞いていた。人間の目には見えない彼らは、人間を観察するのが面白い。女王がうきうきとはしゃいでいるので、ふたりは笑った。

その笑いがかすかに空気をふるわせ、女王は立ちどまって、風がでてきたのかと窓《まど》を見た。窓の外には夜のとばりがおりている。

「危険《きけん》すぎることはわかっています。でも宮廷にはたえず人の目がある。ロバートとふたりだけで話すには、危《あぶ》ない橋もわたらなければならないのです」

ジルメイニは女官たちの派閥《はばつ》争いにも加わらず、宮廷で孤立《こりつ》していても平気で、けっして噂話《うわさばなし》をしない。上司のウォルシンガムに対しても、報告することと胸《むね》にしまっておくことの区別をつけている人間だ。だから、だれにも打ちあけたことのない本心を話すことができる。

「ジルメイニ、私は迷っています。でもいつまでも迷っているわけにはいきません。イングランドの女王は、迷いの答えを見つけなければなりません」

まっすぐにジルメイニを見つめて、女王はいった。

「そのためにもロバートの本心を聞く必要があるのです。もし彼の名を使った罠《わな》だとしても、そなたがいれば心強い」

女王が決心しているのであれば、もはやジルメイニは反対しない。ひざまずき、女王を守ると胸に手をあてて誓《ちか》う。女王はほっとため息をついた。

「そういえば、そなた、観客に背《せ》をむけて箱をあけましたね。なぜ？」

女王が手に取る物の安全を確認《かくにん》するのは彼女《かのじょ》の仕事だが、あれは不思議な行動だったと、今になって気になった。こともなげにジルメイニは答える。

「あけたとたんに銃弾《じゅうだん》が飛びだすか、毒液が飛びちるしかけがあるのではないかと疑《うたが》いました」

「そんな、そんな愚《おろ》かなことを――」

言葉を失い、女王は椅子《いす》の背をつかんで、おどろきをとめようとした。ジルメイニは冷静だった。

「愚かなことですが、あの少年が自らの命を捨《す》てる気になればできることでございます」

しばらくの沈黙《ちんもく》ののち、女王はいった。

「ありがとう。そなたこそ命を捨てて、私《わたし》を守ってくれた」

夜風が窓《まど》をたたいていく。

「私の命をねらう者が多いことは承知しています。ローマ教皇《きょうこう》、スペイン王、そしてメアリー・スチュアート。それにフランス王の本心もわからない。私がほんとうの心をだれにも見せないように」

ふっと女王は笑う。その淋《さび》しそうな微笑《ほほえ》みは、ジルメイニの胸《むね》をついた。

だが、女王が気弱な心を見せたのは一瞬《いっしゅん》のこと。すぐに首をふって、「心配はいらない」といった。

「わが死は、神の御手《みて》にあずけてある」

そして、にっこりと笑った。

「そのときまで、私は悔《く》いなく生きる」

女王は女官長を呼《よ》ぶと、「小姓《こしょう》に命じて、うれしい手紙をありがとうと座長《ざちょう》に告げさせよ。復命する必要はなく、そのまま休んでよろしい。私ももう休みます。明日の朝、私が自ら起きだすまで、わが眠《ねむ》りをだれも破らぬように」と命じた。

女官長がさがると、女王はジルメイニをふりかえった。

「さあ、恋《こい》の狩《か》りにでかけましょう」


芝居《しばい》をおえて支度《したく》部屋にもどったウィルを待っていたのは、両手をひろげた衣装係《いしょうがかり》だった。

「さあ、脱《ぬ》いだ、脱いだ。すぐに洗《あら》わないと赤い染《し》みがとれなくなっちまう」

手荒《てあら》に銀色のドレスをはぎとって、「すてきなシスビーだったぜ」と背中《せなか》をドンとたたく。そして女の下着姿《したぎすがた》を恥《は》ずかしがっているウィルの頰《ほほ》に感謝のキスをすると、ドレスを抱《かか》えてでていった。

いれちがいにあわただしく入ってきたのは、ハムネットだった。ウィルの服とわずかばかりの手荷物をウィルの胸に押《お》しつけて、出口を指さす。

「逃《に》げろ！」

「えっ？」と、なにがなんだかわからないでいるうちに、どやどやと足音がして、かんしゃく玉を破《は》裂《れつ》させながら、グロスターが入ってきた。まだ、舞台衣装《ぶたいいしょう》のままだ。フォールスタッフが「落ちつけ」とか「待て」といいながら追いかけてきたが、まにあわず、グロスターはウィルの胸《むな》ぐらをつかまえてぐいぐいしめあげる。

「なんで朗唱《ろうしょう》しなかった、俺《おれ》の最高傑作《けっさく》を！」

グロスターの怒《いか》りをまともに浴びて、ウィルは目を白黒させた。やっと追いついたフォールスタッフが、ふたりを引き離《はな》す。ぜいぜいとむせるウィルの背中《せなか》をハムネットがさすってくれる。フォールスタッフはもうしわけないとウィルに目で謝りながら、グロスターをなだめた。

「あの護衛官が箱を取りあげた。この子を責めるな。はじめて役者をしたんだぞ。舞台《ぶたい》に穴《あな》があかなかっただけでもありがたいじゃないか」

怒りくるうグロスターは、今度はフォールスタッフにくってかかった。

「なんで箱にいれさせた。台本とちがうことをさせた」

「だれかが気《き》を利《き》かせて箱に保管したんだろう、すまん、手ちがいだ」

フォールスタッフの返事を耳にして、ウィルはおどろいた。

──座長《ざちょう》も知っていると、ハムネットはいったのに。

髪《かみ》をかきむしって、グロスターはうめいた。

「俺が名をあげる機会をつぶした」

「そんなことはない。女王陛下《へいか》はちゃんと受けとられた。お部屋に帰って読んでくださる」

「読むものか。どれほどたくさんの詩人が陛下に詩を捧《ささ》げると思っているんだ。俺の詩なんか放っておかれる。だから舞台の上で読みあげてほしかったんだ」

大《だい》の大人《おとな》が泣きそうな声でわめきつづけている。戸口ではほかの役者たちが心配そうにのぞいていた。フォールスタッフにまかせたほうがいいのか、一緒《いっしょ》になだめたほうがいいのか、判断がつかない。

足を引きずりながらきたデメトリアスだけが、騒《さわ》ぎを面白がってにやにやしている。

そのとき、小姓《こしょう》が部屋に入ってきた。ほかの者には目もくれず、フォールスタッフの前に立つ。

「女王陛下からのご伝言です」

部屋のなかは一瞬《いっしゅん》にして、静まった。

「うれしい手紙をありがとう、との仰《おお》せです」

女王からの簡潔《かんけつ》な言葉を伝えて立ち去る小姓を見送ると、フォールスタッフはグロスターの背中を祝福の意味をこめて、派手《はで》にたたいた。グロスターは飛びあがり、吠《ほ》えるように叫《さけ》んだ。

「……陛下が読んだ……俺の詩をほめた！」

だれかれかまわず抱《だ》きついてよろこんでいる。みんなも口々《くちぐち》に「おめでとう」といい、握手《あくしゅ》を求める。

ハムネットがウィルの耳もとにささやいた。

「おわりよければすべてよしだな。これでまるくおさまった」

「でもあの箱は――」といいかけたウィルにかまわず、ハムネットはグロスターに歩みより、「やあ、おめでとう」と抱《だ》きあってよろこんでいる。
ウィルの胸《むね》に疑問《ぎもん》と不安がひろがっていった。

一座《いちざ》は明日の朝、ロンドンに帰るから、最後の夜を一緒《いっしょ》に過ごそうといわれたが、ウィルは昨日泊《と》まった部屋にもどることにした。もしロンドンにでてくることがあったら、一座をたずねてくれと、フォールスタッフは名残惜《なごりお》しそうにいった。ウィルもほんとうは役者たちと話したかった。ハムネットにも問いただしたいことがたくさんある。

でも女王を守ることのほうが大事だ。部屋にもどってベッドに腰《こし》かけたが、落ちつかない。ルキアノスの本を取りだしたが、目は本の上を泳ぐばかりだ。ハムネットのことが気になってしかたがない。

――いっそ、ハムネットを呼《よ》びだして、にせの手紙のことを訊《き》いてみようか……。

そのとき、いきなり耳を引っぱられた。

「痛《いた》いっ」

耳もとで笑い声がはじける。

「おいらは痛くない。ヒャッヒャッヒャッヒャ」

いつのまにかパックが肩《かた》に乗っていた。コオロギの骨《ほね》でできた鞭《むち》の柄《え》をふりまわし、馭者《ぎょしゃ》が馬のお尻《しり》をたたくようにウィルの首をたたく。

「急げ、急げ、女王を救え」

「〈不帰の森《かえらずのもり》〉におでかけになったんだね、女王さまは」

また「ヒャッヒャッヒャ」と笑って、パックは鞭をふりまわす。

「勇んででかけたぞ。なにしろ人間の魔法《まほう》にかかっているからな。恋《こい》ってやつに」

とたんにハムネットへの疑念《ぎねん》も、一座への未練もふっとんだ。

――女王さまをお守りするんだ！　レスター伯爵《はくしゃく》のためにも！

はりきるウィルに、パックは窓《まど》を指さした。

欠けた月が濃紺《のうこん》の空に浮《う》かんでいる。その月を横ぎって、二頭の黒馬に引かれた黒い馬車が走ってくる。幌《ほろ》のない四輪馬車で、その馭者席にはあの老人がいる。もはや小さな背丈《せたけ》ではなく、黒い長衣《トーガ》の裳裾《もすそ》をひるがえして立っていた。左手に手綱《たづな》、右手に長い鞭を持っている。

みるみる近づいて、窓に横づけてとまった。ひとりでに窓がひらく。黒衣の老人がいった。

「余《よ》の馬車に乗れ」

馬車の内側は豪華《ごうか》な黒のビロードでおおわれている。なにかうねるような模様《もよう》が金糸で刺繍《ししゅう》されているが、はっきりとはわからない。不吉《ふきつ》なものを感じたが、ウィルは目をつぶってそれをふりはらい、パックと一緒に乗りこんだ。座席《ざせき》はひとり分だ。狭《せま》い馬車に、ウィルは首をかしげる。

――女王さまの座《すわ》るところはどこになるんだろう？

老人は鞭《むち》をしならせ、馬に出発の合図をおくった。

月を追いかけるように、馬車は走る。しばらく走ると、「あそこだ」と老人が鞭の先で指し示した。

三頭の馬が森をめざして駆《か》けていく。乗り手はいずれも外套《がいとう》を着て、フードをかぶっていた。

――まんなかの横鞍《サイドサドル》が女王さま。そのうしろはお供《とも》の護衛官だな。先頭の馬に乗っているのはだれだろう?

人間の目に見えない黒い馬車は、女王の一行を追いかけていく。


女王は気がついていた。先頭の馬に乗る案内の青年が〈ピラマス〉を演じた役者であることに。

ジルメイニとともに馬屋にいくと、すでに鞍《くら》を置いた馬が三頭用意され、案内の青年が松明《たいまつ》を持って待っていた。ひづめの音を聞くと門番は門をあけ、一行がとおりすぎると、すぐにまた門をしめて、かんぬきをかけた。だれにもとがめられずに城《しろ》をでたことで、すべては伯爵《はくしゃく》の指示なのだと、女王は確信した。

やがて三頭の馬は、森のなかの丸太小屋についた。近くの立木に馬をつなぎ、なかへ入る。

天井《てんじょう》からさがるランプに青年は明かりをともした。小さな暖炉《だんろ》とテーブル、ひじ掛《か》け椅子《いす》と長椅子《ながいす》があるだけの質素な小屋。しかし、木《き》の香《か》も新しいこの小屋が、素朴《そぼく》さをよそおいながら女王を迎《むか》えるために建てられたのは明らかだった。厚い一枚《まい》板のテーブル、ゆったりとした大きめのひじ掛け椅子は、王座《おうざ》のかわり。その背板《せいた》は今流行のホタテ貝を模《も》した形だ。そしてひとつだけの窓《まど》には、高価なガラスを使っている。あけることのできないはめ殺しの窓のむこうに、夜が暗い。

小屋に足を踏《ふ》みいれた女王は、ロバートが待っていると思っていたのでがっかりした。案内の青年もとまどっているようで、「われわれがはやすぎたようです。しばらくお待ちを」といった。

外套を脱《ぬ》ぐと女王はひじ掛け椅子に腰《こし》をおろした。今夜身にまとうやわらかなピンク色のドレスは、色が気にいって仕立てさせたが、いままで着る機会がなかった。レースの襞襟《ひだえり》が白孔雀《くじゃく》の羽のように、女王の細い首をかこんでいる。ひらいた胸《むな》もとには、金の十字架《じゅうじか》がさがる真珠《しんじゅ》の首飾《くびかざ》りを選んだ。髪《かみ》を飾《かざ》るのも、大粒《おおつぶ》の真珠の髪飾《かみかざ》りだ。真珠が愛と真心をあらわすのを、伯爵も知っている。

「なかへお入りください。戸をあけていては陛下《へいか》に風があたります。夜風は身体《からだ》に毒です」

戸口をあけたまま、扉《とびら》にもたれて立っているジルメイニに、青年はしきりになかへ入るよう、勧《すす》めている。その執拗《しつよう》さが女王は気になった。ジルメイニは闇《やみ》のなかから近づく者を警戒《けいかい》しているのに。

「気づかいはいらない。夜風は心地よい」

戸口を動かないジルメイニにかわって、女王は答える。

「ではお茶をおいれします。薪《まき》を取りにいきますので、しばらくお待ちください」

裏口《うらぐち》から青年はでていった。

ふと、夜風のなかにかすかなきしみを聞いたようにジルメイニは思った。気のせいかと耳をすませたとき、小屋の裏《うら》で悲鳴があがった。あの青年の声だ。

女王は椅子《いす》から立ちあがり、なにかあったのかと裏口《うらぐち》に歩みかけた。が、悲鳴に作為《さくい》を感じたジルメイニはすばやく女王の腕《うで》を押《お》さえて引きとめた。

そのとたん、バタリと扉《とびら》がしまった。

ジルメイニは扉に体あたりして時間を浪費《ろうひ》するようなおろかなことはしなかった。とっさに椅子をつかんで、窓《まど》ガラスめがけてたたきつけ、破れた窓から飛びだした。

扉をふさいでいた男はびっくりしてふりむいた。農民の格好をしているが、目つきが鋭《するど》い。ジルメイニは相手に剣《けん》を抜《ぬ》くいとまを与《あた》えず、一撃《いちげき》で倒《たお》した。そして扉をあけて、女王にむかって叫《さけ》んだ。

「陛下《へいか》、こちらへ！」

外では激《はげ》しく馬がいないている。もうひとりの男が、綱《つな》を解《と》いて三頭の尻《しり》をたたき、森の奥《おく》に追いやろうとしていた。強い油の匂《にお》いが鼻をついた。小屋の屋根に男がいて、壺《つぼ》の油をまいている。

闇《やみ》をこがしながら、火矢が飛んできて、あたりがぱっと明るくなった。屋根に火がはしる。ぎゃーと叫び声をあげて男が燃えた。壺の油に引火したのだ。火柱になった男は屋根から落ちた。

女王に外套《がいとう》をかぶせ、抱《かか》えるようにジルメイニは小屋をでた。そのそばをつぎつぎに火矢がかすめていく。

森の奥から二頭の馬があらわれ、女王とジルメイニの行《ゆ》く手《て》をふさいだ。乗っているのは弓をかまえた若《わか》い男と、松明《たいまつ》を持った老僧《ろうそう》。燃える小屋の照りかえしを受けて、ひたいのしわまでもはっきりと見える。

——サミュエル司教か。では、もうひとりはエセルレッドだな。

胸《むね》のなかでジルメイニはつぶやいた。修道士のエセルレッドは、もとは騎士《きし》で、そうとうな剣の使い手だという知らせがとどいていた。顔を隠《かく》さずに姿《すがた》をあらわしたのは、確実にこちらを仕留める覚《かく》悟《ご》でいるにちがいない。

ジルメイニは剣をにぎりなおした。馬を森へ追いやったもうひとりの男は剣を抜いて、横からじりじりと迫《せま》っている。小屋の陰《かげ》から案内の青年がこちらをうかがっている。青年が剣を持っていないのをジルメイニは目の端《はし》で確かめた。女王を背《せ》にかばい、敵の人数を読みながら、ジルメイニはもっとも手強《てごわ》い相手にむきあっていた。

そのエセルレッドが、油をふくませた矢を弓につがえる。司教が松明を近づける。火を吹《ふ》いて矢は放たれた。

ジルメイニはすばやく外套でたたき落とした。めらめらと燃えあがる外套を捨《す》て、ジルメイニは剣をかまえる。

矢を打ちつくしたエセルレッドも弓を捨てた。馬を走らせ、斬《き》りつけてくる。

不利と判断したジルメイニは女王とともに横に飛び、すれちがいざま、馬の目の前にハンカチを投げた。白い布におどろいて、馬はたたらをふんでつんのめる。だが、ふり落とされるまえにエセルレッドは馬から飛びおりていた。

すかさず、サミュエル司教はまたがる馬の腹《はら》を蹴《け》り、ふたりのあいだに躍《おど》りこむ。同時に、エセルレッドの鋭《するど》い一撃《いちげき》がジルメイニを襲《おそ》った。かろうじてかわしたが、頰《ほほ》をかすめた。鮮血《せんけつ》がほとばしる。さらなる追撃《ついげき》をかわしながら、ジルメイニは指笛《ゆびぶえ》を吹《ふ》いた。すると森の奥《おく》からいななきが聞こえる。馬は応えるように訓練されていた。

「馬に乗って城へおもどりを！」

うながされて、女王はそちらに走る。もうひとりの男があわてて追った。司教も松明《たいまつ》をかざして女王を追う。ジルメイニは追わせまいとしたが、エセルレッドがたちふさがった。ふたりの剣《けん》が火花をちらす。

音をたてて小屋の屋根が燃えおちた。火炎《かえん》と熱風が押《お》しよせたが、ジルメイニもエセルレッドも相手の剣を見つめていた。その頭上を、眠《ねむ》りを破られた鳥が黒い影《かげ》となって飛びまわる。

逃《に》げていく女王に剣をぬいた男が追いついた。男の荒《あら》い息が女王の襟《えり》にかかる。馬に乗ったサミュエル司教が女王の前にまわりこみ、その進路をふさいだ。司教の頰に薄笑《うすわら》いが浮《う》かぶ。

突然《とつぜん》、木立のあいだから、霧《きり》がわいてきた。たちまちあたりを白く包む。司教も男もとまどううちに、霧のなかから禍々《まがまが》しい黒馬車が姿《すがた》をあらわした。馭者席《ぎょしゃ》には黒衣の老人が立っている。

思わずサミュエル司教は十字をきり、男は女王をつかまえるのも忘《わす》れて立ちすくんだ。女王もまた息をのんで、馬車のなかのウィルとその肩《かた》に乗る小さな妖精《ようせい》を見た。

「女王さま、はやく！」

ウィルが両手をさしだし、叫《さけ》ぶ。

「そなたは、シスビー」

ウィルの手をつかんだ瞬間《しゅんかん》、女王はウィルのとなりに座《すわ》っていた。瞬《まばた》きするあいだに、馬車はひとまわり大きくなったのだ。

はっと我《われ》にかえったサミュエル司教が、「追え」と叫んだ。その声に押されて飛びついてくる男の顔めがけて、黒衣の老人は鞭《むち》をふりおろす。「あっ」と叫んで男は地に倒《たお》れた。

そのあいだに二頭の馬は空《くう》を蹴り、司教の頭を飛びこえようとした。

ふいに、ガクンと馬車がかたむいた。

「おれも乗せろ！」

馬車のなかに、ハムネットが頭からずり落ちてくる。ウィルは目を丸くした。「失礼」といいながらハムネットが女王のとなりに座ろうとすると、またひとまわり馬車が大きくなった。

「これは芝居《しばい》のつづきか……」

女王はつぶやいた。ウィルの肩《かた》で、パックが笑ってでんぐりがえりをする。

「ヒャッヒャッヒャ、こいつは面白い」

黒衣の老人もまた、にやりとした。乗る者が増えれば増えるほど老人はうれしい。この馬車は何十人、何百人、いや何千人でも運ぶことができる。

妖精《ようせい》と少年と女王と、そして闖入者《ちんにゅう》を乗せた馬車は、おどろきで声もでないサミュエル司教を地上に残して、高く高く空《そら》へ駆《か》けあがった。

燃えさかる小屋の炎《ほのお》も煙《けむり》も、はるか下になった。月の光を浴びながら、黒馬車はゆうゆうと空を駆ける。

だが、突然《とつぜん》、老人は空《くう》にむかって長い鞭《むち》をふりまわした。ピシリ、またピシリと空間を切《き》り裂《さ》く。なにもなかった空間が切りひらかれた。なかは漆黒《しっこく》の闇《やみ》。

「爺《じい》さん、なにをする！」

パックが叫《さけ》んだときにはすでに遅《おそ》く、二頭の黒馬はたてがみを揺《ゆ》らしていななくと、そろってその闇のなかに躍《おど》りこんだ。

「小賢《こざか》しいこびとめ。きさまも余《よ》をはめたつもりだろうが、そうはいかぬぞ。賭《か》けの約束どおり、きさまの遊び場で大きな顔はせぬ。だが、余と出会って、無事で済《す》むとは思うなよ」

鞭を鳴らす黒衣の老人の高笑いが、闇にひびく。

第五章　迷い

闇の隧道《トンネル》を黒馬車は走っている。馬車の内側の模様《もよう》がしだいに輝《かがや》きを増してくる。金糸でぬいとりされたそれは、骸骨《がいこつ》を先頭に踊《おど》りながら墓にむかって行進する人々《ひとびと》の群れだ。王もいれば僧侶《そうりょ》もいる。若者《わかもの》も年寄りもいる。死はだれをも誘《さそ》い、誘われればいやおうなくついていかなければならない。

ウィルはふるえた。老人は死の馬車の馭者《ぎょしゃ》なのだ。

そのふるえが伝わったのか、となりにいる女王がそっとウィルの手を取った。小声で「おそれることはない」という。「われわれは死者ではない」

その落ちついた声にウィルは、はっとした。横目でハムネットを見ると、彼《かれ》もまっすぐ前を見て、平然と闇に目を凝《こ》らしている。

——ぼくはひとりじゃない。こわくないぞ。

そう自分にいいきかせた。だが、黒馬車が走っているのは、なにも見えない暗闇《くらやみ》だ。馬車のなかだけが金色のぬいとりが光って、かすかに明るい。

「まもなく余《よ》は消える。運ぶ死者がなければ、余も馬車も消える定《さだ》め」

そういうあいだにも、老人の姿《すがた》は透《す》きとおっていく。

「待ってくれ、爺《じい》さん。帰るにはどうしたらいいのさ」

「知らぬ。あとはどうなとするがよい」

パックの問いに、老人は冷たい。

「馬車が消えるまえに、どこかへたどりつくのだな。余と出会ったにもかかわらず、未知なるあの世に運ばれるのはまぬがれたのだ。かわりにどこか見知らぬ国で、見知らぬ苦労をするがよい。それ、受けとれ」

鞭《むち》をパックにむかって投げつけると、溶《と》けるように消えてしまった。

パックはひっくりかえり、ウィルは座席《ざせき》にしがみついた。「なんてことだ」とハムネットがつぶやく。馭者《ぎょしゃ》を失ったとたんに、馬は勢いよく走りだした。パックは叫《さけ》ぶ。

「鞭を取れ、ウィル。どこかに馬車をつけるんだ」

——そ、そんな。馬に乗ったこともないのに。

おどろきでウィルは言葉もない。座席にしがみついているのが精一杯《せいいっぱい》だ。

そのとき、女王が立ちあがった、「私《わたし》が馬をあやつろう」と。

すばやく鞭をひろい、手綱《たづな》をにぎると、女王はたずねた。

「小さき者よ、どうすればよいのだ、ケニルワースにもどるには」

パックは首をふった。

「爺さんが呪《のろ》った。もどるのは無理だ」

女王はくちびるをかんだ。だが、一瞬《いっしゅん》の沈黙《ちんもく》ののち、こうつぶやいた。

「呪いの言葉には、祈《いの》りの言葉をかえそう」

鞭をふるって、女王は二頭の黒馬に命じた。

「馬よ、われらを連れていけ。われらがいくべき〝処《ところ》〟に。ケニルワースにもどる手だての見つかる〝処〟に」

右の黒馬がいなないた。左の黒馬も応えた。たてがみを逆立て、二頭はそろって跳躍《ちょうやく》した。

馬車がかたむく。ウィルは両手をにぎりしめ、目をきつくつぶった。

＊＊＊

昨夜からの激《はげ》しい雨がお昼過ぎまで残っていたので、今日は見物人はでてこないだろうと、鴨川《かもがわ》の河原の見世物小屋はどこも休みだった。

晴《は》れ間《ま》の見えてきた午後遅《おそ》く、お国《くに》は自分から座長《ざちょう》のお豊《とよ》にいって、河原の空き地に稽古《けいこ》用の綱《つな》を張って軽業《かるわざ》をはじめた。しかし、うまくいかない。落ちてばかりいる。菅笠《すげがさ》を手に綱の中央まで歩みでて、そこで笠《かさ》をかぶってお辞儀《じぎ》をする。そんな単純《たんじゅん》な技なのに。

こんどこそはといきごんで、お国は綱の上を歩いていた。中央にきて、笠のひもを結びおわる。うまくいった。そこで油断した。ふたたび歩みだそうとして、足もとに目がいく。

——あ、綱が細い。こんなに足がはみだしている。

その瞬間《しゅんかん》、もう落ちていた。稽古を見守っていた父の蜘蛛《くも》ノ介《すけ》が声をかける。

「前だけ見ろ」

けっして下を見ず、自分の進む方向に顔を固定しておくのだ。わかっているのに、それができなくなっている。

織田信長《おだのぶなが》の前で軽業を披露《ひろう》してから七年がたった。歳月《さいげつ》はあどけない童女の背丈《せたけ》をすらりと伸《の》びさせ、十二歳《さい》にしては大人びた顔だちにお国をかえていた。命がけの仕事をしている蜘蛛ノ介への信頼《しんらい》はかわらないが、無邪気《むじゃき》にすべてをあずけることはもうできない。父の肩《かた》に乗ることもない。

「もう休め」という蜘蛛ノ介の気づかいをはねのけて、お国はもう一度、綱にあがった。今度は菅笠をかぶってお辞儀をすると、綱の端《はし》までいくことができた。

「よし」

お国と蜘蛛ノ介の声が重なった。「今日はここまでにする」とお国はいい、蜘蛛ノ介もうなずいた。

河面《かわも》に西陽《にしび》がきらきらと反射《はんしゃ》している。河原の葦《あし》が風にそよいでいる。長屋からでてきた母の八雲《やくも》にいいつけられて、お国は河岸で米をといだ。

河原のひろい場所には、河童《かっぱ》の木乃伊《みいら》や人魚の骨《ほね》だという怪《あや》しい物を見せる小屋や、みごとな手妻《てづま》を見せる小屋など、いろいろな見世物小屋が建ち並《なら》んでいる。

そこからすこし離《はな》れた河原の松林のなかに建っている長屋に、見世物小屋の連中は寝泊《ねと》まりしていた。儲《もう》かっている小屋の連中は宿屋に泊《と》まることもあるが、掘《ほ》っ立《た》て小屋の粗末《そまつ》な長屋の借り賃《ちん》は破格に安い。そのうちのふた部屋を、お豊の一座《いちざ》は借りていた。

「おう、お豊さんはいるか」

ふいに声をかけられ、お国がふりむくと、旅姿《たびすがた》の中年男が立っていた。薄汚《うすよご》れた三人の子どもを連れている。五、六歳だろうか。同じ背格好《せかっこう》の女の子たちだった。ぼさぼさの髪《かみ》、泥《どろ》と垢《あか》にまみれた顔が、旅の過酷《かこく》さを物語っていた。すりきれた着物の端からにょっきりでている手足が折れそうに細い。

「おばさんはうちにいるよ」

疲《つか》れきった三人に「さっさと歩け」とうながしながら、長屋にむかうその姿《すがた》に、お国は男の名前を思いだした。人買いの五郎蔵《ごろぞう》だ。飢《う》えた村から子どもや女を買ってきて、京《みやこ》で売るのを商売にしている。

――どうして、五郎蔵がたずねてきたんだろう。もしや、父《とと》さんか、おばさんが、軽業《かるわざ》のできる子をほしがったんじゃないだろうか。

そんな疑《うたが》いが芽生えて、お国《くに》は胸《むね》のなかが苦しくなった。急いで米をとぎおわると、鍋《なべ》に川の水をいれてもどった。

長屋の前では座長《ざちょう》のお豊《とよ》と蜘蛛《くも》ノ介《すけ》が、五郎蔵と立ち話をしていた。お国は鍋をさげたまま、なにげなさそうに三人に近づき、耳をかたむけた。

「いや、じつは六つ子だったが、三人しか助からなかったのよ。母親もこいつらを産むときに死んじまって。おかげで忌《い》みきらわれて、村でも育てられないというわけで、俺《おれ》が頼《たの》まれてきたのさ」

薄《うす》いくちびるをなめまわしながら、五郎蔵が説明している。三人の子は無表情でつったっていた。

「足を見せてくれ」

そういいながら蜘蛛ノ介がしゃがんで、まんなかの子の右足を手に取った。一緒《いっしょ》にのぞきこんだ五郎蔵が大げさに「やや」と叫《さけ》ぶ。「知らなかった、ほんとうだ」とわざとらしく手をふっている。

蜘蛛ノ介の手のひらに乗せられた小さな右足。その親指と中指は極端《きょくたん》に短く、小指も内側にねじれていた。ほかのふたりの足も同じように指がねじれていた。

「この足でここまで歩いてくるのはつらかっただろう」

蜘蛛ノ介はそっと両手で足を包み、やわらかくさすったが、子どもは無表情のままだった。

「頼《たの》まれてきたんだ。今さら村にはもどせねえ」と五郎蔵がいう。お豊がとがめるようにいった。

「おまえさんのことだ、金をもらって引きうけたんじゃないのかい」

「これも人助けさ」と五郎蔵はにやにや笑っている。聞いていたお国は腹《はら》が立ってきた。

——儲《もう》けることだけ考えてるくせに、人助けだなんて。

五郎蔵はまたくちびるをなめた。ひらきなおって強気にでることにしたらしい。

「軽業はだめでも見世物にはなる。三つ子はめずらしい。なあ、ほかの小屋に声をかけてもいいんだぜ」

たしかに工夫しだいでは面白いことができるかもしれないが、お豊と蜘蛛ノ介は顔を見あわせた。

軽業一座《いちざ》の今の稼《かせ》ぎで三人増えてもやっていけるかどうか。手ぜまな部屋がさらにせまくなってもいいのか。きっともうひと部屋借りなければいけない。それになにより、以前のように京が戦場になれば、人々《ひとびと》は見世物どころではなくなり、一座はたちまち食うに困《こま》る。浮《う》き沈《しず》みの激《はげ》しい生活なのだ。

お豊と蜘蛛ノ介がためらっているのを見た五郎蔵はいった。

「ひとりでもいいんだよ、引きとってくれりゃあ」

その言葉を聞いたとたん、三つ子はおたがいににじりより、固く指をからませあった。

お国はなんとかしてあげたいと思ったが、口だしのできることではない。鍋を持ったままうろうろしているお国に、蜘蛛ノ介が気がついて、「米を洗《あら》ってきたのか」と訊《き》いた。

うなずくと、蜘蛛《くも》ノ介《すけ》は五郎蔵《ごろぞう》との交渉《こうしょう》をお豊《とよ》にまかせて、お国《くに》をうながして河原にもどった。

「たまには川風に吹《ふ》かれながら食べようや」

河原に石を積みあげてかまどをつくる。松の枝をひろったり、枯《か》れ葉を集めたりとお国はいそがしかった。嫁菜《よめな》も野びるも摘《つ》んだ。これはおひたしにするとうまい。

鼻歌をうたいながら蜘蛛ノ介はかまどの前に座《すわ》って、火を燃やしている。そのとなりで、お国はひとり言のように、「あの子たち、どうなるんだろうね」といってみた。「だいじょうぶさ」と蜘蛛ノ介はかえす。そんな返事ではさっぱりわからない。そっとお豊のほうを見ると、まだ五郎蔵と話しこんでいる。

火にかけた鍋《なべ》がぐつぐついいだした頃《ころ》、お豊が三つ子を連れて河原にきた。

「今日からうちの子になるよ」

お国はうれしかった。妹ができたのだ。さっそく、三つ子に話しかける。

「お国っていうんだ、あたし」

名のったのに、無表情なまま、三人とも黙《だま》っている。

「あんたたち、名前はなんていうの」

まだ黙っている。うわ目づかいにお国を見たまま、かたくなに口をとざしている。

「あたしのいってること、わかってんの」

かんしゃくを起こして、お国はつい大きな声をだした。

笑いだしたのはお豊だ。なだめるようにお国の肩《かた》をたたく。

「まあまあ待ってやんなよ。生まれたばかりの赤ん坊《あかんぼう》だってしゃべりだすのに一年かかる」

お豊にいわれると、腹《はら》を立てた自分がはずかしい。

いつだって、お豊は細かいことは気にしない。「まあまあそんなことはどうだっていいだろう」という。そして実際、たいていのことはなんとかなる、というか、お豊がなんとかしてくれる。肝《きも》っ玉が太いのだ。蜘蛛ノ介も姉のお豊には頭があがらない。

お国はぶっきらぼうに「わかった。待つ」といった。

鴨川《かもがわ》に入って、お国とお豊は手わけして三つ子の髪《かみ》を洗《あら》った。それから顔を洗わせ、身体《からだ》を洗い、着ていた着物を洗濯《せんたく》して、干《ほ》した。とりあえずお国の着物にきがえさせると、三つ子は可愛《かわい》い女の子になった。びっくりするくらいまったく同じ顔だ。しかしひと言もしゃべらない。こちらが話しかける言葉はわかっているようだが、返事をしない。まるで砦《とりで》をつくってたてこもっているようだ。もうあれこれ聞きだそうとするのはやめて、お国は放っておくことにした。

日はかたむき、山々《やまやま》から先に暮《く》れていく。鴨川にかかる遠い橋から影絵《かげえ》のようになっていく。

急に人数が増えたけれど、蜘蛛ノ介が気《き》を利《き》かせ、米を炊《た》く水の量を増やして雑炊《ぞうすい》にしていた。嫁菜も野びるもいれた緑の多い雑炊が、鍋いっぱいにできあがった。

かまどの火を種火《たねび》にして河原にたき火をたき、そのまわりに石を置いて座《ざ》をしつらえた。そんなたき火があちこちにできている。見世物小屋の連中の夕飯どきだ。

お国《くに》は長屋に母を呼《よ》びにいき、となりの部屋の半兵衛《はんべえ》にも「飯ができたよ」と声をかけた。

ゆらゆらと両袖《りょうそで》を揺《ゆ》らして、八雲《やくも》が河原にあらわれたとき、三つ子ははっとおどろいたような表情を浮《う》かべた。でもその感情は一瞬《いっしゅん》で消え、また仮面をおおっているような無表情にもどった。それでも両腕《りょううで》のない八雲を気にして、目で追いかけている。

そんな視線《しせん》を受けとめて、八雲は三つ子の正面に座《すわ》った。

長屋からもうひとりの男がでてくる。風来坊《ふうらいぼう》の半兵衛だ。三つ子に目を見はったが、「おいしそうな匂《にお》いがする」といった。鼻を鳴らしながら、鍋《なべ》をかぎまわり、三つ子のまわりを「くんくんくん」といいながらかぎまわった。なにか企《たくら》んでいる顔で。それから半兵衛はいきなり両腕を大きくひろげ、

「こいつら、うまそうだ」と、三つ子を抱《だ》きすくめて、ムシャムシャと食べる真似をはじめた。三つ子はぽかんとして、されるがままになっている。泣きもしなければ騒《さわ》ぎたてもしない。

「なんだ、遊んでくれないのか」

つまらなそうに半兵衛はいうと、三つ子の頭をなでてから、たき火の前の石に腰《こし》をおろした。

半兵衛は鴨川《かもがわ》の河原で熱をだして、行《ゆ》き倒《だお》れになりかけているところを一座《いちざ》にひろわれた。手先が器用で、大工仕事もできるし、太鼓《たいこ》も笛《ふえ》も上手《じょうず》なので、そのまま一座に居ついてしまった。どこの生

まれか、なにをしていたのか、自分のことはいっさい話さない。でも、吉利支丹寺《きりしたんでら》へは熱心にかよっているので、洗礼《せんれい》を受けた吉利支丹であることは、みんなが知っている。なにかかわったことを考えたり、つくったりすることが得意だから、今では一座の知恵袋《ちえぶくろ》だ。

たき火に手をかざしている半兵衛に、「この子たちにできる見世物を、なにか、考えておくれよ」とお豊《とよ》が頼《たの》んでいる。「そうだな。考えてみよう」と半兵衛は請《う》けあった。

そのあいだにもお国は、みんなの木の椀《わん》に雑炊《ぞうすい》を盛《も》っている。三つ子にわたすと、それぞれひったくるように受けとって食べはじめた。吉利支丹の半兵衛は、食前の祈《いの》りを捧《ささ》げてから食べはじめる。八雲には、お国と蜘蛛《くも》ノ介《すけ》が交互《こうご》に匙《さじ》ですくって食べさせる。八雲にひと口、自分がひと口、親子三人が一緒《いっしょ》に食べる、いつもの光景だ。

あっというまに、三つ子は食べおわり、椀を見つめたまま黙《だま》っている。お豊は知らん顔をしている。三つ子が自分からおかわりをいいだすのを待っているのだ。お国はそんなに気長ではない。自分の椀に二杯《はい》目をよそいながら、「あんたたちも食べるかい」とたずねた。三つ子がいっせいに椀をつきだす。笑いそうになるのを我慢《がまん》して、お国はたっぷりよそってやった。

三杯《ばい》目を食べおわって、三つ子はようやく話す気になったらしい。

「あたいたちはなにもできない」

声をそろえていう。まるでひとりがしゃべっているようだ。

「できることをすればいいのさ」とお豊《とよ》がこともなげに答える。

すると三つ子は顔を見あわせた。お豊の返事は気にいったらしい。

「あんたたちはいい買い物をした」

ひとりがいった。もうひとりもいう。

「あたいたちはお買い得だ」

最後のひとりがいい放つ。

「あたいたちは役にたつ」

からかうように半兵衛《はんべえ》が、「ほう、どんな役にたつんだ」と訊《き》いた。

椀《わん》を置いて、三つ子はじっとたき火を見つめた。紅《あか》い炎《ほのお》が揺《ゆ》らぐ。やがて口をひらいた。

「火が奔《はし》る」

「星が墜《お》ちる」

「墜ちる星はふたつ」

かわるがわる告げる謎《なぞ》めいた言葉に、その場にいた者はみな、息をのんだ。めらめらと京《みやこ》を焼きつくす炎が、だれの目にも思い浮《う》かぶ。

身体《からだ》がふるえてきて、お国《くに》はかたわらの八雲《やくも》の袖《そで》をにぎりしめた。夜の闇《やみ》に川音《かわおと》が高くなる。

鴨川《かもがわ》で泳ぐ三つ子を、お国は岸から見ている。四条河原《しじょうがわら》で暮《く》らしはじめて、三つ子はこの頃《ごろ》ようやく遊ぶことを覚えた。声をあげて笑えるようにもなった。

名前を訊くと「あたいたちに名前はない」「あたいたちは呼《よ》ばれない者だもの」「あんたたちが呼びたい名前をつければいい」といった。だからお豊が「千歳《ちとせ》」「千早《ちはや》」「千尋《ちひろ》」と名づけた。

歳《とし》を訊いたら、九歳《さい》だといったので、お豊もお国もびっくりした。ろくに食わせてもらっていなかったからか、やせ細って、五、六歳に見えるほど身体が小さい。身内からは厄介者扱《やっかいものあつか》いされ、村からも疎《うと》まれながら生きてきたので、三つ子はこの世のものではない気配を身につけ、予言めいたことをいうようになったのかもしれない。ときおり不気味に感じることもある。でも今、水をかけあい、裸《はだか》で追いかけっこをしている三つ子は可愛《かわい》い。

お国は片足《かたあし》をあげ、トンと大地を蹴《け》った。頭のなかで小太鼓《こだいこ》が鳴っている。それにあわせて、またトンと蹴り、トトトトト、トンと両足で地団駄《じだんだ》を踏《ふ》んだ。

——こんなにみんな一生懸命《いっしょうけんめい》生きているのに、どうして幸せになれないんだろう。

お国の目からみれば、この世のなかはいらだつことばかりだ。でもいちばん腹《はら》が立つのは自分に対してだ。

——跳《は》ねたい、飛びたい、舞《ま》いたい。

幼《おさな》い頃《ころ》から身体が自然に動いて、踊《おど》るのは楽しかった。だから軽業《かるわざ》の稽古《けいこ》もきらいではなかった。

お客の前で軽業《かるわざ》をするのも楽しかった。けれどいつの頃《ころ》からか、身体《からだ》を重く感じるようになった。身体が重いと心も重い。

——どうしてあたしは地上に縛《しば》られているんだ。どうして空に浮《う》かぶ天女《てんにょ》のように軽々《かるがる》と舞《ま》えないんだ。

トントンと大地を蹴《け》る。細い綱《つな》の上で決められた動きをすることが、楽しくなくなった。軽業をすることが色あせていく。自分でも意外だった。自分は父と一緒《いっしょ》に蜘蛛舞《くもまい》をして、一座《いちざ》をささえていくと思っていたから。

——もっと手足を伸《の》ばして思いきり踊《おど》ってみたい。

トン、トトト、トンとつづけて大地を蹴る。

——だけどそしたら、蜘蛛《くも》ノ介《すけ》の名人芸はだれが継《つ》ぐ。一座はどうなる。

胸《むね》が苦しくなって、思わず曲舞《くせまい》の一節を謡《うた》っていた。

　面白や　花の京《みやこ》は

　筆で書くとも　尽《つ》くせずや

手をかざし、歌にあわせて、春の京の満開の桜を見わたすしぐさをしてみた。でもそれは今の気持ちにあわなかった。お国《くに》は即興《そっきょう》で歌詞《かし》をかえてみた。

すさまじや　花の京は
鬼《おに》の棲《す》みたる　闇《やみ》なれや

——そうさ。京だけじゃない、この世のなかは闇さ。貧乏《びんぼう》な人間は飢《う》えて死ぬ。人買いは子どもを買って地獄《じごく》に売る。雑兵《ぞうひょう》は笑いながら女の腕《うで》を切りおとす……。

怒《いか》りがわいてきて、お国は謡いながら大地を蹴り、手をふりあげて見えない鬼を打った。

突然《とつぜん》、うしろから謡いかけられた。

面白や　花のお国は
日《ひ》の本《もと》一の　舞い上手《じょうず》

澄《す》んだその声を耳にしたとたん、すっと怒りが鎮《しず》まった。トンと足拍子《びょうし》を踏《ふ》んで、舞いおさめてからふりむいた。思ったとおり、八雲《やくも》が笑っている。「母《かか》さん」とその胸にとびこむ。抱《だ》きしめることができないかわりに、八雲は頰《ほほ》をそっとお国の髪《かみ》にすりよせた。そして、「なにか迷っていることがあるのかい」とたずねた。

八雲《やくも》は勘《かん》が鋭《するど》く、軽業《かるわざ》の乱《みだ》れや舞《ま》いの手の動きで、そのときのお国《くに》の気持ちをいいあてることがあった。心配していることはわかったが、いっそう心配させるようなことを話す気にはなれなかった。

「ううん」と首をふった。なんでもないよとつづけようとしたとき、背中《せなか》に水しぶきがかかる。

「こらっ。なにするんだ」

川にむけて叱《しか》ったお国の顔めがけて、また水が飛んだ。流れに立った三つ子がはやしたてる。

「やーい、甘《あま》えん坊《ぼう》」

「おっかさんのおっぱいがほしいんだ」

「お国は赤ん坊だ」

「こらあ」といいながら、お国は川のなかへ入っていった。「わっ」と三つ子はちりぢりに逃《に》げる。

「千歳《ちとせ》の馬鹿《ばか》」「待て、千早《ちはや》」「千尋《ちひろ》、逃げるな」とお国は三つ子の名前を呼《よ》びながら、バシャバシャと水しぶきをあげて追いかけた。すべって、転んで、いつのまにか三つ子と一緒《いっしょ》に笑っていた。

半分の月が空にかかっている。南にむかって流れくだる鴨川《かもがわ》は、四条《しじょう》から西に曲がりながら、川幅《かわはば》をひろげていく。五条《ごじょう》付近では倍にひろがり、中島と呼ばれる中州もできている。

その中州に建立《こんりゅう》されたお堂でひと晩《ばん》を過ごし、その夜に見た夢で将来《しょうらい》を占《うらな》うことができるといわれていた。お堂を守る五条狐《ごじょうぎつね》が、吉凶《きっきょう》どちらかの夢を見せるという。

お堂にお籠《こ》もりができる日は、月に一度。そのなかで女だけがお籠もりをする女籠《おんなご》もりの日は、三カ月に一度だ。いつもは八雲とお豊《とよ》で参詣《さんけい》しているのだが、八雲があまり誘《さそ》うので、お国はついていくことにした。それにお豊は三つ子の世話ででかけることができない。あの子たちはまだおねしょをするのだ。

夜ふけになって、お国と八雲がお堂につくと、すでに広縁《ひろえん》は人でぎっしりだった。ものめずらしくて、お国はあたりを見まわした。高額のお布施《ふせ》を包めば、お堂のなかに泊《と》まることができる。だからこのお堂の庇《ひさし》の下の広縁にいるのは、貧しい女たちばかりだ。しゃべりこんでいる物見遊山《ものみゆさん》気分の女たちもいれば、殺気だつほど真剣《しんけん》に祈《いの》っている女もいる。もう横になって寝《ね》こんでいる女もいた。

境内《けいだい》ではところどころでかがり火をたき、雇《やと》われた堂守《どうもり》が寝ずの番をしている。

雑魚寝《ざこね》をするのは慣れているのに、お国はなかなか眠《ねむ》れなかった。かたわらの八雲はもう寝息《ねいき》をたてている。夢を見なければとあせるから、かえって眠れないのだろうとお国は思った。

五条狐にお願いすれば迷いが晴れると八雲が熱心に勧《すす》めるので、興味がわいて試してみたくなっただけだ。もともとそれほど夢を見るほうではない。見なければ見ないでもいいと決めたら、お国はなんだか気が楽になり、もうなにも考えず、横になって寝た。

ふと、名を呼ばれたような気がして、お国は起きあがった。だれかに引っぱられるように河原の葦《あし》原《はら》へ歩いていった。歩きながらこれは夢だろうと思っていた。

半月が白い。さわさわと葦《あし》が鳴っている。葦原をわたる風のなかから「名のれ」という声がしたような気がした。扇《おうぎ》があればいいとお国《くに》は思った。すると、手のなかに扇があった。やっぱりこれは夢だなと頭のすみで思う。月にむかって、扇をまっすぐにさしだし、お国は謡《うた》いだした。

これは　このあたりに住む　国と申す女にて候《そうろう》
五条狐《ごじょうぎつね》に　お頼《たの》み申し候
この身の迷いを　晴らさせたまえ

なにかが葦原にあらわれた。月の光を浴びて銀色に輝《かがや》いている。

歳《とし》を経た獣《けもの》なのか、魔物《まもの》なのか、それとも幻《まぼろし》なのか——お国にはわからなかった。自分にむかって歩いてくる妖《あやかし》を、こわいとも思わなかった。歩くたびに銀色の毛が波うって、美しかった。

半月を仰《あお》いで、その妖はケーンとひと声鳴いた。そして、地を蹴《け》った。

そのひと飛びでお国の正面にきた。大きな白狐《びゃっこ》だった。

とっさにお国も白狐の真似をして、地を蹴って飛んだ。距離《きょり》が縮《ちぢ》まり、相対した。

白狐がにやりと笑ったようにお国は思った。しわがれた声で白狐はいった。

「舞《ま》え」

するとyoshi葦のなかから、横笛《よこぶえ》を吹《ふ》きながら、茶色の狐《きつね》が立ちあがった。そのとなりにも、そのまたとなりにも、つぎつぎと笛吹く狐が立ちあがる。

笛《ふえ》の音《ね》にあわせて、白狐のしっぽがしなり、左へ飛んだ。お国も扇をひらき、それを高くかざし、狐を鏡にして跳《は》ねた。つぎに白狐は右へ飛ぶ。扇を左手にもちかえて、お国も同じように飛んだ。それらが舞いの所作になっていた。つづけて白狐がいった。

「たたけ、怒《いか》れ、わめけ」

お国は片足《かたあし》をあげて、大地をトンと蹴った。それが「たたく」だと思った。「怒れ」と「わめけ」がわからない。自分には怒りたいことも、わめきたいこともない。

「なぜ、怒らぬ。なぜ、わめかぬ」

白狐はとがめた。笛を吹いていた狐たちも吹くのをやめた。

ザアーと風が吹き、葦がいっせいにそよぐ。ふたたび、白狐はしわがれた声でいった。

「隠すな。秘《ひ》めたる怒りを怒れ。心の奥底《おくそこ》をわめけ」

ざわざわと葦が乱《みだ》れそよぐ。葦のなかで狐が笛を鳴らした。「ヒイョー」という鋭《するど》い一声《いっせい》が葦原にひびく。それにつづいて狐たちが笛を吹きはじめた。

その突《つ》き刺《さ》すような笛の音を聞いたとき、お国は怒りがわいてくるのを感じた。それはずっと昔から――そんなものがあったことを忘《わす》れるくらい幼《おさな》い昔から、心の底に沈《しず》んでいたものだった。自分をかばったあたたかい腕《うで》と、雑兵《ぞうひょう》たちの笑い声と、血塗《ちぬ》られた刀《かたな》とともに。

わきあがる怒《いか》りがあまりに激《はげ》しかったので、倒《たお》れそうになって、お国《くに》は「ああ」と叫《さけ》ぶ。

――あのときもあたしは声をあげたのだろうか、雑兵たちが母《かか》さんの腕を切ったあのときも……。

お国は扇《おうぎ》をとじるとそれを激しくふりあげた。「すさまじや」と謡《うた》いだす。

すさまじや　花の京《みやこ》は
鬼《おに》の棲《す》みたる　闇《やみ》なれや

ふりあげた扇をはっしと打ちおろした――そこに雑兵がいる。

すると白狐《びゃっこ》はふふと笑って、その兵士になった。打ちおろした扇を鼻先で受けとめ、くわえて、月にむかって跳躍《ちょうやく》した。

はっとお国が見あげると、ふりかえりざま、白い首をふって扇を投げた。お国は扇に打たれて倒れた。倒れたが起きあがり、扇を投げつけ、また打たれた。それでもなお雑兵たちに刃《は》むかっていった。

そのお国と白狐の戦いの舞《ま》いに、笛《ふえ》があわせた。いつのまにか小太鼓《こだいこ》の音も加わっている。トントントトト、トトトントトン。その音にあわせて、お国の足は大地を蹴《け》った。扇は雑兵どもを打ちはらい、手は月を招いて舞う。お国の息ははずんでいた。

空に貼《は》りついていた半分の月がかたむいている。笛がやむ。小太鼓が一打、トンと強くたたかれた。

笛の余韻《よいん》に足拍子《びょうし》をあわせ、お国は静かに扇をとじた。とじると同時に扇は消えた。

白狐は首をあげてふたたびケーンと鳴いた。そしてゆっくりと近づいてくる。お国はかがんで両手をさしだした。その腕のなかに白狐は入ってきた。その首を抱《だ》きしめ、お国は頬《ほお》ずりした。

その瞬間《しゅんかん》、白狐は八雲《やくも》になり、お国は抱きしめられていた。

「母さん」

つぶやくと同時に、八雲は消え、白狐も消えた。

——まぼろし……。

まだ背中《せなか》に母の両腕《りょううで》の温かさが残っている。頬《ほほ》を熱いものが流れてくる。

「国、国、起きな」

揺《ゆ》さぶられて、はっと目を覚ますと、間近《まぢか》に八雲の顔があった。あごで肩《かた》をたたいている。

「いやな夢だったのかい。夢違《ゆめたが》えのまじないをしな」とのぞきこんでいう。

涙《なみだ》のあとをぬぐいながら、お国は笑顔《えがお》になって答えた。

「いい夢だ。うれしくて泣いた」

——まぼろしの夢を見た。幸せだった。このまぼろしを追いかけて、あたしは一生、舞うんだ。

そんな決意が芽生えたが、夢みたいな生き方だ、どうやって食っていくんだ、と問いかける声も自分のなかにはある。

——まだ決めなくていい。親に食わせてもらっているうちに、舞《ま》いながら食っていく道を探《さが》そう。

お堂から帰って、蜘蛛《くも》ノ介《すけ》に蜘蛛舞《くもまい》を継《つ》ぐ気がないと告げた。「ふーん、そうか」といって、父はつるりと顔をなでた。

第六章　安《あ》土《づち》城《じょう》

馬車がどこを走っているのか、どれくらいの時間がたったのか、ウィルにはわからなかった。

目をあけると、まぶしいほどの陽《ひ》の光のなかにいた。馬車は空を飛んでいる。大きな湖が目に入った。湖面のさざなみがきらきらと光を反射《はんしゃ》している。烏《からす》の群れが鳴きながら飛んでいく。

「陛下《へいか》、あれをご覧《らん》ください」

ハムネットが前方を指さし、声をかける。馭者席《ぎょしゃせき》に立つ女王は、無言でうなずいた。

その建物にはウィルも気がついていた。でもあまりにきれいなので、幻《まぼろし》を見ていると思っていた。

湖に突《つ》きだした半島のような小山のいただきに、巨大《きょだい》な建物がそびえている。そりかえった黒い屋

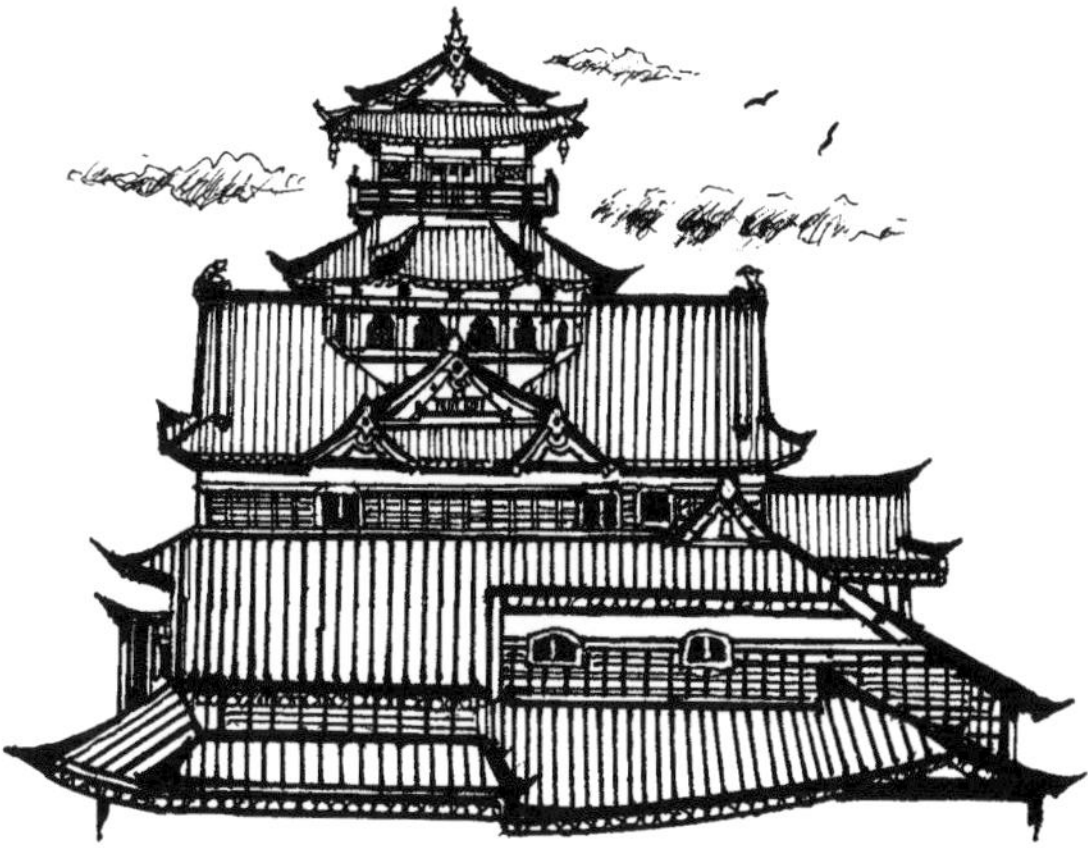

根と白い壁《かべ》をもつ階《かい》が幾重《いくえ》にも重なり、最上階はおそらく天守《キープ》であろう、まるで冠《かんむり》をのせたように きらきらと輝《かがや》いていた。石垣《いしがき》が張りめぐらされ、まっすぐな石段《いしだん》や曲がりくねった石段にそって、た くさんの屋敷《やしき》が建ち並《なら》んでいる。三方を湖に囲まれ、内堀《うちぼり》もめぐらせたその小山全体が、ケニルワー ス城《じょう》のような水城《みずじろ》だった。裏門《うらもん》には舟《ふね》がついて、荷をあげている。行《ゆ》き交《か》う人々《ひとびと》が小さく見えた。た だ、その人たちの服装《ふくそう》はあきらかに、見たこともない異国《いこく》のものだった。

「パック、パック、ここはどこだ」

不安になって叫《さけ》ぶと、ウィルの頭にしがみついていたパックは「知らない」といった。「イングラ ンドでないことだけはたしかだな」といって、また髪《かみ》の毛にもぐりこんでしまった。

黒馬は足並《あしな》みをそろえて、その建物にむかっている。最上階は手すりのついた廻縁《バルコニー》が四方をめぐっ ていた。そこにひとりの男が立って、こちらをながめている。ウィルはその強い目の光に惹《ひ》きつけら れた。

女王もその人物から目をそらせなかった。

——歳《とし》の頃《ころ》は、私《わたし》と同じくらいだろうか。黒い瞳《ひとみ》が鋭《するど》い光をたたえている。この人は王者の目をし ている……。

キャプテン・ドレイクから献上《けんじょう》された、極東の小さな島国を描《えが》いた本を、女王は思いだしていた。

袴《はかま》をはいた男や着物姿《きものすがた》の女がさし絵にあった。その国では、男も髪を結《ゆ》いあげる習慣があると書いてあった。廻縁の正面に見える男も、髪を結いあげている。

――では、ここは日本なのか……。

深緑《ふかみどり》の着物に同じ色の袴をはいたその男のそばには、若者《わかもの》が三人――たぶん小姓《こしょう》だろう――ひざまずいて控《ひか》えていた。ひとりは見たこともないほど長い弓を持っている。あとのふたりは矢と思われるものを数本、にぎっていた。ふたりのうちの小太りの若者と、ひと言、ふた言、なにか言葉を交わしたようだった。男は弓を受けとり、矢をつがえて構えた。

矢は女王をねらっている。それを見たウィルは息をのみ、ハムネットはすばやく小さなナイフを取りだし、投げる機会をうかがった。空を駆《か》ける馬車は、すでに矢のとどく距離《きょり》に入っている。

女王は男をまっすぐに見かえした。

――あなたは問答無用でこちらを射落《いお》とそうとするのか。私の正体を確かめるがよい。臆病者《おくびょうもの》でないならば、話しかけるがよい。

ふたりのあいだを風のほかはさえぎるものはない。男はふっと笑い、つがえた矢をはずした。

「そなたは天国《パライソ》の天使《アンジョウ》か」

すこし甲高《かんだか》いが落ちついた声で、男は話しかけた。それは七カ国語が話せる女王も聞いたことのない言葉だった。しかしパ、ラ、イ、ソというスペイン語らしい単語がまじっていた。アン、ジョ、ウという単語も聞きとれた。それを手がかりに女王はスペイン語で答えてみた。

「私《わたし》たちは天使ではなく、暗殺者に追われて逃《に》げてきた者です。あなたにお力があるなら、どうぞ助けてください」

女王が話しおわったそのとき、馬はその歩みを男の前でとめた。言葉がつうじたとは思えなかったが、意味は汲《く》みとってもらえたらしい。おりてこいというように、男は手をふった。それと同時に、脇《わき》に控《ひか》える小姓《こしょう》に、女王たちにはわからない言葉でなにかを命じた。

「弥介《やすけ》を呼《よ》べ。異国《いこく》の客人をもてなす支度《したく》をせよ」

馬車のなかではハムネットがナイフをしまいながら、小声で女王にたずねる。

「おりろといっているようですが、どうなさいますか」

「いわれたとおりにしよう。いつまでも空をただようわけにもいかない」

「御意《ぎょい》。さて、凶《きょう》となるか、吉《きち》となるか、運だめしですな」

女王は馬に合図を送り、馬車を廻縁《バルコニー》に横づけした。小姓がさしだす手につかまって、まずウィルがおりた。つぎにハムネットがつづく。そして女王が手綱《たづな》と鞭《むち》を持ったまま、廻縁におりたつと、男はふたたび小姓に命じた。

「乱丸《らんまる》、馬とその乗り物を御《ぎょ》して、馬屋へ連れていけ。客人の馬だ。大切に扱《あつか》うようにいえ」

しかし、鞭と手綱を女王から受けとったその小姓が、緊張《きんちょう》した顔つきで馭者《ぎょしゃ》席に乗ろうとしたとき、その鞭も馬も、そして馬車も、みるみるうちに透《す》きとおり、空に溶《と》けていった。「ああっ」と残念そうな声が、男のくちびるからもれる。軒先《のきさき》につるされた金の飾《かざ》りが、そのため息に揺《ゆ》れたのか、湖をわたる風に揺れたのか、かすかな音をたてた。

手のひらを見つめて呆然《ぼうぜん》としていた小姓は、男にむかってはっと平伏《ひれふ》した。馬が消えたのを自分の落ち度であったと思い、主君の叱責《しっせき》を受ける覚悟《かくご》なのだ。それを見た女王の口からとっさにかばう言葉がでた。

「あなたのせいではありません」

男も言葉を発した。

「乱丸、そちのせいではない」

ふたりは思わず顔を見あわせた。互《たが》いの言葉はわからなかったが、同じ意味のことをいったと、わかった。男が笑った。

見れば見るほど壮麗《そうれい》な建物だった。部屋の扉《とびら》には華《はな》やかな牡丹《ぼたん》の浮《う》き彫《ぼ》りが施《ほどこ》されている。その扉をあけて、なかへと案内され、女王は思わず感嘆《かんたん》の声をもらした。

「黄金の国、ジパング……」

すべてが黄金で飾られている部屋だった。金色が映《は》えるように、柱と床《ゆか》は黒の漆《うるし》で塗《ぬ》られ、よく磨《みが》かれて姿《すがた》がうつるほどだ。ウィルもハムネットもあっけにとられている。さりげなく室内を見まわしながら女王は考えていた。

――この国と貿易協定が結べるだろうか。うまくいけばスペインやフランスをだしぬいて、新しい貿易をひらくことができる。

そう考えていることに気がついて、女王は心のなかで自分をののしった。

――言葉もつうじないこの国で、帰れるかどうかもわからないのに、もう帰ったあとの政策《せいさく》を考えている……なんと愚《おろ》かな私《わたし》。

小姓《こしょう》たちが折《お》り畳《たた》みの椅子《いす》――床几《しょうぎ》というのだと後で聞かされた――と卓《テーブル》を運んできた。これも朱《しゅ》の漆《うるし》で塗《ぬ》られた見事なものだった。女王の前に金のグラスが置かれ、そそがれた赤い珍酡酒《ちんだしゅ》という酒を勧《すす》められた。口にふくむと、かなり酸味のきいた強いワインだった。ハムネットにも同じものが勧められたが、彼《かれ》は平気でのんでいる。ウィルのグラスには白いコンフェイトが盛《も》られている。

やがてあらわれた青年を見て、女王はおどろいた。黒い肌《はだ》のアフリカ人だが、まげを結《ゆ》い、この国の人と同じ衣服を着ている。ウィルもハムネットも目を見はった――この人が通訳《つうやく》なのか？

信長《のぶなが》から紹介《しょうかい》された青年は弥介《やすけ》と名のり、イングランドの言葉は知らなかったが、スペイン語が話せた。そこで女王はまず、客として受けいれてもらった礼を述べ、そして名のった。

「私はエリザベス・チューダー――イングランド国王ヘンリー八世とその王妃《おうひ》アンのひとり娘《むすめ》にして、イングランドを統《す》べる女王」

弥介が通訳するまえに、男はエリザベスという名前におどろいたような顔をした。そしてイングランドという国名にも。まるでその名を知っていたかのようだった。

「われは、織田《おだ》信長。この日《ひ》の本《もと》の王だ」

男の名のりに、やはり王だったのかと、女王は深くうなずいた。そして、なぜ、ここにあらわれたのかを話しはじめる。

――信じてもらえるかどうかは、賭《か》けだ。

枝葉をはぶき、つじつまをあわせ、少年と青年のことは役者と紹介しながら、女王は説明した。それでも空を飛んできた怪異《かいい》は、暗殺を逃《のが》れようとして、空飛ぶ馬車に乗ったとしかいえなかった。なぜここにきたかは説明ができない、と正直にいうしかなかった。

そして私たち三人がイングランドへ帰る手段《しゅだん》を探《さが》してほしいと頼《たの》んだ。

弥介が通訳するあいだ、信長は口をはさまなかった。質問もしなかった。聞きおわると、ことこもなげにこういった。

「イングランドの女王には、日の本の王が船をつくってさしあげよう」

思いもよらない申し出に、女王は胸《むね》がいっぱいになった。

――王のなかの王、プレスター・ジョン。その伝説の王に、私は今、出会っているのだ。

東方《とうほう》にあるという幻《まぼろし》の王国、その豊かで平和な国をおさめる賢王《けんおう》、プレスター・ジョンの伝説を女王は思いだしていた。キャプテン・ドレイクが「黄金の国ジパングの王は、あのプレスター・ジョンではないか」といったのは、的《まと》を射《い》ていたのだ。

「信長《ノブナンガ》……いえ、信長《ノブナガ》王よ、いくら感謝しても感謝しきれません」

女王は「ノブナンガ」とつい発音してしまい、「ノブナガ」と正しくいいなおした。耳で聞いた名前を舌が再現できるように、女王はいつも努力していた。謁見《えっけん》する人や各国大使の名前をまちがえてはいけない。

地球儀《ちきゅうぎ》が運ばれてきた。ウィルは思わず、身をのりだす。

その様子に女王は胸《むね》をなでおろした。甘《あま》いお菓子《かし》に手をださず、おどおどした表情を浮《う》かべていた少年が、子どもらしい好奇心《こうきしん》をあらわにして、目を輝《かがや》かせ、地球儀を見ている。

そのときになってようやく女王は、少年にはスペイン語の会話がわからないことに気がついた。ハムネットはときどきうなずいているので、わかっているらしい。「この国の王が私《わたし》たちに、イングランドに帰る船を用意してくれますよ」と女王はいった。ウィルの顔に安心の笑《え》みがひろがる。

イングランドと日本の位置を地球儀で確かめながら、女王と信長《のぶなが》の話は貿易交渉《こうしょう》に移っていった。

「そなたたちと一緒《いっしょ》に日本の産物を積んでいくつもりだ。イングランドの市場で売らせてほしい」

「それはぜひに。お互《たが》いに大使を派遣《はけん》しましょう」

特産品はなにか、禁制品はあるか、積み荷に掛《か》ける関税はどうするか――それから、それぞれの国の文化や歴史について、ひとしきり、話がはずんだあと、この城《しろ》のなかを案内しようと信長は立ちあがった。弥介《やすけ》と乱丸《らんまる》ほか、数人の小姓《こしょう》が従《したが》った。

信長を先頭に、一行は朱塗《しゅぬ》りの階段《かいだん》をおりる。そこも黄金の部屋だった。最上階は金と黒を基調としていたが、この階は、まばゆいばかりの金色とあざやかな朱色《しゅいろ》にあふれている。朱塗りの柱には浮《う》き彫《ぼ》りにされた金の竜《ドラゴン》がからみつき、床《ゆか》もつやつやとした朱《しゅ》の漆《うるし》だった。

女王はふたたび感嘆《かんたん》のため息をもらし、その反応を信長はうれしそうに見守った。

安土城《あづちじょう》は地下一階をもつ、七層《そう》六階建ての城だそうだ。その設計図である図面の元を描《か》いたのは自分だと信長は得意げにいい、「大工棟梁《とうりょう》と普請奉行《ふしんぶぎょう》は苦労したようだがな」と笑った。戦《いくさ》のためだけではなく、外国の使節を迎《むか》える迎賓館《げいひんかん》のような城を建てたかったそうだ。

その下の階は納戸《なんど》であり、武器庫だった。そのさらに下の階は、信長の住まいだからと、とおりすぎるだけになった。さらに下におり、座敷《ざしき》を見せてもらった。小さな飾《かざ》りのひとつひとつにも、意匠《いしょう》が凝《こ》らされ、見事なできばえだった。畳《たたみ》を敷《し》いた座敷の数は多いが、そのあいだをへだてるふすまというものをとりはらえば大広間《おおひろま》になることに気がついて、女王は感心した。

ただなぜか、信長はすべてのふすまをあけようとはしなかった。ある座敷では片側《かたがわ》をとじたままにした。なにか隠したいものがあるらしいと女王は思ったが、あえてたずねなかった。

一階には侍《さむらい》の詰《つ》め所や執務《しつむ》用の部屋、それに侍たちのための食事をつくるひろい調理場や食料庫も配置されていた。多くの侍《さむらい》たちが勤務《きんむ》し、侍女《じじょ》たちも行《ゆ》き来《き》している。異国人《いこくじん》に出会ってもおどろいたりせず、ぶしつけにじろじろ見たりもせず、礼節のある会釈《えしゃく》をおくってくる。廊下《ろうか》のすみに塵《ちり》ひとつ落ちていない清潔さにも、女王は感心した。

最後に地下階に案内された。

「これは——」

思いがけない光景に、女王は絶句した。その地下空間のまんなかに、やわらかな陽《ひ》の光がふりそそいでいる。その光のなかに、小さな黄金《おうごん》の宝塔《ほうとう》が据《す》えられていた。宝塔の上が吹《ふ》きぬけになっているのだ。飾《かざ》りの黄金《きん》にたわむれるように、きらきらと太陽の光が反射《はんしゃ》している。

——なんと美しい！ ここは宮殿《きゅうでん》であると同時に、聖堂《せいどう》なのだ。

さきほどとじられていた上の階のふすまが、あけ放たれていた。この吹きぬけを仰《あお》ぎ見させて、おどろかせるためにとじていたのだと、女王は信長《のぶなが》の意図を察した。

「イングランドにも美しい建物はあるだろうから、それに比べれば見劣《みおと》りするやもしれぬが……」

今まで、自信に満ちて案内してきた信長が、急におずおずと、試験の合否《ごうひ》を先生にたずねる生徒のように女王の感想を訊《き》いた。

「精巧《せいこう》な工芸品のような宮殿です。これほど芸術的で気品に満ちた美しい宮殿はイングランドにはありません。ローマにもないでしょう」

そう伝えると、信長は子どものようにはにかんだ表情を浮《う》かべた。部屋数が多すぎて、建てた自分でも迷子になるときがあると、信長が打ちあけたので、女王もいった。

「私《わたし》の生まれ育った宮殿もそうでした。あかずの間《ま》もあります。甲冑姿《かっちゅうすがた》の幽霊《ゴースト》がでるという噂《うわさ》があるのです。兄弟で王位を争い、殺された弟が夜中に鎖《くさり》を引きずって歩くのだといいます」

古い宮殿には必ずそんな噂がある。女王はふと母のことを思いだした。

「今住んでいる王宮には、母の幽霊がでるという噂がありますが……会ってみたいものです。父の命令で母が処刑《しょけい》されたとき、私は二歳《さい》でした。母の記憶《きおく》がないのです」

弥介《やすけ》がおどろいた顔をして、女王を見た。

「これはひとり言だ」

——いったいどうしたのだろう、私は。今まで母の死を口にしたことはないのに……。

信長がつぶやいた。

「母の記憶がないのはむしろ幸いかもしれぬ」

暗いひびきに女王ははっとして、信長の顔を見た。

「わしは弟の幽霊《ゆうれい》に会ったことはないな。相手にされないと奴《やつ》は諦《あきら》めているのだろう。それとも母には会いにいっているか……わしとちがって気にいられていたからな」

小声で弥介が通訳《つうやく》する。

――この方も王位を巡《めぐ》る血の争いをくぐってきた人なのか……聞かせてはいけないことを訳《やく》してしまったのだよ、弥介《やすけ》。

そのとき、沈《しず》んだ空気を打ちやぶるように、ポン、ポンと乾《かわ》いた打楽器の音がひびいた。信長《のぶなが》は吹《ふ》きぬけを仰《あお》いで、「支度《したく》ができたようだ」といい、女王をふりむいて、「幸若舞《こうわかまい》をご覧《らん》にいれよう」といった。

ふたたび二階に案内された。吹きぬけに面する座敷《ざしき》に椅子《いす》が三脚《きゃく》用意されている。そこに座《すわ》って正面を見た女王は、またもその奇抜《きばつ》な趣向《しゅこう》に目を見はった。

「これは、空中劇場《げきじょう》」

吹きぬけにせりだして、舞台《ぶたい》がつくられていた。舞台の奥《おく》に座った奏者《そうしゃ》はわずか二名。鼓《つづみ》という打楽器をひとりは肩《かた》に、ひとりは膝《ひざ》の上に構えている。

ポン、ポポポポポ、ポン……。

扇《おうぎ》を持って空中の舞台にあらわれたのは、信長だった。

人間《じんかん》五十年　下天《げてん》のうちを比《くら》ぶれば

夢幻《ゆめまぼろし》のごとくなり

謡《うた》う信長の声は、大軍を叱咤《しった》する王の声だ。強さと鋭《するど》さを持っていた。打ち鳴らされる鼓の音が、それをいっそう引きたてる。あるときは力づよく、あるときはやわらかく、吹きぬけにひびきわたり、聞く者を包んだ。

女王に歌の意味はわからない。舞《ま》いもわからない。それなのに、もの哀《がな》しさに女王の胸《むね》は揺《ゆ》さぶられた。

濃紺《のうこん》の空に消えいりそうな細い月が浮《う》かんでいる。木の枠《わく》に紙を貼《は》ってあるだけの障子《しょうじ》という戸をあけて、涼《すず》しい風に吹かれながら、ウィルは不安でしかたなかった。

女王やハムネットと離《はな》されて、客室を与《あた》えられた。身のまわりの世話をする侍女《じじょ》と小姓《こしょう》が、畳敷《たたみじ》きの部屋のすみに身体《からだ》を折りたたむように座っている。まるで監視《かんし》されているみたいだ。それにふたりとも人形のように表情がないのが不気味だ。

やがて、女王が呼《よ》んでいるとのことで、女王の部屋に連れて行かれた。そこはつぎの間《ま》つきの板敷《いたじ》きの部屋で、椅子とテーブルが用意されていた。ここは宣教師《せんきょうし》や南蛮人《なんばんじん》の宿泊《しゅくはく》用の部屋だそうだ。しばらくするとハムネットも侍女に案内されてきた。女王はもう言葉を習いはじめているようだ。「さがってよろしい」とこの国の言葉で告げると、侍女は一礼して、部屋をでていった。

三人になるのを待っていたように、女王がウィルにたずねる。

「シ、シ、シスビー、そなたの名はなんという」

「ウィリアムと申します、陛下《へいか》」

女王に見つめられ、ウィルはドキドキしながら答えた。

「そなたが危《あぶ》ないところを助けだしてくれたことに礼をいいます。ありがとう」

皮肉なひびきはなく、心からの感謝のしるしとして、女王は手をさしだす。細く美しい指先だった。

ウィルはくちびるを押《お》しあてる。

「あの小さき者は、妖精《ようせい》なのか？　なぜ、そなたと親しげに話していたのだ。あの空飛ぶ馬車にそなたはなぜ、乗っていたのだ」

そこでウィルは事情を説明しだした。だが、順序立ててうまく話すことができない。妖精をつかまえる呪文《じゅもん》とか、手袋《てぶくろ》の小箱とか、パックの賭《か》けの結果とか、どう思われるだろうかと思うと、しどろもどろになってしまう。ハムネットが鋭《するど》い目で見ているのも気になる。

しかし、女王は辛抱《しんぼう》強く聞いていた。そしてウィルが話しおわると、ため息をついた。

ウィルのとつとつとした話し方からその誠実《せいじつ》さがわかった。妖精がでてくるおとぎ話と自分が体験したことをごちゃまぜにしている幼《おさな》い少年だけれど、嘘《うそ》をついている様子はないと女王は思った。

ジルメイニが追いかけていた暗殺計画をウィルが事前に知り、なんとか助けようとしたことが、この意外な結果を招いたということも、理解した。だからといって納得《なっとく》したわけではない。けれど信長《のぶなが》が自分の言葉を信じてくれたように、自分もこの少年の言葉を信じよう、不思議は不思議のままにして、今はイングランドにもどることに全力を尽《つ》くさねばならないと女王は決意した。

そして今度はハムネットにむきなおると、うってかわった厳《きび》しい態度で問いただした。

「では、詩の手紙をにせの手紙にすりかえたのはそなたか」

わるびれもせず、ハムネットは「さようでございます」と答える。

「フォールスタッフの一座《いちざ》に潜入《せんにゅう》して、陛下《へいか》に手紙をわたすように仕組めと命じられました。薔薇園《ばらえん》であとをつけられたのは、私《わたし》の不覚です。だれかがつけてきたとはわかったのですが……あぶりだそうと青い箱を棚《たな》に置いたのは失敗でした。まさかシスビー役者がしゃしゃりでてきて、泥棒騒《どろぼうさわ》ぎになり、この少年を巻《ま》きこむことになるとは思いませんでした」

「だれに命じられた」

「サミュエルと名のる男でございました」

「その男は実行役であろう。その背後《はいご》にいる者を問うている」

ぴしりと鞭《むち》で打つように、女王はいった。しかしハムネットは顔色もかえない。

「わたくしは金で雇《やと》われた者。全容を知らされるはずもなく、また知っていなければ白状もできず」

「もっともないい分だな。ではそなたの名は」

「ハムネットと申します」

「偽名《ぎめい》であろう」

女王は追及《ついきゅう》の手をゆるめない。

「ご賢察《けんさつ》おそれいります。じつはデンマークの王子、ハムレットと申す者」

ウィルはびっくりした。が、女王はふふと笑った。

「デンマーク王家にハムレットという王子はいない」

「嫡子《ちゃくし》でしたが、母が罪を得て、王家から追放されました」

女王の眉《まゆ》がぴくりと動く。女王の母アン・ブーリン王妃《おうひ》が不義の汚名《おめい》を着せられて断頭台に送られ、そのとき二歳《さい》だった女王は、王女としてのさまざまな権利《けんり》を剝奪《はくだつ》されたことを、ハムネットは皮肉っているのだ。ウィルはひやひやした。だが、皮肉には皮肉でかえすのが、女王の流儀《りゅうぎ》だ。

「デンマーク王子と会うことがあれば、異母弟《いぼてい》を探《さが》すように進言しよう」

そういわれれば「ありがとうございます」とハムネットは頭をさげるしかない。

「そなたはこの先どうする気か」

「ここでお命をねらっても、報酬《ほうしゅう》はもらえません。陛下《へいか》と一緒《いっしょ》にイングランドにもどります」

「それではこの少年と私《わたし》が、無事にイングランドにもどることに協力するならば、そなたの罪を不問にふそう」

「けっして司直《しちょく》の手にわたくしをゆだねないとお約束ください、もちろん裁判《さいばん》にも拷問《ごうもん》にもかけないと」

従者《じゅうしゃ》になればゆるすという女王の言葉をありがたがるどころか、ハムネットは条件をつりあげる。

「では指を見せよ」と女王は命じた。それがなにを意味するか、ウィルも知っている。

「手はきれいです」といいながら、ハムネットは両手をさしだした。指に焼印はなかった。

親指に焼印のある男は人殺しだと、いい聞かされていた。死刑《しけい》の判決がくだされても、裁判官《さいばんかん》から示されるラテン語で書かれた聖書《せいしょ》の一節を読みあげることができれば、罪を悔《く》いている証《あかし》として、恩赦《おんしゃ》になる。親指に焼印を押《お》されたのち、釈放《しゃくほう》されるのだ。ただし、二度目はない。

「叩《たた》けば埃《ほこり》のでそうなそなただが、重罪は犯していないとみえる。約束しよう」

女王の言葉に、にやりとハムネットは不敵に笑った。

その笑いを受け流して、女王は信長《のぶなが》とのやりとりをウィルとハムネットに説明した。信長は安宅船《あたけぶね》という軍船を持っていて、それを改造するか、新しい船を建造するか、どちらがはやいかを船大工の棟梁《とうりょう》に相談する。明日、この安土城《あづちじょう》を発《た》って京《みやこ》にいくが、私たちも一緒にいき、本能寺《ほんのうじ》というところに宿泊《しゅくはく》して、大坂湾《おおさかわん》に停泊《ていはく》するその安宅船を見学することになったと。

それを聞いて、ウィルはほんとうに安心した。

部屋にもどるとき、ハムネットが話しかけたそうなそぶりを見せたが、ウィルはそっぽをむいたまま わかれた。自分をだました暗殺団の一味と口をきくものかと思っていた。でもほんとうは心細くて、だれかと話したくてたまらなかった。

侍女《じじょ》に導かれ、黙《だま》って長い廊下《ろうか》をもどる。その途中《とちゅう》、ふいに目の前に、さかさのパックがぶらさがった。びっくりして、ウィルの足はとまった。

「なんだよ、今ごろでてきて」

「時の闇のなかで迷子にならなくてよかったなあ」

チェッとウィルは舌打ちをする。でも、パックが顔を見せてくれてうれしかった。

明かりを持って前をいく侍女《じじょ》を気にして声をひそめながら、「とんでもないところにきたじゃないか」と、心とはうらはらに、ウィルは文句をいった。

「爺《じい》さんは出会った者をあの世に運ばずにはいられない。それをとめたんだ。いくら賭《か》けに負けたとはいえ、怒《おこ》るさ」

まるで他人事《ひとごと》のようにいう。腹《はら》が立って、さらにきつくあたってしまった。

「なんで、こんな言葉もつうじない国に飛ばされたんだよ」

「知らない。女王が祈《いの》ったとおりになっただけだ」

「ふざけるな」

とうとう頭にきて、ウィルはどなってしまった。ふりかえった侍女が、おびえた表情でなにかいう。その言葉がウィルにはわからない。「な、なんでもありません」とあわてていったが、険しい表情のまま立っている。むりやり笑顔《えがお》をつくって手をふると、ようやく侍女は歩きだした。

どっと疲《つか》れ、自分はおそれられていると思うと、気持ちが落ちこんだ。

いつのまにかパックは姿《すがた》を消している。そっと髪《かみ》の毛にさわってみたが、いない。もしかしたらひとりでイングランドの森に帰ってしまったのかもしれない。どなったりせずに、妖精《ようせい》の魔法《まほう》で今すぐケニルワースへ帰してくれと頼《たの》めばよかったのだ。それに気がついて、いっそう気持ちが沈《しず》んだ。

――やっぱりぼくはぼんやり者だ……。

三階の居室、御鷹《おたか》の間《ま》で、信長《のぶなが》は小姓《こしょう》の森乱丸《もりらんまる》と坊丸《ぼうまる》、力丸《りきまる》の三兄弟を相手に、南蛮骨牌《なんばんカルタ》の勝負で苦戦している。手のなかの竜《りゅう》を描《えが》いた一《ピン》の札を最後にだして、力丸がまた、勝ちを占《し》めた。今夜はなぜか、力丸のひとり勝ちだ。

満面の笑《え》みを浮《う》かべる力丸の、ころんと太った子犬を思わせるふっくらした頬《ほほ》を見ながら、信長はたずねた。

「どうだ、力丸。あの者たちについて、イングランドにいく気はないか」

「はい。いきます」

十六歳《さい》は即答《そくとう》した。乱丸と坊丸は札を切っていた手をとめて、顔を見あわせる。あまりにはやい返事だったので兄たちは、弟がなにも考えないで答えたと思った。この弟にはむこう見ずに突《つ》きすすむ気質がある。乱丸がためらいがちに訊《き》いた。

「上さま、もしあのお方が偽《いつわ》りをいっていたら、どうなりましょう」

「うむ。その疑《うたが》いはあるな」

信長《のぶなが》はうなずいた。烏《からす》が鳴きさわぎ、円を描《えが》いて群れ飛んだ。その円のなかにあの奇妙《きみょう》な一行は、馬に引かせた空飛ぶ乗り物であらわれたのだ。

蜃気楼《しんきろう》か幻術《げんじゅつ》か——妖怪《ようかい》ならば弓矢で射《い》れば退散すると思ったが、人間だった。そしてイングランドの女王だと名のった。話しているうちに化けの皮がはがれるだろうと信長は思っていたが、女と話をして楽しいと思ったのは、はじめてだった。

「そちはどう思うのだ」と信長は乱丸《らんまる》に問いかける。あの空飛ぶ馬を見たのは、信長と三人の兄弟小《こ》姓《しょう》——乱丸と坊丸《ぼうまる》、力丸《りきまる》だけだ。乱丸はかしこまって答えた。

「わかりません。自分の目で見たことながら、信じられません」

にぎっていた手のなかから、鞭《むち》が消えた感触《かんしょく》がまだ残っている。いったいあれはなんだったのか、乱丸にはわからない。

信長も目の前で見たことながら、不思議でしかたなかった。あの女がイングランドの女王かどうかはわからないが、豪胆《ごうたん》な人物であることはたしかだ。

「まやかしかもしれぬ。われらにはわからぬなんらかの手段《しゅだん》で、われらをあざむいたのかもしれぬ。だがだまされていたなら、面白い夢を見たと思おう」

それから信長は力丸にむきなおって、「おそろしくはないか。あの者たちは魔物《まもの》の国からやってきたのかもしれぬ。いったら最後、もどれぬかもしれぬぞ」といった。

「不思議な人たちです。不思議のことをするでしょう。力丸はまやかしの夢でも面白い夢なら見たいと思います」

その答えを聞いて、信長はうれしくなった。

――ここにもわしのように新しいことが好きな奴《やつ》がいる、今までにないことをするためなら、命を賭《か》けてもいいと思う若者《わかもの》がいる。

「いってこい、わしのかわりに。不思議の国でも魔物の国でも、この日《ひ》の本《もと》の外の世界を見てくるのだ。そしてわしに教えてくれ、その世界の有様《ありさま》を」

「はい。鬼《おに》に出会おうと獅子《しし》に出会おうと、この力丸はおそれません」

勢いこんでいったものの、力丸は自分がおそれるものを思いだした。

「でも……ひもじいのだけは、ごめんです」

すこしべそをかいたような表情になったので、日頃《ひごろ》の食べっぷりを知っている兄たちは苦笑した。

信長も笑った。丸い身体《からだ》を揺《ゆ》らして、力丸も笑った。

笑いながらも、信長は女王を伴天連《ばてれん》たちに会わせようかどうか、考えていた。

両者を会わせれば、ほんとうにイングランドの女王か、否《いな》かはわかる。また空飛ぶ馬の秘密《ひみつ》も、伴天連なら知っているかもしれない。

しかし、ローマとイングランドが敵対しているような感じだったのが、ひっかかった。女王に対して彼《かれ》らがどういう反応を示すか、予想がつかなかった。伴天連《ばてれん》が貿易で布教の資金を稼《かせ》いでいることを信長《のぶなが》は知っている。信長が独自に南蛮《なんばん》貿易をはじめれば、彼らには不利になる。せっかくの交易話を邪魔《じゃま》されたくなかった。

——あの女、わしの名を正しく呼《よ》んだ。小面憎《こづらにく》い女だ。

異国人《いこくじん》が自分の名前を正確に発音できないという点を、信長は気にいっていた。そして、〈ノブナンガ〉という鼻にかかった異国《いこく》的な発音を聞くのは、もっと気にいっていた。

「明日、本能寺《ほんのうじ》についたら、狩野永徳《かのうえいとく》を呼べ。永徳に安土山図屏風《あづちやまずびょうぶ》と同じものを描《か》かせよう」

手札を配りはじめた乱丸《らんまる》に、信長は命じた。

——安土城《あづちじょう》を描《えが》いた屏風《びょうぶ》は、ローマに帰る伴天連にみやげに持たせてしまったからな。女王にはわしの似絵《にせえ》も贈《おく》りたい。

信長は立ちあがって障子《しょうじ》をあけ、夜空を見あげた。細い月は新月に近いことを告げている。五月がおわろうとしていた。

——力丸《りきまる》が帰ってきたときが楽しみだ。だがそのとき、わしは骨《ほね》になって、墓に眠《ねむ》っているかもしれぬ……それともどこぞの荒野《こうや》で、首のない屍《しかばね》を烏《からす》につつかれているかもしれぬ……。

そびえたつ安土城を月光が照らしている。黒い雲がでてきて、細い月を隠し、雨がしとしととふりはじめた。

第七章　戦《せん》乱《らん》

翌日《よくじつ》、信長はわずかな手勢を率いて安土城を発《た》ち、京《みやこ》についた。女王は籠《かご》に乗り、ハムネットとウィルには馬が用意された。おとなしい馬だったので、ウィルは手綱《たづな》を持っているだけでよかった。

京の姥柳町《うばやなぎちょう》にある本能寺は、信長が常宿《じょうやど》にするため、周囲に土塁《どるい》を築き、濠《ほり》をめぐらせ、寺というより要塞《ようさい》のようになっていた。境内《けいだい》はひろく、いくつもの塔《とう》や書院、経蔵《きょうぞう》が建ち並《なら》び、土塁にそって植えられた棘《とげ》のある木――槐《さいかち》の大木が、こんもりとした森のような印象を与《あた》えている。

女王のために用意された部屋に、森《もり》力丸と弥介《やすけ》がきて、信長の言葉を伝えた。

それは、六月二日に女王のために茶会《ちゃかい》をひらく。その席には、博多《はかた》の商人、島井宗室《しまいそうしつ》と、堺《さかい》の商人、千利休《せんのりきゅう》を招いている。イングランドとの貿易については、このふたりが取りしきることになる。後日、このふたりと大工の棟梁《とうりょう》とともに、安宅船《あたけぶね》を見に大坂へいくことになっているという簡潔《かんけつ》な知らせ

だった。そして最後に「それまではくつろいで過ごされよ」という言葉がそえられていた。

その伝言を聞いた女王は安心した。それを聞かされたウィルもハムネットもほっとした。

着替《きが》えはもとより身のまわりの品々《しなじな》も、希望すればすぐにとどいた。もちろんそれは日本の物だが、女王は感謝して受けとった。食事も口にあわないものはさげられ、好みの味付けのものが朱塗《しゅぬ》りの膳《ぜん》にのってでてくる。ひとつひとつの椀《わん》のなかには、まるで人形が食べるような分量しか入っていないが、一の膳、二の膳とあるので、いつのまにか満ちたりている。

——それにしても時の歩みが遅《おそ》い。

慣れない箸《はし》のかわりに、そえられた匙《さじ》で食事をしながら、女王は逸《はや》る気持ちをもてあましていた。

六月二日の朝があけた。女王ははやくに目が覚めた。侍女《じじょ》たちに手伝わせて髪《かみ》を結《ゆ》っていると、けんかをしているような騒々《そうぞう》しい声が聞こえる。よく統率されている信長《のぶなが》の家臣《かしん》にしてはめずらしいことだ。

声や物音はしだいに大きくなり、鉄砲《てっぽう》の音もまじる。不審《ふしん》に思った女王が侍女に様子を見にいかせようとしたとき、弥介《やすけ》がただならぬ勢いで飛びこんできた。長柄《ながえ》の槍《やり》を抜《ぬ》き身《み》のまま、手にひっさげている。侍女たちの顔色がかわる。

「反乱《はんらん》です！」

スペイン語で弥介は叫《さけ》んだ。女王は椅子《いす》から立ちあがった。重ねて弥介は叫ぶ。

「すぐに逃《に》げてください。ここにも攻《せ》めよせてきます」

反乱を起こしたのは、明智光秀《あけちみつひで》――信長軍の指令官の地位にあり、信頼《しんらい》されて大軍を任せられているという。その大軍を引き連れて信長にそむいたのだ。

「反乱軍《はんらんぐん》の数は？」と女王はたずねた。

「敵は一万あまり。わがほうの兵は、百ほどです」

それでは援軍《えんぐん》がくるまで持ちこたえられないだろうと女王は判断した。

――信長王の油断か……どれほどくやしがっておられることか。

「私《わたし》の襞襟《ひだえり》を」

女王は侍女に命じた。今日の茶会のために、辻《つじ》が花染《はなぞ》めの打《う》ち掛《か》けひとそろいが用意されていたが、異国《いこく》の衣装《いしょう》を身につけて死にたくないと、とっさに思った。

――金髪《きんぱつ》とこの目の色は隠しようもない。この国の人のように逃《のが》れることはできないだろう。それならばイングランドの女王であらねばならない。

弥介がウィルとハムネットを呼《よ》びにいっているあいだに、女王は急いで身支度《みじたく》をととのえた。

そのとき、庭を転がるように若者《わかもの》が走ってきた。力丸《りきまる》だった。袈裟《けさ》を身につけた僧《そう》を連れている。

僧は数珠《じゅず》を手に叫んでいる。

「お女中方、愚僧《ぐそう》についてこられよ。女どもははやく逃《に》げよと上さまは仰《おお》せられた」

侍女《じじょ》たちが顔を見あわせためらっているうちに、わたり廊下《ろうか》を弥介《やすけ》が走ってくる。恐怖《きょうふ》に凍《こお》りついた目をしたウィルと、緊張《きんちょう》しながらも戦闘《せんとう》に興奮《こうふん》を隠せないでいるハムネットがうしろに従《したが》っている。

「おお、弥介どの。すでにこちらにきておられたか」

庭から力丸《りきまる》が声をあげる。探《さが》していた弥介に会えて、力丸はよろこんでいた。信長《のぶなが》に命じられるよりはやく、弥介は自分の判断で女王に危険《きけん》を知らせにきたのだった。

「エリザベスさまはこの力丸と弥介どのとともにきてください。上さまが奥書院《おくしょいん》の抜《ぬ》け道をとおって、外に逃《のが》れるようにと」

力丸の言葉を弥介がはや口で女王に伝える。もはや一刻《いっこく》の猶予《ゆうよ》もゆるされない。女王は侍女たちにわかれを告げると、ウィルとハムネットを従えて、力丸についていった。弥介が一行のしんがりをつとめる。

いっぽう、僧《そう》は侍女たちを連れて、「道をあけよ。無益な殺生《せっしょう》をすれば、仏罰《ぶつばつ》がくだるぞ」と数珠《じゅず》を片手《かたて》にかかげ、お経を声高《こわだか》に唱えながら、裏門《うらもん》をめざした。

きなくさい匂《にお》いがウィルの鼻をつく。あたりに立ちこめているのは硝煙《しょうえん》だろうか。刀《かたな》のふれあう音や銃声《じゅうせい》も聞こえる。女王の一行は奥書院をめざして、境内《けいだい》を走っていた。

急に「わあ」と、獣《けもの》めいた喚声《かんせい》があがった。鎧《よろい》をつけた侍《さむらい》たちが数人、木戸を押《お》しあけて入ってくる。刀をふりかざし、むかってきた。襲《おそ》いかかるひとりをすばやく切《き》り伏《ふ》せた力丸が、「先を急がれよ」と叫《さけ》ぶ。「おう」と答えて、弥介は女王をうながし、槍《やり》をかまえながら走った。

それを追おうとした侍たちの背中《せなか》に、力丸は大音声《だいおんじょう》で名のりをあげる。

「われこそは、森《もり》力丸長氏《ながうじ》。わが首取って手柄《てがら》にせよ」

「信長の小姓《こしょう》ぞ」と侍たちは力丸を取り囲む。「討《う》ち取れ」「ほうびは手柄しだいと光秀《みつひで》さまの仰せだ」と口々《くちぐち》に叫ぶ。

そのすきに、女王の一行は走った。長槍《ながやり》を手にした若者《わかもの》が、正面の大きなお堂の回廊《かいろう》から飛びおり、こちらにむかって走ってくるのが見えた。

「おお、乱丸《らんまる》どの。力丸どのが危《あぶ》ない」

すれちがいながら、弥介が叫ぶ。無言でうなずき、乱丸は弟を助けに走った。

正面のお堂の回廊に、信長が立っていた。白綸子《りんず》のねまき姿《すがた》のままだった。左ひじに血のついた布を巻《ま》き、身を守る武器をなにも持たないのに、おそれる様子もなく静かに立っている。

女王は立ちどまった。この混乱《こんらん》のなかでふたたび会えるとは思っていなかった。裏切《うらぎ》りへの激《はげ》しい怒《いか》りにさいなまれているだろうと思っていたが、信長のおだやかな表情に、女王ははっとした。

——やはりこの人は王者だ。

イングランドの女王は感謝をこめて、日《ひ》の本《もと》の王にむかい、ドレスをつまんで優雅《ゆうが》にお辞儀《じぎ》をした。

すると、信長《のぶなが》はにっこりと笑った。こちらまで晴れ晴れとする笑いだった。

うしろから足音が近づく。もどってきた乱丸《らんまる》がかえり血を浴びたまま、信長の前に片《かた》ひざをついた。

「森力丸長氏《もりりきまるながうじ》、敵を討《う》ち果たしましたが、討ち死にいたしました」

沈痛《ちんつう》な面持ちで弥介《やすけ》が女王に伝える。予想していたことだが、その報告は心に重い。

「力丸には世界を見せたかったな」

信長はつぶやく。そして、「奥書院《おくしょいん》の抜《ぬ》け道まで、そちが弥介を案内してやれ」と乱丸に命じた。

乱丸はかしこまって頭をさげる。

それから信長は女王のほうにむきなおると、はっきりとしたラテン語でいった。

「Ｖａｌｅ《さらば》」

おどろいた女王は、あわててラテン語で話しかけたが、信長の困惑《こんわく》した表情から、それが信長の知っている唯一《ゆいいつ》の言葉だとわかった。女王はいった。

「Ｖａｌｅ《さようなら》」

思いもよらず、涙《なみだ》があふれた。信長が微笑《ほほえ》んでいる。乱丸が立ちあがり、ついてくるようにと合図した。

ウィルにもラテン語ならわかる。でも、ふたりがさよならをいい交《か》わし、女王が涙をこぼしているのは不思議でしかたなかった。乱丸と弥介のあとについて走りながら、ウィルはうしろをふりむいた。信長は女王たちがその場を去るのをみとめると、すぐに歩きだした。そして、回廊《かいろう》の角を曲がると、わたり廊下《ろうか》のむこうのお堂のなかに消えた。一度もふりかえらなかった。

思わずウィルは足をとめた。

——そこには死が待っているんだ。だれか。とめて。あの人を……。

突然《とつぜん》、ハムネットに腕《うで》をつかまれ、怒鳴《どな》られた。

「なにをぼんやりしている。迷子になって死にたいか」

女王たちはもう、となりの建物に入っている。ハムネットに引きずられるようにして、ウィルもあとを追った。涙をふいた女王はくちびるをかみしめ、きびしい表情で前を見つめている。

いくつもの部屋をとおり、やっと奥書院の目あての部屋にたどりついた。

同時に反対側からも、抜き身の長槍《ながやり》を持った侍《さむらい》たちが飛びこんできた。「乱丸、見つけたり」「弥介だ」「信長は近いぞ」と、口々《くちぐち》に叫《さけ》びながら、槍《やり》をくりだしてくる。とっさにハムネットがナイフを取りだし、ウィルを背《せ》にかばった。弥介と乱丸は女王をかばいながら、必死に応戦する。

「信長の首、かならず討ち取れ。首をさらして、光秀《みつひで》さまが天下人《てんかびと》になられたことを京《みやこ》じゅうに知らせるのだ」と侍頭《さむらいがしら》らしい男がわめく。だが、乱丸と弥介の槍つかいの腕がまさっていた。つぎつぎに打ち倒《たお》され、あとふたりになったとき、その侍《さむらい》たちは目配せしながら、声をあげた。

「光秀《みつひで》さまにお知らせして、加勢をたのめ」

そして槍《やり》をかまえたまま、ふたりはあとずさりし、ぱっと左右にわかれて走った。すばやくくりだした乱丸《らんまる》の槍がひとりをとらえる。だが、もうひとりは庭へ飛びおりた。逃《に》げられた、とウィルが思ったとき、弥介《やすけ》が槍を投げた。槍の穂先《ほさき》が、庭の兵士の背中《せなか》をつらぬく。血を噴《ふ》きあげて敵は倒れた。

倒れた者をそのままうち捨《す》てて、すぐに弥介と乱丸は床《とこ》の間《ま》をさぐった。よく磨《みが》かれた木の床板《とこいた》をあれこれさわっていたが、ようやく鍵《かぎ》を見つけたらしい。カチリと音がして、留め金がはずれた。

弥介が力をいれて動かすと、床板はふたのようにひらいて、深い縦穴《たてあな》が見えた。鉄のはしごが取りつけられている。暗い地の底から冷気が吹《ふ》きつけて、ウィルはぶるっとふるえた。

床の間の横にあるちがい棚《だな》をあけて、おさめてあった手燭《てしょく》のろうそくに火をつけると、弥介と乱丸はひとつずつ持った。

「では、弥介どの、みなさまをお願いいたします」

「かしこまりました」

はしごに手をかけ、弥介はすこし揺《ゆ》すって強度をたしかめると、慎重《しんちょう》におりていった。そして地底につくと、明かりを上下させて合図を送った。女王はハムネットをうながした。つぎに女王がおり、最後にウィルがおそるおそる、はしごに足をかけた。

乱丸は女王一行の明かりが遠ざかっていき、ふたたび縦穴が闇《やみ》のなかに沈《しず》むのを見守った。そして床の間をもとにもどすと、ほっとため息をついた。

今朝、本能寺《ほんのうじ》を囲む土塁《どるい》のむこうに、桔梗《ききょう》の旗差物《はたさしもの》が並《なら》んだのを見たとき、乱丸はべつにおどろきもしなかった。桔梗は明智《あけち》光秀の家紋《かもん》である。光秀は西国《さいごく》を攻《せ》めている羽柴秀吉《はしばひでよし》を加勢するように、信長《のぶなが》から命じられていた。出陣《しゅつじん》のまえに威儀《いぎ》を正した軍勢を上さまにお見せするつもりできたのだな、と乱丸は思った。

ところがすぐに鬨《とき》の声《こえ》があがり、鉄砲《てっぽう》のいっせい射撃《しゃげき》がはじまった。転げるようにして、信長の前に手をつき、「光秀、謀反《むほん》」と叫《さけ》んだ。声がふるえていた。

信長は顔色もかえなかった。

「やむをえんな」

その一瞬《いっしゅん》の覚悟《かくご》を見て、乱丸の騒《さわ》ぐ心も鎮《しず》まったのだ。

信長はみずから弓を引き、矢数がつきたあとは槍で戦った。乱丸もまた、あるときは斬《き》ってでて戦い、あるときは退《しりぞ》いて、信長のそば近くを守った。弟の力丸《りきまる》の最期《さいご》は看取《みと》れたが、もうひとりの弟、坊丸《ぼうまる》がどうなったかは知らない。おそらく境内《けいだい》のどこかで討《う》ち死にしているだろう。気がつけば、信長の御側衆《おそばしゅう》で残っているのは自分ひとりだった。

左ひじに槍傷《やりきず》を負った信長《のぶなが》が、ふいに乱丸《らんまる》をふりかえり、「経蔵《きょうぞう》にいく。供《とも》せよ」と声をかけた。

まるで遊びあきた子どもが家に帰ろうというように。

いよいよ最期《さいご》のときがきたのだと乱丸は悟《さと》った。信長が切腹《せっぷく》するまでの時間をかせぎ、首を敵にわたさないのが自分の役目だ。しかし、なぜ経蔵かということまでは思いいたらなかった。

「わしの首を見るまでは、光秀《みつひで》は眠《ねむ》れまい。だがわしは首どころか、骨《ほね》のひとかけもわたすつもりはない。彼奴《きゃつ》めの眠りを殺してやろう」

経蔵にむかいながら、信長はそういった。

じつは、本能寺《ほんのうじ》の経蔵には、経巻《きょうかん》も経本もおさめられてはいない。かわりに積まれているのは、鉄《てっ》砲《ぽう》に使われる火薬や硝石《しょうせき》である。種子島《たねがしま》に子寺を持つ本能寺は、信長の鉄砲隊《てっぽうたい》の秘密《ひみつ》の供給源《きょうきゅうげん》であった。その火薬に火がつけば、経蔵は木《こ》っ端《ぱ》みじんに吹《ふ》き飛んで、信長の髪《かみ》の毛ひと筋《すじ》も残すまい。

――この火がお役にたつはずだ。

乱丸は手燭《てしょく》を持つと、奥書院《おくしょいん》の抜《ぬ》け道をあとにして、経蔵へと急いだ。

弥介《やすけ》は大股《おおまた》に抜け道を歩いていく。ときどき、いちばん最後を遅《おく》れがちに歩いてくるウィルを気づかって立ちどまり、明かりを高くかかげてくれた。やがて行《ゆ》きどまりになり、鉄のはしごがかかっている場所にきた。弥介がなにかいった。女王はうなずき、ウィルとハムネットに説明をする。

「この抜け道は信長王に命じられて明智《あけち》光秀がつくったものなので、すでに軍勢が待っていると思われるとのこと。彼《かれ》にまかせてさがっていましょう」

弥介は抜け道の壁《かべ》に近寄った。そしてあちこち照らして、からくり仕掛《じか》けの鍵《かぎ》をさぐりあてた。その歯車を動かすと、天井扉《てんじょうとびら》がひらいていく。すこしずつ光がさしこんでくる。

手燭をかかげたまま上をむいて、しだいに大きくなる光のなかに堂々《どうどう》と立っている弥介を、ウィルは畏敬《いけい》の目で見つめた。

やがて扉《とびら》はひらききった。いっせいに槍《やり》が突《つ》きだされる。しかし弥介は落ちついていた。まず、逆さに持った長槍《ながやり》をさしだし、「弥介でござる。手むかいはいたさぬ。これを」といった。警戒《けいかい》しながら、ひとりの兵士が受けとる。つづいて、鋭《するど》い声が「おぬし、ひとりか」と問いかけた。

「いや、ひとりではござらぬ。伴天連《ばてれん》どのをお連れした」

しばらくの沈黙《ちんもく》ののち、「あがってこられよ」という声がした。弥介を先頭に、ハムネット、女王、ウィルの順ではしごをのぼる。そのあいだにも、ぎらぎら光る槍先《やりさき》が突きつけられたまま、こちらの動きを追いかけてくる。

はしごをのぼりきったウィルの目に飛びこんできたのは、正面の壁にかけられた一枚《まい》の絹《きぬ》の布——そこに描《えが》かれているのはまぎれもなく、聖母《せいぼ》マリアに抱《だ》かれた幼子《おさなご》イエス・キリストだった。

——あ、神さまがいらっしゃる！

聖母子像《せいぼしぞう》を見て安心したウィルとはうらはらに、女王は顔色をかえた。

――ここはローマ・カトリック教会ではないか！

女王の目はすばやくあたりを見まわしていた。畳《たたみ》の敷《し》かれた日本風な教会だが、いたるところに、ローマ・カトリック教会であるということを示す文言や印《しるし》があった。

伴天連《ばてれん》たちが信長《のぶなが》に建築の許可を得た〈被昇天《ひしょうてん》の聖母《せいぼ》教会〉の祭壇《さいだん》のうしろの床《ゆか》がひらいたのだ。

聖職者《せいしょくしゃ》以外は入れないそこが、抜《ぬ》け道の出入り口だった。

――獅子《しし》の口を避《さ》けて、狼《おおかみ》の巣穴《すあな》に飛びこんでしまった……。ローマ教皇《きょうこう》のくだした暗殺の命令は、この異国《いこく》の地でも有効であろう。

青ざめた女王を待ちかまえていたのはカトリックの宣教師《せんきょうし》ではなく、明智光秀《あけちみつひで》軍の武将《ぶしょう》、明智秀満《ひでみつ》だった。光秀の従兄弟《いとこ》で、信任厚い重臣《じゅうしん》である。

畳敷《たたみじ》きの座敷《ざしき》のまんなかで、床几《しょうぎ》に腰《こし》かけた秀満の前に、女王一行は槍《やり》に囲まれたまま連れていかれた。取り囲む兵士たちはみな敵意に満ちていたが、秀満と弥介《やすけ》は顔見知りのようだった。

「弥介どの、このような形でお会いするとは思ってもいなかった」

「わたくしもです。秀満どの」

敬意《けいい》と親しみのこもった会釈《えしゃく》を交《か》わしあったあと、秀満は態度を改めて、詰問《きつもん》した。

「主君明智光秀のかわりとして、そのほうに問いただす。信長はどこにいる」

「存《ぞん》じません。わたくしはこの方々《かたがた》を外にお連れするよう、乱丸《らんまる》どのに頼《たの》まれたのです」

秀満はいぶかしげに三人を見た。

「謁見《えっけん》のために本能寺《ほんのうじ》に泊《と》まっておられた異国の方々です」といいながら、弥介は三人のほうをむいた。打ちあわせたわけでもないのに、ハムネットは胸《むね》に手をあて礼儀《れいぎ》正しくお辞儀《じぎ》をする。それを見たウィルも、なにをいわれているかわからないが、ハムネットを真似てお辞儀をした。女王は毅然《きぜん》として秀満を見かえした。その視線《しせん》に気《け》おされたか、秀満は目をそらした。

「では、乱丸とはどこで会ったのだ」

「奥書院《おくしょいん》です」

すぐに秀満は手をあげて侍《さむらい》たちに命じた。

「奥書院周辺を探《さが》せ。乱丸のいるところに信長がいる」

武装《ぶそう》した兵士たちが、つぎつぎにはしごをおりていく。それを訊《き》きだせばもう用はないという態度で、秀満はいった。

「これは我《われ》らの戦《いくさ》。異国の方々には縁《えん》のないことでござる。ただちにこの吉利支丹寺《きりしたんでら》から立《た》ち退《の》かれよ」

その言葉とともに、取り囲む兵士たちは槍のかまえを解《と》いた。

「この寺の方々はどこにいかれましたか」と弥介はたずねる。

「伴天連たちは町内の吉利支丹のもとに身を寄せている。長崎屋《ながさきや》とかいったな」

「わかりました。そこならわたくしも知っています。われわれもすぐに立《た》ち退《の》きましょう」

弥介《やすけ》はお辞儀《じぎ》をすると、女王に目配せをした。一行が座敷《ざしき》をでていこうとしたとき、「弥介どの、お待ちあれ」と秀満《ひでみつ》が呼《よ》びとめる。なにごとかと女王一行に緊張《きんちょう》が走った。

秀満は弥介に近づくと小声でいった。

「そなたは異国《いこく》の人なれば、信長《のぶなが》に忠義《ちゅうぎ》を尽《つ》くすことはない。伴天連《ばてれん》のもとにもどるも勝手、他家に仕えるも勝手だ。わが主君に仕える気があるなら、それがしを頼《たよ》ってこられよ。お力ぞえいたすぞ」

思いがけない申し出に、弥介はおどろいて秀満を見たが、すぐにていねいに頭をさげた。

「ありがとうございます。この国にきて、よき人たちに巡《めぐ》り会えましたこと、けっして忘《わす》れません」

女王一行が立ち去るまで、秀満は戸口で見送ってくれた。


吉利支丹寺《きりしたんでら》の外の通りはごったがえしていた。荷車に家財道具を積んだ一家が走っていく。赤《あか》ん坊《ぼう》を背負《せお》い、幼《おさな》い子どもの手を引いた女が駆《か》けていく。小さな包みを胸《むね》に抱《だ》きかかえ、目を血走らせた男が走っていく、包みは男の全財産なのだろうか。町の人たちが、この寝起《ねお》きを襲《おそ》った戦《いくさ》に逃《に》げまどっている様子を目《ま》のあたりにして、ウィルはあらためてここは戦場なのだとふるえた。

吉利支丹寺をでて、それほど進まないうちに、耳を圧する轟音《ごうおん》がひびいた。大地が揺《ゆ》れる。ウィルも女王たちも、逃げまどっていた人たちも、轟音がしたほうを見あげた。

本能寺《ほんのうじ》から火の手があがっていた。炎《ほのお》は槐《さいかち》の梢《こずえ》よりも高く噴《ふ》きあがり、黒煙《こくえん》が空をおおう。

「経蔵《きょうぞう》が爆発《ばくはつ》した。信長さまが亡《な》くなられた……はるかな旅のおわりだ」

このできごとを予期していたように、弥介がつぶやく。そしてふりかえると、女王にいった。

「あなた方をわたくしの知りあいの伴天連のもとにお連れいたします。とても親切な人ですので、きっとお助けくださるでしょう。そのあと、妙覚寺《みょうかくじ》にいるご嫡男《ちゃくなん》、信忠《のぶただ》さまに、信長さまの最期《さいご》を知らせにいくことをおゆるしください」

おどろいた女王はとっさに、「ここまででよろしい。私《わたし》たちは伴天連のもとにはいきたくない」といった。ローマ・カトリック教会と女王の対立など知らない弥介は、意味がわからず、「えっ？」ととまどって立ちすくむ。

その弥介の背中《せなか》に、走ってきた男がぶつかった。

「ぼやぼやするな、火がまわるぞ」

そういいながら一行を追い越《こ》そうとした男が、「あ、弥介さまでしたか」と叫《さけ》んだ。弥介が「半兵《はんべ》衛《え》か」というのと、同時だった。

女王がおどろいたのは、半兵衛と呼ばれた男が、さっと周囲を見まわし、はばかるように片言《かたこと》のスペイン語で、「明智《あけち》の謀反《むほん》と聞きましたが、ご無事でございましたか」とつづけたことだった。

半兵衛は洗礼《せんれい》名をヨセフという吉利支丹で、信用のおける人物だと、弥介は女王に紹介《しょうかい》した。

「よいところで出会った。この方々《かたがた》をどこか安全なところにお連れしてくれ」

弥介《やすけ》は半兵衛《はんべえ》に頼《たの》みこむ。女王も弥介の通訳《つうやく》でその会話に加わり、あわただしく三人が相談した結果、半兵衛の居住する軽業一座《かるわざいちざ》にかくまってもらうことになった。粗末《そまつ》な長屋ですが、頼めばお部屋を用意できるでしょう、ということだった。女王はカトリック教会の信者の世話になることも、この非常事態ではしかたがないと判断したが、宣教師《せんきょうし》と顔をあわせることだけは避《さ》けたかった。

女王一行を半兵衛に託《たく》すと、わかれの言葉もそこそこに弥介は走り去った。大きな背中《せなか》がたちまち見えなくなる。

「どうぞ、あっしについてきてください」と拙《つたな》いスペイン語と手真似で半兵衛はいった。そして小走りに急ぎながら、ときおりふりかえり、三人にぎこちなく笑いかける。なんとか好意を示したいと思っているらしいが、ウィルは弥介とわかれて不安でしかたなかった。

火に追われ、逃《に》げる人が増している。

「だれかあ、手を貸しておくれよお」

悲鳴のような声が聞こえた。この騒動《そうどう》の最中《さなか》でも、よくとおる声に、ウィルは思わず足をとめた。通りのむこう側で、地団駄《じだんだ》を踏《ふ》みながら、「手を貸しておくれよお」と少女が叫《さけ》んでいる。そのかたわらに若《わか》い女が倒《たお》れていた。黒く長い髪《かみ》から血がしたたり落ち、地面を赤黒く染《そ》めている。道いく人は、自分のことに必死でだれもふりむかない。

立ちどまってこちらを見ているウィルに気がつくと、少女の顔がぱっと明るくなった。その大きな目が、あたしの声を聞いてくれたんだね、といっている。晴れた空の色の着物を着た少女だった。

「なんだ、お国《くに》じゃないか」

先頭をいく半兵衛がもどってくる。女王もハムネットもふりかえる。どうやらお国と呼《よ》ばれた少女は半兵衛の顔見知りのようだった。

半兵衛は倒れている女に駆《か》けよって、「こりゃあ、ひどい怪我《けが》だ」といった。お国は憤然《ふんぜん》として、

「お侍《さむらい》の馬に蹴《け》られたんだよ。助けもしないで駆けていった」といった。

「血どめをして徳庵《とくあん》先生のところに運ぼう」

お国はふいに顔をあげ、ウィルにむかって手をふった。

「あんたたちも手伝っておくれよ」

――ぼくを呼んでいるのかな？

ウィルがためらっていると、「おい、いこう」とハムネットが肩《かた》をたたいた。そして、「陛下《へいか》、ここでしばしお待ちを。われわれは手伝ってきます」という。女王は首をふった。

「私《わたし》もいこう。求められているときに助力を惜《お》しんではならない」

三人で通りのむこう側にわたると、お国は花のような笑顔《えがお》をウィルにむけた。

半兵衛は自分の着物の片袖《かたそで》を引きちぎり、それを細かく裂《さ》いて女の頭に巻《ま》いて、てきぱきと血どめ

の手当をはじめた。そうしながら、「この女の身内はどこだ」とお国《くに》に訊《き》く。

「知らないよ。あたしはとおりかかっただけなんだ」

「お国らしいな」と半兵衛《はんべえ》は苦笑した。

女王は半兵衛が女を背負《せお》うのに自ら手を貸す。青白い顔の女はぐったりとして重い。女の頭に巻《ま》かれた布から血がしみでて、女王のピンクのドレスにしたたった。

怪我人《けがにん》を医者に連れていくので、ここから先は、この少女——お国が案内しますと、半兵衛はいった。スペイン語を知らないお国のあとについていくことに、いささかの不安を抱《いだ》きながらも、女王はうなずき、ハムネットとウィルにそう説明する。

半兵衛が近くの町医者の家にむかうと、お国は三人にむかって、「あたしの名は国です。吉利支丹《きりしたん》じゃないけど、だいじょうぶ、信用してください」といった。それから、女王の首飾《くびかざ》りを指さして、「その金《きん》の十字架《じゅうじか》は隠したほうがいい。ねらわれます」と注意した。

女王ははっとする。言葉はわからないが、お国のいいたいことが理解できた。首飾りを見えないように隠し、真珠《しんじゅ》の髪飾《かみかざ》りもしまった。

「これからうちの軽業《かるわざ》小屋にいくけど、もし途中《とちゅう》ではぐれたら、四条河原《しじょうがわら》はどこだと訊きながらきてください」

お国は自分を指さして「クニ」といい、「シジョーガワラ」と、ゆっくり発音し、三人にもいわせた。覚えたのをたしかめるとお国はうなずき、先に立って歩きだした。

大きな川がゆったりと流れている。橋の上からお国は流れを指さし、「カモガワ」といった。それから、河原を指さし、「シジョーガワラ」という。

そのひろい河原には、切った竹を組みあわせ、幕《まく》を張りめぐらして囲った小屋がいくつか建っていた。その小屋を数人の男たちがつぎつぎ倒《たお》し、解体して積み重ねている。

今まさに、ひとつの小屋の柱にロープをまわし、引き倒そうとしていた。

「やめとくれ、やめとくれ」

明るい朱色《しゅいろ》に、金で波の模様《もよう》が描《えが》かれている派手《はで》な着物を着て、白いかぶり物を頭に巻いた大柄《おおがら》な女が、それをとめようと大声で叫《さけ》んでいる。男たちも「危《あぶ》ねえ。どいてくれ」と怒鳴《どな》っている。

「どくもんか。承知しないよ、あっしの小屋をばらすなんて」

「そりゃあ、この軽業小屋はお豊《とよ》さんのものだが、小屋の材木は俺《おれ》らのものさ。明智《あけち》軍が火をかけたら大損じゃないか」

「まあまあ、あわてるんじゃないよ。明智の殿《との》さまは大事な京《みやこ》を焼いたりしないさ」

「わかるものか。それにこの戦《いくさ》で見世物ができるわけじゃなし。騒《さわ》ぎが鎮《しず》まるまでひとまず隠すだけだ」

「じゃあそっちの都合でばらすんだ。だったら、小屋をあけるときはただで建ててくれるんだろうね」

める。

「ちぇ、かなわないぜ。わかったよ」と男たちは苦笑した。お豊《とよ》が退《しりぞ》いたので、小屋は解体されはじめる。

「それなら承知さ」

「な、なにい」

そのお豊のもとに駆《か》けよって、お国《くに》はなにごとか話しはじめた。半兵衛《はんべえ》に頼《たの》まれたいきさつを話しているのだろう。もし受けいれてもらえなければ、これからどうなるのかと心配しながら、三人は見守った。

聞きおわったお豊は、女王の美しい服についている赤い染《し》みが血だと気がつくと、女王にむかい、ていねいに頭をさげた。スペイン語の単語を交《まじ》えてお礼をいう。

「お国にお力ぞえをいただきありがとうございます。この子は無茶をする気性ですから、さぞご迷惑《めいわく》をおかけしたことでしょう」

その礼儀《れいぎ》にかなった挨拶《あいさつ》に、女王も会釈《えしゃく》をかえす。ウィルもハムネットもほっとため息をついた。

お豊とお国が先にたち、「こちらへどうぞ」と三人が案内されたのは、そこからすこし川下にくだった河原の松林のなかに建っている粗末《そまつ》な長屋——戸がいくつも並《なら》んでいる細長い建物だった。そのいちばん端《はし》の戸をあけて、土間《どま》から板敷《いたじ》きのひと部屋にあがる。こういう部屋がいくつも並んでいるのが長屋で、まだ空き部屋があるから、借りられるだろうという説明だった。

家具もなにもない。部屋の奥《おく》と横に窓《まど》がふたつあるが、木の板をくりぬいた四角い穴《あな》のようだ。土間には水をいれた甕《かめ》、部屋のすみには柳《やなぎ》の枝で編んだ籠《かご》——柳行李《やなぎごうり》が置いてある。

部屋を見まわしたハムネットはあっさりと、「屋根があるだけでもありがたい。野宿はつらいからな」といった。「ロンドン塔《とう》の石の牢獄《ろうごく》にくらべれば、ここは過ごしやすそうだ」と女王もいう。ベッドもなくていやだと思っているのは、ウィルだけのようだ。

お豊はちょうどいい高さの木箱を選んで布をかけ、女王の椅子《いす》にしてくれた。ウィルとハムネットには蔓《つる》で編んだ丸い敷物《しきもの》がだされた。そして、頭に巻《ま》いていた白いかぶり物を取ると、お豊は女王の前に手をついた。片言《かたこと》のスペイン語で挨拶をする。

「豊と申します。この軽業一座《かるわざいちざ》の主《あるじ》でございます。半兵衛さんのお客さまは一座にとってもお客さまでございます。どうぞお心おきなくお過ごしください。まずはおのみ物を用意しますので、しばらくお待ちください」

そういうと、お豊はお国を連れてでていった。

単語をつなげただけなので、その挨拶の正確な内容は三人ともわからなかった。しかしここにいていいのだということはわかった。もう槍《やり》を持った侍《さむらい》も、火の粉も追いかけてはこない。

女王は今までの張りつめていた気持ちがほどけていくように感じた。涼《すず》しい風が吹《ふ》きぬけていく。四角い窓の外に青い空がひろがっている。

「ふふふふふふ」

どこからか笑い声が聞こえてきた。ふいに奥《おく》の窓《まど》から少女が顔をだした。笑いながら手をふっている。だれ？　と問いかけるまもなく、顔をひっこめた。すぐにもうひとつの窓から顔をだす。そしてすぐに消え、またあっというまに奥の窓から手をふっている。

女王もウィルも目を見はった。「なんて、足のはやい子だ」とウィルがつぶやくと、その肩《かた》をたたいて、ハムネットが立ちあがった。

「謎《なぞ》を解《と》いてみせようか」

そういうなり、両手でふたつの窓を指さし、「その正体は、双子《ふたご》！」と叫《さけ》んだ。すると、両方の窓から同じ顔がのぞいた、まるで答えるように。

ハムネットが得意そうにウィルに笑いかけたそのとき、戸があいて、少女が入ってきた。ふたつの窓にあらわれた少女とまったく同じ顔だった。「あ、三つ子か」とハムネットがおどろく。

「あたいたちをひとりと思ったかい、ふたりと思ったかい。どっちもはずれさ」とからかうように少女がいった。

ウィルもおどろいてぽかんとしていた。三つ子ということにびっくりしたのではない。その少女の言葉が理解できたのだ。

なぜかは、すぐにわかった。安土城《あづちじょう》でけんか別れしたパックが、少女の肩の上で楽しそうに踊《おど》っている。だから言葉がわかるのだ。一緒《いっしょ》に跳《は》ねたいくらい、ウィルはうれしかった。

――パックがいる。イングランドに帰ったんじゃない。

ほかのふたりもやってきて、そっくり同じ顔の三人が戸口に並《なら》んだ。三人とも白い小さな花模様《はなもよう》の黄色い着物を着ている。パックを肩に乗せた少女が、ハムネットを指さし、いった。

「船があるかな」

パックは踊りはねながら、となりの少女の肩に飛びうつった。その子がいう。

「お椀《わん》の舟《ふね》ならあるぞえ」

そのとなりへと、パックは飛びうつる。

「お椀の舟で海にでるのかえ」

声をあわせて三つ子はいう。

「三人は乗れないぞえ」

衝撃《しょうげき》を受けているウィルの肩をハムネットがたたいた。

「三つ子とはおどろいたなあ」という。

「え、あの子たちの言葉がわかるの？」

「三つ子は見ればわかる。言葉はわかるわけないだろ。まるで呪文《じゅもん》だな」とハムネットは肩をすくめる。少女たちがいったことは内緒《ないしょ》にしておこうと、不安を隠して、ウィルは決意した。

そこへ、お豊《とよ》が戸をあけて入ってきて、大きな声で三つ子を叱《しか》った。

「こら、お客様をおどろかすんじゃない」

けらけら笑いながら、三つ子がなにかいう。もうウィルにはその言葉がわからなかった。パックは今、お豊のぽってりした肩《かた》に飛びうつっている。

「外で遊んでいな。南蛮人《なんばんじん》のお客さまがきていることはだれにもいうんじゃないよ」

お豊がそういうと、三つ子はアカンベエをしてでていった。

女王の前にお豊が、ハムネットとウィルの前にはお国《くに》が、お盆《ぼん》からそれぞれに深めのお茶碗《ちゃわん》を置いた。柳葉色《ウィロー・グリーン》のどろりとしたのみ物が入っている。マッチャというものだと、お豊が手真似とスペイン語の単語を交《まじ》えて説明しているのを、女王とハムネットは熱心に聞いていた。

ウィルはパックから目を離《はな》すことができない。お豊の肩の上のパックは、さっきから黒豆のような目玉をくりくりさせて、マッチャをながめている。好奇心《こうきしん》でいっぱいなその様子に、ウィルはいいことを思いついた。

お茶碗を手に取るとウィルはひと口のんだ。うっ、へんな味、と思ったが、それを隠して、いかにもおいしくてしかたないという顔をする。さっそくパックが飛んできて、ウィルの耳もとでささやいた。

「おい、どんな味だ」

そしらぬ顔をして、「不思議な味さ。今までのんだこともないおいしさだよ」と、ほかの人には聞こえないような小声で答えた。

「おいらにものませろ」

ここぞとばかりに、さらに小声でウィルはいう。

「のませたら、妖精《ようせい》の魔法《まほう》でぼくらをイングランドに帰してくれるかい」

「帰る魔法はない。けど、〝願花《ねがいばな》〟を使えばいい。探《さが》してやるよ。ほら、はやくのませろ」

「じゃあ、その〝願花〟を見つけるって、約束してくれ」

「約束する」

パックはそういうやいなや、茶碗のなかに飛びこんだ。緑のお茶をひと口のむと、つぎには両手ですくって頭から浴びながら、「うまい」と叫《さけ》ぶ。

ウィルは心からほっとした。〝願花〟がどういうものか、見当もつかなかったが、それを使えば帰れるのだ。それにしてもパックがマッチャをこんなに気にいるとは思わなかった。

ふいに、ガラッと戸が乱暴《らんぼう》にあき、転がるように男が入ってきてなにかを叫んだ。

そのとたん、お国がウィルの手の茶碗をたたき落とす。その動作にウィルがおどろいたのはもちろん、女王もハムネットも目を見はった。お豊は女王の茶碗に手をかざして、のむなとしぐさで知らせた。それから、落ちついた様子で男に訊《き》いた。

「明智《あけち》軍が井戸《いど》に毒をいれたというのは、ほんとかい」

立ちあがったお国《くに》も、「父《とと》さん、毒をいれるのを見たのか」と叫《さけ》ぶ。蜘蛛《くも》ノ介《すけ》は首をふった。

「いや、見てはいないが、明智《あけち》軍の足軽が井戸《いど》に毒をいれてまわっているって……」

ウィルはその会話が聞きとれるのに、びっくりした。そしてすぐにそれは、パックが自分の肩《かた》の上に乗っているからだとわかった。たたき落とされた茶碗《ちゃわん》から転がりでたパックは、ウィルの肩に飛びのって、「ああ、おいらのマッチャが台なしだ」と口惜《くや》しがっている。

——井戸の水に、毒？　じゃあ、ぼくもパックも毒をのんだのか！　でもなにも苦しくない……。

ウィルが首をかしげていると、お豊《とよ》はさらに蜘蛛ノ介にたずねた。

「おかしいねえ。明智軍は水をのまずに戦《いくさ》をする気かい」

「そういや、そうだな」と蜘蛛ノ介も首をかしげる。

「敵も味方も井戸の水をのむんだよ。どうして自分で自分の首をしめるような真似を明智軍はするんだい。それに井戸の水は地の底を流れる川さ。毒をいれたって、流れていって効くはずがない」

「うん、落ちついて考えりゃあ、そのとおりだ」

「戦のときはとんでもない噂《うわさ》がはやる。気をつけな」

「どいつもこいつもその話をしているから、つい、本気にしちまった。はやく知らせなきゃと走ってきたが、申し訳《わけ》ない、嘘《うそ》をひろめてしまったな」

蜘蛛ノ介のその返事を聞いて、お国は安心したようにため息をついた。それからはっとしてウィルにむきなおり、「乱暴《らんぼう》なことをしてごめんよ。すぐに片付《かたづ》けるから」といった。

こぼれたお茶をお国が拭《ふ》きとっているあいだに、お豊は事情を女王たちに説明したり、飛びこんできた男は自分の弟で、名は蜘蛛ノ介だと紹介《しょうかい》したりした。

いつのまにか、パックはウィルの肩から蜘蛛ノ介の肩に飛びうつっている。お豊が女王たちを半兵衛《はんべえ》のお客だと紹介するのを聞きながら、蜘蛛ノ介はしきりに耳のあたりを手ではらっていた。そして、「刺《さ》す虫がいる」とつぶやく。

ウィルは思わず笑いをこらえた。パックが蜘蛛ノ介の耳たぶを引っぱっている。お茶を台なしにされた腹《はら》いせらしい。

そのとき、あけっ放しになっていた戸口から、桜桃色《おうとういろ》の着物を着た背《せ》の高い女の人が入ってきて、蜘蛛ノ介にむかって、なにか声をかけた。

とたんにパックがびっくりしたように飛びあがり、ウィルの肩にもどってきた。

「おい、あの女が、刺す虫じゃないって、いったぞ」

そういって、「おいらのことが見えるのかな」と首をひねる。まさかとウィルが思ったとき、その人はウィルのほうをむいて、微笑《ほほえ》みながらいった。

「なんだかきれいなものが跳《は》ねているね」

ウィルもパックも一瞬《いっしゅん》、ぽかんとした。

――この人には妖精《ようせい》の気配がわかるんだ。

お国《くに》が立ちあがって、「あたしの母《かか》さん、八雲《やくも》」といった。それから、もう一度、女王たちにもわかるようにゆっくり、「ヤクモ」と発音した。

ウィルの肩《かた》の上で、パックは小躍《こおど》りしている。

「きれいだって。おいら、きれいだってさあ」

いっぽう、ウィルは八雲の着物の袖《そで》に目をとめていた。その両袖《りょうそで》はだらりと垂《た》れさがって、両腕《りょううで》がないことを告げている。やせた青白い顔色の人で、静謐《せいひつ》な雰囲気《ふんいき》を身につけていた。

「あたしの母さんは、足芸の名人なんだ」

言葉はつうじないとわかっていたが、お国は誇《ほこ》らしげに、そういった。

やがて半兵衛《はんべえ》が町医者からもどってきた。怪我人《けがにん》の傷《きず》は思ったより浅く、身もともわかったということだ。あがりかまちに腰《こし》をかけ、ふうとひと息吐《は》くと、半兵衛は町の混乱《こんらん》した様子を話しはじめた。

本能寺《ほんのうじ》を落とした明智《あけち》軍は、信長《のぶなが》の嫡子《ちゃくし》信忠《のぶただ》も攻め滅《ほろ》ぼした。その後、五条河原《ごじょうがわら》で休息をとったあと、京《みやこ》に軍の一部を残し、そのほかの軍勢は、信長の居城《きょじょう》である安土城《あづちじょう》の攻略《こうりゃく》にむかったそうだ。

残兵狩《ざんぺいが》りがはじまったので、町衆《まちしゅう》はどこもみな、戸をとざしているという。信長の首がさらされていないので、逃《に》げのびたという噂《うわさ》もあるし、焼損《しょうそん》して信長とはわからないからさらさないのだという噂もある。嫡子の信忠も生きていて、信長と合流し、まもなく京に攻めよせてくるという噂もある。

たしかなことはなにもわからない、というのが正直なところだと半兵衛は、女王にも、お豊《とよ》にもそれぞれ説明した。

女王が半兵衛に、なぜスペイン語がわかるのかと訊《き》くと、自分は吉利支丹《きりしたん》で、伴天連《ばてれん》と話したくて通訳《つうやく》をしている日本人に習ったのだと答えた。そしてこの軽業一座《かるわざいちざ》は、南蛮貿易《なんばんぼうえき》をしている博多《はかた》や長崎《ながさき》などの遠い港町へも旅興行《たびこうぎょう》にいくから、片言《かたこと》ながらもスペイン語がわかるのだといった。お豊もうなずいて、「あっしたちがいくのを南蛮船《なんばんせん》の船長は楽しみにしています。一座の芸はエウロッパでも見られない面白さだとよろこばれております」

そのお豊の言葉を半兵衛の通訳で聞いた女王は、この一座のつてで、イングランドへいく船を探《さが》してほしいと頼《たの》んだ。日本へは貿易交渉《こうしょう》のためにやってきたが、思わぬ戦乱《せんらん》に巻《ま》きこまれたので、早々《そうそう》に帰国したい、御礼《おれい》はするので、とていねいに説明した。もちろん、自分がイングランドの女王であることは隠《かく》した。

半兵衛がその頼みを伝えると、お豊は真剣《しんけん》な顔になって、蜘蛛《くも》ノ介《すけ》と相談をしている。女王たちが固唾《かたず》をのんで見守るうちに、お豊が笑顔《えがお》をむけた。そして、きっぱりとした態度でこういった。

「あなたさまがどういう御方《おかた》か存《ぞん》じませんが、お会いしたのもなにかの縁《えん》です。船を探しましょう」

明るい笑顔で気持ちは伝わるものだ。半兵衛がその言葉を訳《やく》すまえに、女王の顔に安堵《あんど》の微笑《ほほえ》みが浮《う》かんだ。

日が暮《く》れて、河原で食事をする。昨日までのごちそうに比べれば、粗末《そまつ》な食事だ。でも、その木の椀《わん》に盛《も》られた粥《ポリッジ》のような食べ物は、温かく、おいしく、ウィルたちは残さず食べた。

ときどき町のなかでおそろしい悲鳴があがる。明智《あけち》軍の兵士たちが信長方《のぶなががた》の残兵《ざんぺい》を探《さが》しているのだ。たき火をしていると残兵狩《ざんぺいが》りの目印になるからと早々《そうそう》に火を消し、長屋にもどった。

お豊《とよ》がふた部屋借りてくれたので、女王はひと部屋に、ウィルとハムネットは一緒《いっしょ》の部屋になった。まだ戦況《せんきょう》がどう動くかわからないので、いつでも逃《に》げだせるようにといわれ、ウィルたちは板《いた》の間《ま》に服のままごろりと横になり、借りた夜着をひっかぶった。


月がのぼる、象牙色《ぞうげいろ》の細い月が——窓《まど》の外にその月を見て、女王は眠《ねむ》れなかった。

——いつ、船が見つかるだろうか……帰れるだろうか……いや、帰らなければならない。王座《おうざ》に王がいないということを一日や二日は隠してやり過ごせるだろう。国務長官のウォルシンガムなら、病《やまい》という理由をつけて、一カ月くらいは秘《ひ》せるかもしれない。しかし、それ以上の空白はゆるされない。ああ、信長王の船なら、イングランドにまっすぐ行けたのに。商船なら港に停泊《ていはく》して商《あきな》いをしながらの航海だ。時間がかかるだろう。どうしたらいいのだ……。

女王の胸《むね》はきりきりと痛《いた》んだ。

——私《わたし》の軽率な行動のために、ジルメイニは責任を問われているだろう。それに、ロバート。どれほど心配していることか……結婚話《けっこんばなし》が起きているあいだは、その国と友好関係が保たれる。相手がしびれをきらして諦《あきら》めるまで引きのばすのが、私の外交手段《しゅだん》のひとつ。最初から結婚《けっこん》する気などない。

ロバート、ロバート……。

その名をつぶやくと、なぜか、あの王者の目を持つ信長の顔が、胸に浮《う》かんだ。

無数の蛍《ほたる》が河原に飛んでいる。ウィルは眠れないままにそっと起きだし、河原にでてきた。

「パック、パック、どこにいるんだ。でてきてくれ」

〝願花《ねがいばな》〟のことが訊《き》きたい。でも気まぐれな妖精《ようせい》はどこへいったのか、姿《すがた》をあらわさなかった。

ふいにうしろから肩《かた》をたたかれて、ウィルは飛びあがった。

「そんなにおどろくなよ、シスビー」

ハムネットが立っている。ウィルは腕《うで》をはらって、顔をそむけた。

――なれなれしくしないでくれ。女王陛下《へいか》を殺そうとしたくせに。

ところがハムネットは気にもせず、ウィルの肩を抱《だ》きよせて、「どうしたらいいんだろうな、おれたち」とつぶやくようにいう。

それを聞いたとたん、涙《なみだ》がこぼれた。ハムネットも同じように心細いのがわかって、いつのまにかウィルは声をあげて泣いていた。

その背中《せなか》をとんとんと優《やさ》しくたたき、ハムネットは深いため息をつく。

「シスビーの話は、おかしなことだらけさ。だが、愚《おろ》かとは笑えないな。おれも愚か者だ」

ふっと自嘲《じちょう》の笑いをもらす。

「空飛ぶ馬車だ、乗ってみたい、かな。暗殺は失敗した、逃《に》げろ。うん、これかな。とにかくこの場を逃げろ。あとのことは逃げてから考えろ、だな。だが、まさかこんなところにやってくるとはな」

背中を優しくさすっていたハムネットの手が伸《の》びて、ウィルの首にかかる。

「ほんとうのことをいえ。どんな魔法《まほう》を使ったんだ」

ウィルの首をぐいぐい締《し》めあげる。

「知っているんだろ、帰る呪文《じゅもん》を」

「ぐううう……」

「おれにはほんとうのことをいえ」

「パ、パックが」

「殺されたいのか」

息がつまり、ウィルの頭のなかがまっ白になっていく――。

意識がもどったとき、ウィルは河原に寝《ね》かされていた。目の前で、蛍《ほたる》が細長い草の葉にとまって光っている。すぐ近くで草笛《くさぶえ》が聞こえる。ひどく淋《さび》しい曲だ。

首をさすりながらウィルは起きあがった。かたわらに座《すわ》って草笛を吹《ふ》いていたハムネットがふりむき、「天国の門までいって、帰ってきたか」と訊《き》いた。

「いってきたよ。そしたら天使がハムネットも連れてこいって、帰してくれた」

のどがつまって声がかすれたが、そういいかえした。弱味をみせたらまた襲《おそ》いかかられるとウィルは思った。ハムネットはフンと鼻を鳴らす。

「せっかくの天使さまのお言葉だが、おれは地獄《じごく》いきと決まっている」

にこりともしないで、ハムネットはいう。

「話す気になったか。それとも今度こそ天国の門をくぐるのか」

ウィルは首を横にふって、「このまえ話したことが全部だよ」といった。

「強情だな。いいか、おれの手は見かけほどきれいじゃないってことはわかっただろう。焼印だって金を積めばどうにでもなるんだ」

「でも、ハムネットはぼくを殺さない」

「いやに自信を持っているな」

「イングランドだったらわからないけど、ここでは殺さない」

不思議そうな顔をしたハムネットは「なぜだ」と問いかける。

「だって、ぼくを殺したら、話し相手がいなくなる」

その答えを聞いたとたん、ハムネットはぽかんと口をあけた。それからひっくりかえって笑いだした。

「ちがいない！　言葉のつうじない相手にはうんざりだ」

腹《はら》を抱《かか》えて笑いつづけるハムネットの姿《すがた》に、ウィルはすこしほっとした。思いきって自分の考えをいってみてよかったのだ。しばらくして起きあがると、まだひくひく笑いながら、ハムネットはいう。

「だが、ここにはおまえのほかにもうひとりいる。それも女だ、イングランドという持参金つきの」

ウィルの顔をのぞきこんで、今度は脅《おど》かすようにいった。

「おれたちの恋《こい》に、おまえは邪魔《じゃま》だ」

「で、でも、ハムネットはぼくを殺さない」

「たいした自信だな」と面白そうにハムネットがいう。

「だって、ハムネットは女王さまがきらいだ」

ハムネットは顔をしかめた。「フン、おまえは人の心が読めるのか」という。図星だったようだ。

「王とか女王とか、むかつくだけだ。なんであいつらは王なんだ。王家に生まれただけでえらいのか」

ウィルはとまどった。今まで考えもしなかったことだ。

「そ、それは高貴《こうき》な血筋《ちすじ》だから……」

その言葉にハムネットの表情はいっそう険しくなる。「血筋だと？」と訊《き》きかえされた。

「いいか。貧しい孤児《こじ》のこのおれが王になったら、おれの子どもは王子で、王女だ。たちまちこのハムネットさまの血筋が高貴になるんだ。そうしておれはじつはどこかの王族の末裔《まつえい》だったとかいう、胸《むな》くそのわるい物語が創《つく》られるんだ。目を見ひらけ。おまえたちみたいに美しい物語をほしがる人間がいるから、王なんてものができあがるのさ」

そういい捨《す》てて、ハムネットは立ちあがった。

「あの妖精《ようせい》を探《さが》しだせ。おれたちをイングランドに帰してもらうんだ。船に乗るより、それがいちばん近道だ。ここは戦場だということを忘《わす》れるな。はやく帰らないと命がいくつあっても足りないぞ」

ウィルはうなずいた。そして〝願花《ねがいばな》〟のことは絶対にハムネットにいわないでおこうと思った。ハムネットが知ったら、なにをしでかすかわからない。

第八章　願花《ねがいばな》

つぎの日も、そのつぎの日も、一日じゅう、町のなかは騒然《そうぜん》として、ときおり激《はげ》しい銃声《じゅうせい》も聞こえた。いくら耳をふさいでも、ふさいだ指のあいだから悲痛《ひつう》な叫《さけ》びが入ってきて、ウィルの胸《むね》を切りさいた。

そして、三日目。銃声も悲鳴もぴたりとやんだ。

「どうして今日はこんなに静かなんだろう」

なにげなくウィルがつぶやくと、となりにいたハムネットは平然と答える。

「殺されるべき男は、みんな、殺されたってことさ」

愕然《がくぜん》としているウィルの鼻の頭をはじいて、ハムネットがいう。

「そんな顔をするな。ここは戦場だといっただろ。だから、はやく帰らなきゃいけないのさ。いいか、さっさと妖精《ようせい》を見つけるんだ」

ハムネットがすごむと、ひどくこわい。脅《おど》かされなくても、この三日間、ウィルはパックを探《さが》しつづけている。といっても、河原であてもなく呼《よ》びかけているだけだ、「パック、約束を守ってくれ。〝願花〟を探してくれ」と。

町なかからもどった半兵衛《はんべえ》が、明智《あけち》軍がようやく今日、安土城《あづちじょう》に入ったとみんなに伝えた。京《みやこ》から安土にむかうには瀬田《せた》の大橋をとおらなければならないが、その橋を守っていた架橋奉行《かきょうぶぎょう》は橋げたを壊《こわ》して撤退《てったい》した。そのため、なおすのに三日もかかったという。

明智光秀《みつひで》は時間を浪費《ろうひ》した。本能寺《ほんのうじ》の焼《や》け跡《あと》で信長《のぶなが》の遺骸《いがい》を見つけることができず、そのうえ信長の嫡男信忠《ちゃくなんのぶただ》を倒《たお》すにも手まどり、自害した信忠の首も見つからなかった。そのため、瀬田の大橋を壊す時間を与《あた》え、さらに安土城にいた信長勢が城《しろ》から逃《のが》れる余裕《よゆう》をつくってしまったのだ。

それらを聞いた女王はつぶやいた。

「死したる信長王の勝ちだ」

光秀が謀反《むほん》を起こしたとき、重臣《じゅうしん》たちは信長の命令で京をはなれ、それぞれ、敵と戦っていた。西《さい》国《ごく》の毛利氏《もうりし》を攻《せ》めている羽柴秀吉《はしばひでよし》がもどってくるのがはやいか、それとも北陸の上杉氏《うえすぎし》を攻めている柴田勝家《しばたかついえ》がもどってくるのが先か――そのどちらについたほうが得なのか。あるいはやはり光秀に味方したほうが有利なのかと、各地の武将《ぶしょう》はもちろん、京の公家《くげ》や豪商《ごうしょう》たちはじっと情勢をうかがっている。

混乱《こんらん》を目《ま》のあたりにして、女王は考えこんでいた。

――光秀《みつひで》は王座《おうざ》を保つことはできないだろう。やがて後継者《こうけいしゃ》争いの内乱《ないらん》がはじまるにちがいない。王の不在はかくも戦いを招くのか……。

残兵《ざんぺい》狩《が》りもようやく落ちつき、街道での強盗《ごうとう》や略奪《りゃくだつ》もおさまったというので、半兵衛《はんべえ》はイングランドへいく船を探《さが》しに、堺《さかい》へでかけることにした。

いっぽう、女王は、光秀をおそれてだれも信長《のぶなが》の追悼《ついとう》をしていないと聞き、本能寺《ほんのうじ》をおとずれたいといった。

そこでお豊《とよ》は真新しい小袖《こそで》を用意した。女王はそれを着て、市女笠《いちめがさ》という笠《かさ》をかぶった。笠のまわりには虫の垂衣《たれぎぬ》という薄《うす》い布が長く垂《た》らしてあるので、顔を見られることはない。身分のある女性の外出用だという。

ハムネットもウィルも着物を着てお供《とも》をする。目だけをだした覆面頭巾《ふくめんずきん》をして、頭も顔も隠《かく》したうえに、さらに菅笠《すげがさ》をかぶった。笠の内をのぞきこむのは礼儀《れいぎ》に反することなので、これで青い目も隠せる。

ウィルたちが支度《したく》をしていると、お国《くに》もいきたいといいだした。

着物姿《きものすがた》のウィルをはじめて見たとき、お国は「似あう、似あう」といいながら、笑いころげた。ウィルの背《せ》が高いので、お国は自分よりずっと歳《とし》上だと思っていたらしい。ウィルが自分は十一歳《さい》だといい、半兵衛がそれを通訳《つうやく》したとたん、お国は両の手のひらをひろげ、さらにあとから二本の指を立てて、「あたしは十二歳」といった。同い歳《おないどし》かと思っていたウィルとしては、ちょっとくやしいが、それ以来、お国が遠慮《えんりょ》なく話しかけてくるようになったので、ちょっとうれしい。

蜘蛛《くも》ノ介《すけ》の道案内で本能寺につくと、広大《こうだい》な境内《けいだい》は無惨《むざん》な焼《や》け跡《あと》をさらしている。奥書院《おくしょいん》も、あの回廊《かいろう》も焼け落ちていた。まだ焦《こ》げた匂《にお》いが鼻をつくなか、男か女かもわからないほど薄汚《うすよご》れた子どもたちが、焼けた釘《くぎ》や鉄片《てっぺん》をひろっている。

火勢が強かった片側《かたがわ》だけが黒く焼けただれ、もげた幹が天を突《つ》き刺《さ》すように立っている大きな槐《さいかち》の樹《き》を見あげて、ウィルはため息をついた。

そのとなりで、女王も、市女笠をかたむけて焼け焦げた大木を見あげている。

――王者の目をした人がなつかしい……ここで出会った人はみな、死にむかって急ぎ足で去ってしまった。

女王は弥介《やすけ》を思いだした。本能寺の外でわかれてから、彼《かれ》には会っていない。

――弥介はどうしているだろう。彼はヨーロッパの人々《ひとびと》が奴隷《どれい》を使うことを激《はげ》しく非難《ひなん》していた。

「この国の人たちは奴隷を使いません。わたくしの肌《はだ》の色が黒いことをめずらしがっても、さげすみの目で見ることはありません。信長さまに取りたてられて、わたくしは侍《さむらい》になりました。教会にもどればもとの奴隷です。わたくしは侍のまま、信長さまに殉《じゅん》じたい」といっていた。

うつむいて釘《くぎ》を探《さが》している子どもたちに、女王は目をやる。戦《いくさ》に巻《ま》きこまれ、孤児《こじ》になったのだろう。

――弥介《やすけ》は信長《のぶなが》王に守られていた。だから弥介の目には理想郷《りそうきょう》のように見えたこの国にも、貧しく虐《しいた》げられている階層《かいそう》はある。そして、私《わたし》の目には王のなかの王に見えた信長も、謀反《むほん》で倒《たお》されてしまった。ああ、王とはなにか。イングランドから遠く離《はな》れ、それでもなお、私は王か。

市女笠《いちめがさ》の薄衣《うすぎぬ》の陰《かげ》で、女王が深いため息をつくのを、ウィルは聞いた。

――女王さまは苦しんでいらっしゃる。ぼくのせいだ。女王さまを助けようと思ったのに、こんなことになってしまった。ここにきてから女王さまは笑ったことがない。笑ってもらいたい。よろこんでもらいたい。お慰《なぐさ》めする言葉はないだろうか。

けれど、ウィルの頭のなかにはどんな言葉も、どんな詩も思い浮《う》かばなかった。ウィルは立ちすくんで、女王の市女笠の薄衣の裾《すそ》を風が揺《ゆ》らしていくのを、ただ見つめるだけだった。

――どうしてこんなに淋《さび》しそうなのだろう。女王さまもレスター伯爵《はくしゃく》も。そしてあの王も。

信長のうしろ姿《すがた》が、ウィルの目には残っている。

――だれか、あの人をとめてと、ぼくは心のなかで叫《さけ》んでいたけど、あの王にはわかっていたんだ。死が待ちかまえるお堂のなかへ、たったひとりで、ゆうゆうと歩んでいった……。

考えこんでいるウィルに、お国《くに》が「伴天連《ばてれん》さんがとおるよ」と声をかけた。

通りをへだてた〈被昇天《ひしょうてん》の聖母《せいぼ》教会〉――吉利支丹寺《きりしたんでら》から伴天連たちがでてきて、所司代《しょしだい》にむかっていく。女王はカトリックの宣教師《せんきょうし》と顔を合わせたくないので、焼け残る槐《さいかち》の大木の陰にそっと隠《かく》れた。

崩《くず》れた土塁《どるい》のあいだから、お国とウィルは黒い修道服の一行を物見高くながめた。身ぶり手ぶりで話しこんでいた蜘蛛《くも》ノ介《すけ》とハムネットも話をやめて、とおりすぎる伴天連たちに目をやった。

あっと息をのんだハムネットが、ウィルをつついて、「見ろ」とひときわ背《せ》の高い伴天連を指さした。

「あいつに見覚えがないか」

その伴天連は背筋《せすじ》をまっすぐ伸《の》ばし、脇目《わきめ》もふらずに歩いていく。背伸《せの》びして見送ったウィルは、首を横にふった。

「知らない。だれなの？　ハムネットの知りあい？」

あわててハムネットは首をふり、「いや、人《ひと》ちがいだ」といった。

「おれの知っている男はもっと若《わか》い」

そう言葉をつづけながら、しきりに首をかしげ「こんなところで会うはずがない」とつぶやいた。

――どう考えてもあの宣教師は、あいつにそっくりだ。これだけ不思議なことが起きているんだ。もうひとつ不思議が重なってもおかしくはあるまい。もしほんとうにあいつだったら、帰る手段《しゅだん》が見つかるかもしれない。

そう考えたハムネットは、河原にもどったあと、ひとりでこっそりと吉利支丹寺《きりしたんでら》にむかった。

一度とおった道はけっして忘《わす》れたことがないから、碁盤《ごばん》の目のように整った京《みやこ》の町なかを歩くのは、ハムネットにとってわけもないことだった。それは幼《おさな》くして母を亡《な》くし、たったひとりで生きていかなければならなかった少年が、すり盗《と》った財布を持って逃《に》げまわるために身につけた智恵《ちえ》だった。

姥柳町《うばやなぎちょう》に近づくと、建ち並《なら》ぶ町屋の板葺《いたぶ》きの屋根のあいだから、吉利支丹寺の瓦《かわら》屋根が見えてくる。三階建てのひときわ高いその屋根に、十字架《じゅうじか》が立っていた。

本能寺《ほんのうじ》の抜《ぬ》け道をとおって吉利支丹寺にでたときは、伴天連《ばてれん》たちは追いだされ、明智秀満《あけちひでみつ》とその兵士たちしかいなかった。今は伴天連たちがもどり、信者も祈《いの》りを捧《ささ》げにおとずれている。二階には見晴台《バルコニー》が四方に巡《めぐ》らせてあるという西欧《せいおう》風を取りいれた建物で、周囲の町並《まちな》みから浮《う》きあがって、異《い》彩《さい》を放っていた。清らかなラテン語の歌声が流れてくる。

ぐるりよーざ　どーみの　いきせんさ
すんでら　しーでら　きてや

「聖母《せいぼ》マリアを讃《たた》える歌じゃないか、おふくろがよく歌っていた……」

ハムネットはおどろいて立ちどまった。しばらく耳をかたむけていたが、「ちっ、昔を思いださせる」と舌打ちして荒々《あらあら》しく歩きだした。

門をでてきた従者《じゅうしゃ》をつかまえると、「お会いしたい、サミュエル」とイングランド語で書いた紙を見せた。自分はしゃべれないのだと手真似で示しながら、いちばん背《せ》の高い宣教師《せんきょうし》にわたしてほしいと、取りつぎを頼《たの》む。すると従者は怪《あや》しむ様子もなく、わたされた紙を受けとって、教会のなかへもどっていった。

——さて、賭《か》けだな。おれの思ったとおりの人物がでてくるかどうか。

行《ゆ》き来《き》する信者たちに話しかけられないように、ハムネットは庭のすみの井戸《いど》のかたわらにしゃがんだ。しばらく待つと、長身の伴天連が足ばやにでてきた。

「サミュエルさま、どちらにいらっしゃるのですか」

興奮《こうふん》した口ぶりでそういいながら、あたりを見まわしている。ハムネットは隠《かく》れていた井戸の陰《かげ》から立ちあがった。その伴天連の前に立ちはだかると、笠《かさ》と覆面頭巾《ふくめんずきん》を取り、「おひさしぶりです。エセルレッドさま」といった。

「ハ、ハムネット……生きていたのか」

死者に出会ったように青ざめて、エセルレッドはうめく。

「ええ。悪運《あくうん》強く」

あなたも同じにという意味をこめて、ハムネットはにやりと笑う。

エセルレッドはあたりを見まわし、「ついてこい」とささやいた。ハムネットはうなずくと、懺悔《ざんげ》にきた信者のようにうつむいて背《せ》をかがめ、小さくなってついていく。

三階のエセルレッドの私室《しつ》に招かれた。板敷《いたじ》きではなく、畳《たたみ》が敷《し》かれている日本風の部屋だった。ふすまをしめると、エセルレッドは畳の上に正座《せいざ》した。正座が苦手なハムネットはその真むかいに片膝《かたひざ》を立てて座《すわ》る。エセルレッドは矢《や》つぎばやに問いかけた。

「サミュエルさまはどうしておられる。サミュエルさまの使いできたのか。いつ、日本にきたのだ。そなたは今までなにをしていたのだ、この七年間」

ハムネットはおどろきの声をあげそうになって、あやうくとどまった。

――どういうことだ、七年間とは！

うかつなことは口にできないと思ったハムネットは、最後の質問は無視《むし》し、最初の問いに問いかえす形で答えた。

「サミュエルさまの生死については、私《わたし》のほうが訊《き》きたいくらいです。表むき発表されたことしか知りません」

その思惑《おもわく》に気がつかないエセルレッドは、この七年間の思いのたけを勢いこんで話しだす。

あのとき、用心深い護衛官のジルメイニは、騎馬護衛隊《きばごえいたい》に女王と自分のあとをつけてくるように命じていた。燃える小屋の炎《ほのお》と煙《けむり》で異変《いへん》を察知した騎馬隊《きばたい》は、すぐに小屋に駆《か》けつけたが、ジルメイニと戦っていたエセルレッドは、そのひづめの音にいちはやく気づき、逃《のが》れた。しかし、森の奥《おく》でサミュエル司教はつかまり、もうひとりの男はおどろきの表情を浮《う》かべたまま息絶えているのが見つかったという。

司教は女王暗殺の首謀者《しゅぼうしゃ》として裁判《さいばん》にかけられ、死刑《しけい》の判決を受けた。しかし首切り役人は、生きている司教の首を切り落とすことはできなかった。サミュエル司教は刑《けい》の執行《しっこう》を待つあいだに病死した。持病が悪化《あっか》したようだ。だが、判決後の違法《いほう》な拷問《ごうもん》で殺されたとか、脱獄《だつごく》したとか、いろいろな噂《うわさ》が流れたそうだ。

「ロンドン橋にさらされた首を見た人の話では、お顔がかわっていて、とてもサミュエルさまとは思えなかったそうだ。だから、脱獄されたという噂に一縷《いちる》の望みを抱《いだ》いていたのだが」

「残念です。報酬《ほうしゅう》の半分をまだいただいていません」

顔色もかえず、ハムネットはそういう。エセルレッドは顔をしかめた。

「よくもそんなことがいえるな。サミュエルさまはおまえの名前をださなかったというのに」

「あなたさまのお名前もね」

そう切りかえされて、エセルレッドの顔がゆがむ。

「そうだ。サミュエルさまはご自分ひとりですべてを背負《せお》われたまま、逝《ゆ》かれた」

苦いものをのんだような表情でエセルレッドはいう。黒幕《くろまく》はだれか、激《はげ》しく追及《ついきゅう》されたが、司教はとうとう明かさなかった。ローマ教皇《きょうこう》とのつながりも認《みと》めなかったのだ。

「残りの金は暗殺に成功したら支払《しはら》っていただく約束でしたから、ま、しかたないでしょう」

あっさりとハムネットは引きさがった。この訪問《ほうもん》は報酬《ほうしゅう》の残りをもらうことが目的ではない。

エセルレッドがため息をつく。

「暗殺は二重に失敗した。女王は手紙を受けとったのに、ペストにかからなかった」

「そのようですな」といいながら、今イングランドにいるという女王は、なにものだろうかとハムネットは考えを巡《めぐ》らせていた。探《さぐ》るように話題をかえてみる。

「また女王の暗殺を試みますか?」

「機会があれば何度《なんど》でも。サミュエルさまのご遺志《いし》を継《つ》ぎたい」

そういいながら、エセルレッドは両手をひろげ、肩《かた》をすくめて自嘲《じちょう》した。

「だが、どうやって? 私《わたし》は日本に、女王はイングランドにいる」

「そうですな」とうなずき、ハムネットはさりげなく訊《き》く。

「あなたさまはいつ、日本にいらしたのですか」

「去年だ」

その答えを聞いて、ハムネットは内心、ほくそ笑《え》んだ。

——そいつはいい。最近のイングランドのことは知らないんだな。

エセルレッドはため息をつきながら、訊かれてもいないことを話しだす。

「それまではローマにいたのだ。教皇さまのもとにかくまわれていた。だが追っ手が迫《せま》るような気がして……そんなことはないのに。心が弱っていたのだな。いたたまれなくなって……日本へ宣教師《せんきょうし》を派遣《はけん》すると聞いて志願したのだ」

うなずきながら、ハムネットは聞いていた。

――こいつもおれと同じで、話し相手がほしい。とくに秘密《ひみつ》をわかちあえる相手が。

潮《しお》どきとみて、ハムネットは釣《つ》り針《ばり》を垂《た》らす。

「じつは女王は、今、私と一緒《いっしょ》にいます」

エセルレッドはいぶかしげにハムネットを見た。

「あのとき暗殺が失敗したので、私は姿《すがた》を隠《かく》しました。サミュエルさまからあらかじめ、イングランドで暗殺できなかった場合は女王を誘拐《ゆうかい》せよというご命令を受けておりました。ご命令どおりに潜伏《せんぷく》しながら宮殿《きゅうでん》につてをつくり、ようやく女王を誘《さそ》いだし、船に乗せることに成功しました」

身をのりだしてエセルレッドは話を聞いている。

「ところがその船が大嵐《おおあらし》で、とうとうこんなところに流されてきました」

「嘘《うそ》だ！」

思わず大声をだしたエセルレッドは、あわてて立ちあがり、ふすまをあけてあたりをうかがった。

だれもいないことを確かめてほっとする。ふりかえって、今度は小声でエセルレッドはいった。

「そんな話は信じられない」

「信じるか信じないかは、あなたさまのお好きなように。私《わたし》は事実を述べているだけです」

顔色もかえずに、ハムネットはどうどうと嘘《うそ》をつく。エセルレッドは部屋のなかを歩きまわり、「信じられない」とくりかえす。

「たぶんイングランドでは、今、女王は病《やまい》で伏《ふ》せっていることになっているはずです」

「なんといって誘《さそ》いだしたのだ」

「女王はスペインとの戦争を決意しています。しかし戦争には金がかかります。そこでちょいと儲《もう》け話をエサにして、船のなかで新しい貿易先と交渉《こうしょう》するといって誘いました。でも嵐《あらし》で流され、日本にきたのはかえって幸いでした。ノブナンガという王に会いました」

エセルレッドはこれ以上ないほど、目を丸くした。ここぞとばかりにハムネットは信長《のぶなが》と女王の貿易交渉の話をする。これは嘘ではないから、すらすらと言葉がでてくる。そしてこの話が、スペインをうしろ盾《だて》にしているローマ教皇《きょうこう》にとって脅威《きょうい》になることを、ハムネットはよく知っていた。

「報酬《ほうしゅう》をいただければ、女王をおわたしいたします」

エセルレッドは黙《だま》っている。だからハムネットも黙った。

しばらくして、エセルレッドがたずねた、「なにが望みなのだ」と。

「イングランドに帰る船」

釣《つ》り針《ばり》に手応えがあったうれしさと、望みがかなうあせりを押《お》し隠《かく》し、ハムネットはそっけなくいう。

だが、エセルレッドの答えはハムネットの期待を打ち砕《くだ》くものだった。

「日本からイングランドにいく船はない」

あっけにとられ、表情をとりつくろうこともできないまま、ハムネットは「そんな馬鹿《ばか》な」とかすれた声でいった。

「イングランドに帰りたかったら、とりあえず長崎《ながさき》にいくのだな」

エセルレッドはそう忠告《ちゅうこく》する。そして、航路をくわしく説明した。

長崎からマカオいきの南蛮船《なんばんせん》がでている。それに乗ってマカオからマラッカ海峡《かいきょう》をわたり、インドのゴア、アフリカのモザンビクを経て、ポルトガル王国のリスボンにつくのが、はやくて安い航路、とはいえ、季節風を待ちながら三年くらいかかる、その先は陸路でスペイン王国をとおり、フランス王国にいく、そうすればフランスからイングランド王国にわたる船はたくさんあると。

それを聞いて、ハムネットはうなった。

——なんてことだ、ここは世界の果てじゃないか！　ノブナンガの城《しろ》で見た地球の模型《もけい》がまさか、ほんとうだったとは！　あれはおもちゃじゃなかったのか！

絶望的な顔をしたハムネットに同情したのか、エセルレッドは「ローマにいくつてはあるぞ」と言葉をついだ。

「じつは今年の二月、日本の少年四人を使節としてローマに派遣《はけん》したのだ。そのとき、私《わたし》は随行員《ずいこういん》に選ばれたのだが、辞退した。一行は今マカオで風待ちの滞在《たいざい》をしているが、私につぎの船で追いかけてくるようにとの手紙がとどいたばかりだ。やはり少年たちが言葉に不自由しているらしい。日本語、ラテン語、スペイン語、フランス語、そしてイングランドの言葉がわかるのは、私だけだからな」

よろこびをハムネットは顔にださなかった。むしろそういいだしたエセルレッドを内心、お人好《ひとよ》しめ、とあざ笑った。何気《なにげ》ない顔つきで、「では、ローマにいきましょう」という。

「もともとサミュエルさまのご命令は、女王を誘拐《ゆうかい》してローマへ連れていけということでした。女王を引きわたして、ローマ教皇《きょうこう》から報酬《ほうしゅう》をいただきましょう。あなたには旅費を負担《ふたん》していただくだけでいいことにして」

片頬《かたほほ》で笑い、ハムネットはだいたんな提案をする。

「ローマ教皇ならありがたいお説教で、女王をカトリックに改宗《かいしゅう》させることができるでしょう。暗殺するまでもない。あるいは女王を脅《おど》かして、教皇の前にひざまずかせ、破門のゆるしを乞《こ》わせてもよいのでは」

エセルレッドはぽかんと口をあけている。ローマにいくつてはあるといったが、それは教皇に会わせるという意味ではない。やがてしぼりだすように、「できるはずがない」といった。

するとハムネットは馬鹿《ばか》にしたように、「奇蹟《きせき》を信じられないのですか。神が暗殺の失敗をとりもどせと、あなたの前に女王をさしだしているのに」とたたみかけた。

くちびるをかんで泣きそうな顔になりながら、エセルレッドは聞いている。ハムネットは釣り針《つりばり》が獲物《えもの》をつかまえたことを確信した。

「半兵衛《はんべえ》という吉利支丹《きりしたん》をご存《ぞん》じですね」

エセルレッドはうなずく。

「私の言葉を疑《うたが》うなら、その男に訊《き》いてみればいいでしょう。エリザベスという女がかくまわれているかどうか。あなたになら話すでしょう」

そういい捨《す》てて、ハムネットは部屋をでた、茫然《ぼうぜん》とたたずむエセルレッドを背後《はいご》に感じながら。

ウィルは本能寺《ほんのうじ》からもどってきたあと、やりきれない思いを抱《かか》えて河原を歩いていた。信長《のぶなが》や信長に仕えていた侍《さむらい》たちを思いだす。倒《たお》れた兵士の背中《せなか》から血が噴《ふ》きあがっていたことを思いだし、ぎゅっと目をつぶった。でも血の色は消えない。

目をあけると、白鷺《しらさぎ》がふわりと飛んできて、川のなかにおりた。白い翼《つばさ》をたたんで魚をあさるその姿《すがた》を見たり、河原にそよぐ葦《あし》のあいだに青紫色《あおむらさきいろ》の花が咲《さ》いているのを手折《たお》ったりしながら、ぶらぶら歩いていると、河面《かわも》をじっと見つめているお国《くに》のうしろ姿に出会った。

お国《くに》の片足《かたあし》がトントンと大地を踏《ふ》んでいる。そのトントンがだんだんはやくなっていく。トンとひとつ、強く踏むと、お国は舞《ま》いはじめた。くるりとお国の身体《からだ》がまわったとき、その大きな目に涙《なみだ》が光っているのに、ウィルは気がついた。

「どうしました、お国さん」

習い覚えたばかりの日本語でウィルは呼《よ》びかけた。

「弥介《やすけ》さまが亡《な》くなっていた。さっき、父《とと》さんが知らせてくれた」

お国の頬《ほほ》を涙がすべっていく。

「弥介さまは、信長《のぶなが》の息子の信忠《のぶただ》を救いにいったんだよ。だけど捕《と》らえられて、異国《いこく》の人なればゆるすといわれたのに……侍《さむらい》として死にたいって……」

――待って、そんなはや口でいわれると聞きとれない。

そういおうとして、ウィルは言葉をのみこんだ。お国はそんなことはわかっている。でも話さずにはいられないのだ。涙と一緒《いっしょ》にあふれるお国の思いを、黙《だま》ってウィルは受けとめた。

「侍だからって、死ぬことはないんだよう。なんで死んじゃったんだよう」

ふいに叫《さけ》ぶと、お国は大きく片手《かたて》をまわし、見えない弓を手に取った。見えない矢をつがえ、両手で引きしぼる。虚空《こくう》にむかって、ひょうと放った。

ねらった的《まと》はなんなのか――くちびるをかみしめ、まなじりをけっして、お国は舞いながらつぎつぎに見えない矢をつがえ、見えない的を射抜《いぬ》いた。舞うたびに黒い髪《かみ》が乱《みだ》れて、頬をうつ。

「なんで人は死ぬの、なんで、人は殺しあうの、なんで、なんで、世のなかこんなに可哀想《かわいそう》なことがいっぱいあるのさ」

トントンと足拍子《あしびょうし》を踏んで、お国はふうっと息を吐《は》いた。それから赤く上気した頬の涙を手でぬぐった。それはもうふり乱した髪でほとんど拭《ふ》きとられていたのだが。

慰《なぐさ》めの言葉をかけたいとウィルは思った。でも、知っているこの国の言葉はすくない。せめてお国に捧《ささ》げようと、ウィルは摘《つ》んだばかりのつぼみの花をさしだした。

「あっ」「あっ」

ふたりのおどろきの声が重なった。ふくらんだ袋《ふくろ》のようなつぼみが、揺《ゆ》れた拍子《ひょうし》に花ひらいたのだ。その星の形の青い花を指さし、お国は「キキョウ」とゆっくり発音して、微笑《ほほえ》んだ。

そこからすこし離《はな》れた河原の松の枝で、パックがふたりを見おろしている。

「ウィル、ウィル、だいじょーぶかーい。帰れなくなるぞう」

にやにや笑いながらパックは、枝から飛びおりると、くるりとでんぐりがえりをして、そのまま露《つゆ》草色《くさいろ》の空に消えた。

つぎにパックがあらわれたのは、数日まえまでは信長の居城《きょじょう》だった安土城《あづちじょう》である。今は明智光秀《あけちみつひで》の所有となっている。

「おいらだって、約束したことは覚えているんだぞ。ほかのことは忘《わす》れちゃうけど」

そんなことをつぶやきながら、城《しろ》のなかをうろうろしている。

「約束、約束、ウィルと約束したからな——祭りを見たいといってたな」

城のなかを探《さが》しまわって、パックはやっと最上階の天守の廻縁《まわりえん》に目あての人物——明智光秀《あけちみつひで》を見つけた。眉間《みけん》にしわを寄せ、城下《じょうか》を見おろしている。そこには信長《のぶなが》のつくった幅《はば》ひろい道が、まっすぐに京《みやこ》につうじていた。

「済《す》んでしまったことは済んでしまったことだ……」

ぽつりと光秀がつぶやく。

その肩《かた》に飛び乗ると、パックは光秀の耳にむかってささやいた。

「祭りだ。祭りだ。お祭りだ」

光秀は動かない。パックは何度《なんど》もささやいた。しかし、光秀は物思いにふけったまま、ぴくりとも動かない。「なんてこった。おいらの言葉が耳に入らないなんて」とパックはあきれた。

「おい、もう一度だけいうぞ。これで聞こえなきゃ、おまえを呪《のろ》ってやるからな」

耳もとで、これ以上ないというくらいの大声で、パックは怒鳴《どな》った。

「お祭りだあ！」

はっとしたように、光秀は顔をあげた。「秀満《ひでみつ》、秀満はおらぬか」と呼《よ》ぶ。まもなく、朱塗《しゅぬ》りの階《かい》段《だん》をあがってくる足音がして、秀満があらわれた。

「京ににぎわいを取りもどさねばならない。『祭り、見世物、苦しからず』と沙汰《さた》をだしてはどうだろうか」

「よいお考えにございます。さっそくに京の所司代《しょしだい》に申しつけましょう」

すぐにはや馬が京めがけて走っていった。

その沙汰状を受けとった所司代は、町役人たちを集めて、夏の祇園《ぎおん》祭りの準備を例年どおりおこなうように、各町内の祭りもにぎやかにおこなうように、と伝えた。また、河原の見世物小屋の座長《ざちょう》たちも呼び集め、すぐに見世物小屋を再開するようにと申しわたした。

お豊《とよ》たちは「ありがたき幸せ」と頭をさげながら、ありがた迷惑《めいわく》だな、と目配せを交《か》わしあった。

京の治安は守られ、光秀の天下がつづいていることを示そうとする意図が見えすいている。

「いつまた戦《いくさ》になるかもしれないというのに。偽《いつわ》りの祭りぞ」「なあにかまうものか。小屋さえあけられれば、われらの祭りだ」「そうじゃ、信長だろうが、光秀だろうが、われらはわれら」「そうさ。囃《はや》して騒《さわ》ごう」

見世物小屋の座長たちは不満を口にしたり、はげましあったりしながら、河原に帰ってきた。

長屋にもどるお豊《とよ》を、白いひげの老人が呼《よ》びとめた。みなの相談役で、かくしゃくとしていて腰《こし》もまがっていない。老人は長いあごひげをなでながら、「余計な口だしをするようだが、お客人をどうする気だい。そろそろ吉利支丹寺《きりしたんでら》に帰ってもらったほうがよくはないか」といった。

お豊は「事情のある方らしくてね」と答えた。

「吉利支丹にも宗派《しゅうは》があって、吉利支丹寺とは宗旨《しゅうし》がちがうらしいんですよ。イングランドという国に帰りたいのだそうです」

「聞いたことのない国だな」

「ええ。半兵衛《はんべえ》さんが堺《さかい》にいって調べたところ、長崎《ながさき》から船を乗りついでいくようです。もうすこし落ちついたら、旅まわりがてら、長崎にいこうとお客人と相談しています」

「どこまでも世話をする気だな。吉利支丹になるのか」

笑ってお豊は首を横にふる。

「なんだか放っておけないだけですよ」

女王から御礼《おれい》として大粒《おおつぶ》の真珠《しんじゅ》のついた髪飾《かみかざ》りをわたされていたが、金のためではない。困《こま》っている人を見捨《みす》てられないだけだ。

「おせっかいな奴《やつ》だ」

言葉とはうらはらに、老人は笑った。そして景気をつけるように明るくいう。

「それじゃあ、軽業《かるわざ》の支度《したく》を頼《たの》む。お豊のとこの蜘蛛舞《くもまい》がないと客は集まらないからな」

「あいな」とお豊は胸《むね》をたたき、「派手《はで》にやりましょうや」とほがらかに応えた。


六月九日、明智光秀《あけちみつひで》は安土城《あづちじょう》を出発し、京《みやこ》に入った。それを祝うかのように四条河原《しじょうがわら》には見世物小屋が建ち並《なら》ぶ。蜘蛛舞の高い竿《さお》が立ち、そのあいだに張られた綱《つな》の上から蜘蛛《くも》ノ介《すけ》の扇《おうぎ》が人々《ひとびと》を招く。

「あれ、ご覧《らん》な。河原で軽業をやっている」

「おうさ、見世物小屋があいたぞ。河原にいこう」

光秀の天下がいつまでつづくかわからないが、人々はこの戦《いくさ》の緊張《きんちょう》をいっときでも忘《わす》れたいと思ったのか、それとも人の集まるところでは戦の行方《ゆくえ》を聞けると考えたのか、人出《ひとで》はウィルの想像以上だった。さらに笛《ふえ》の音《ね》や太鼓《たいこ》のひびきが客を誘《さそ》う。

こんなに多くの人がいたのかと、あらためてウィルはここがロンドンと同じ、この国の首都なのだと実感した。見世物小屋の前はまっすぐに歩けないほどで、ヘンリー叔父《おじ》さんが話してくれたケニルワースのにぎわいを思わせる。日本にきてはじめて、ウィルはうきうきとした気分で河原を歩いた。

「ウィルさん、母《かか》さんの出番だよ、見においで」

幔幕《まんまく》の陰《かげ》からお国《くに》が手招きする。ウィルは木戸銭《きどせん》も払《はら》わずに、お客になった。

蜘蛛舞の綱の下で、八雲《やくも》は足芸を演じる。足の指に筆をはさんで絵を描《か》いたり、文字を書いたり、弓を引いたりした。八雲《やくも》の足の放つ矢はすべて的《まと》を射抜《いぬ》いたので、ウィルはおどろくばかりだった。

つづいて、お国《くに》がでてきた。羯鼓《かっこ》という小さな太鼓《たいこ》を胸《むね》につけ、長い桴《ばち》で打ちながら舞《ま》う。その着物には色とりどりの手まりが描《えが》かれ、今までになく華《はな》やかだ。綱《つな》を桴の先で指して、お国はまるで歌っているように口上を述べる。

「これからお目にかけます蜘蛛舞《くもまい》は、名人蜘蛛《くも》ノ介《すけ》の命を賭《か》けての軽業《かるわざ》でございます。まずは小手調べ。綱の上の逆立ちとござーい」

蜘蛛ノ介が綱の上に姿《すがた》をあらわす。そしてお国の口上にあわせて、数々《かずかず》の軽業を見せてくれた。お客は歓声《かんせい》をあげたり、息をのんで静まったり、蜘蛛ノ介の名人芸に沸《わ》いたが、ウィルはお国を見ていた。

蜘蛛ノ介とお国がひっこむと、笛を吹《ふ》いていた半兵衛《はんべえ》が立ちあがった。

大きな箱をお豊《とよ》とふたりで、幔幕《まんまく》の陰《かげ》から引っぱりだしてくる。それからまた幕《まく》の陰から、小花を散らした黄色い着物を着た千歳《ちとせ》を連れてきて、箱の上に立たせた。

なにがはじまるのかと見守っている観客に、半兵衛はなにも説明しない。ウィルにもわからない。

固唾《かたず》をのんで見守っていると、半兵衛はいきなり、白い布を千歳にかぶせた。布を取ろうと千歳は身体《からだ》をくねらせ、もがく。そしてやっと白い布を脱《ぬ》ぎ捨《す》てるように外《はず》した——そこにいたのは、真っ赤な着物の千早《ちはや》だった。「おおっ」と客がどよめく。

してやったりと微笑《ほほえ》んだ半兵衛は、また布をかぶせた。ウィルにはもう仕掛《しか》けがわかった。つぎに布を取ったとき、青い着物の千尋《ちひろ》が立っていた。箱のなかからでてきて交代したのだ。

でも三つ子と知らない観客は、この一瞬《いっしゅん》の着替《きが》えに大よろこびだ。お辞儀《じぎ》をする千尋にむけて、さかんな声援《せいえん》が飛んだ。

終了《しゅうりょう》の太鼓を八雲が足でたたいている。お客は口々《くちぐち》に楽しかったといい、まるで戦《いくさ》などなかったように笑いあいながら小屋をでていく。

そしてウィルも、いつ帰れるのかという不安を忘《わす》れていた自分にびっくりしていた。

八雲の太鼓にまじって、笛《ふえ》の音《ね》が聞こえる。はっとしてウィルはそのほうを見た。

蜘蛛舞の竿《さお》のてっぺんで、パックが縦笛《たてぶえ》を吹いている。ウィルは手をふった。笛を持ったまま、パックは、はね飛んできて、ウィルの目の前の松の枝先にぶらさがった。

「おい、ウィル。祭りは気にいったか?」

「〝願花《ねがいばな》〟は見つかったかい? パック」

ふたりは同時に話しかけていた。

「あ、そっちは忘れてた」

あわてててでんぐりがえりをして空に消えたパックは、「祭りをありがとう」といったウィルの返事を聞いていなかった。ウィルはため息をつく。

――また消えちゃった。妖精《ようせい》の気まぐれにはついていけないや……。

日が暮《く》れる。ウィルはお国《くに》と河原に並《なら》んで座《すわ》り、赤い夕陽《ゆうひ》を見ながら塩むすびを食べていた。

それを三つ子が見つけて走ってくる。「あたいたちにもおくれ」と手をだした。お国が、「あんたちのは、おばさんが持ってるよ」と答えると、三人は口々《くちぐち》にいう。

「くれないんだ」「いじわる」「あたいたちが人殺しだからくれないんだ」

ウィルには三人がなにをいっているのか、よくわからない。ほんとは六つ子だったけれど、この三人しか無事に生まれなかったのだと聞いた。母親もお産で亡《な》くなって、身寄りがなく、人買いに売られてきたと。

「ふふふ」と三人はそろって笑った。

「あたいたちは母親殺し」「兄さん殺しで弟殺し」「姉さんか妹も殺した」

千歳《ちとせ》がウィルにむかってたずねる。

「おまえはだれだ」

千早《ちはや》がたずねる。

「だれを殺す」

千尋《ちひろ》が指を突《つ》きつける。

「自分を殺すのか」

ウィルはおどろいた。なにか、おそろしいことをいわれている気がする。

「馬鹿《ばか》なこと、いうんじゃないよ」と、となりに座っていたお国が立ちあがってどなった。

そのとき、ざくざくと足音がした。お豊《とよ》が近づきながら、「まあまあまあ、おまえたちはいい子だよ。生まれてきたことを寿《ことほ》ぎな」と声をかけた。

ふりむいた三つ子は、その大きな身体《からだ》に抱《だ》きついていく。

「お豊、だれがいちばん好き。あたいだろ」「あたいさ」「あたいに決まってる」

無邪気《むじゃき》な幼子《おさなご》にもどった三つ子に、お豊は、「あたいも、あたいも、あたいも大好きさ」といいながら、千歳を肩車《かたぐるま》し、千早と千尋を左右の腕《うで》にかるがると抱く。

「さあ、エリザベスさまにお食事を持っていっておくれ。お行儀《ぎょうぎ》よくするんだよ」

その格好のまま、お豊は松林のなかの長屋にむかった。

お国は黙《だま》って見送っていた。背中《せなか》がいまにも爆発《ばくはつ》しそうな怒《いか》りを抱《かか》えている。三つ子が売られてきたときのことを思いだしたのだ。片足《かたあし》をあげ、ドンと足踏《あしぶ》みをした。それはそのまま、舞《ま》いになる。

「お国さんはいつも大地を蹴《け》っているね」

手真似《まじ》を交えて、ウィルがそういうと、お国は「そうかな」と首をかしげた。

「いつもなにかに怒《おこ》っているみたいだ」

「ああ、そうかもしれない。世のなかは不公平だもの」

お国《くに》はうなずいて、トンとまた足踏《あしぶ》みをする。そして歌いだした。

すさまじや　花の京《みやこ》は
鬼《おに》の棲《す》みたる　闇《やみ》なれや

「世間は闇さ。真っ暗闇《くらやみ》」

舞《ま》いながら、お国はそういう。ふいに立ちどまると、目をつぶり、両手で空《くう》を探《さぐ》った。それからぱっと目を見ひらいて、「だから、夢を見る」といった。

「闇の世間を生きていくには、目をあけて、自分の夢だけを見つめるのさ。そうしないと闇に押《お》しつぶされる」

いきいきとした目で話すお国を、ウィルは見つめていた。

「あたしの夢は舞って生きること。舞いの一座《いちざ》を持ちたいなあ」

「軽業《かるわざ》はしないの？　父《とと》さん、母《かか》さんと同じ軽業は」

ウィルが訊《き》くと、お国は首をふった。

「父さんは蜘蛛舞《くもまい》の名人。母さんは足芸の名人。でもあたしは舞うのが好き」

きっぱりとそういって、お国は笑った。ウィルはうらやましくなった。

――いいなあ、お国さんは。自分の夢を自分で決めている。ぼくの将来《しょうらい》はもう父さんが決めてしまった。父さんは帰りの馬車に乗るとき、バルタザール親方におまえを頼《たの》んでおく、といった。学校を卒業したら、バルタザール親方のもとで七年修業して手袋《てぶくろ》職人になるんだ。組合《ギルド》の一員になるまで認《みと》められたら、父さんに店を譲《ゆず》ってもらう。それから町会議員になって……。

胸《むね》の奥《おく》がざわつく。

――それでいいのか。

長男は父親の仕事を継《つ》ぐものと決まっていた。ウィルはそれを疑《うたが》ったことがなかった。ほかの道があると考えたこともなかった。

――いやだ……なぜそういえないんだ。

ウィルは名人ともいえる父の腕《うで》まえを思いだした。ケニルワースではじめて間近《まぢか》で見て、すごいと思った。そしてわかった。自分は人間の優《すぐ》れた技を見るのが好きだということが――自分は目の人で、手の人ではない。

エイヴォン町を遠く離《はな》れ、ここでなら父に聞かれて怒《おこ》られることはない。母に聞かれて悲しませることもない。自分の心の奥の願いがはっきりといえる。

――いやだ、手袋職人になりたくない。

だが、その言葉はすぐに自分に突《つ》きつけられる。では、なんになりたいのだ、なにをしたいのだと。

――ぼんやりと役にたたないことばかり考えていて、つまらないことに憧《あこが》れて、ただ見るのが好きなぼく。ぼくの夢はなんだろう。

楽しかったことを思いだすと、それは芝居《しばい》に参加したことだ。

――舞台《ぶたい》に立つのは好きだ。でもそれを夢といっていいのだろうか。

ウィルが考えているあいだに、お国《くに》は河原の石をひとつ、手に取った。足もとの石の上に積み重ねる。それからまた積む。そしてだんだんと塔《とう》のように積みあげていった。そしてつぶやく。

「あたしの夢はもうひとつ、あるよ」

石の塔は不安定で今にも崩《くず》れおちそうだ。小石を探《さが》し、お国は塔のいちばん上に慎重《しんちょう》に置いた。そしてなにかいいたげにウィルの顔を見た。

けれどすぐにうつむいて、積みあげた石の塔をぱっとはらった。塔は飛びちって石ころにもどる。

「お腹《なか》いっぱい食べたいっていう、食《く》いしん坊《ぼう》な夢さ」

お国はもう笑っていた。

「昔、コンフェイトというめずらしい南蛮菓子《なんばんがし》を食べたことがあるんだ。甘《あま》くておいしかったけど、お腹いっぱいにはならなかったな。あたしが食べたいのは、つきたてのお餅《もち》。旅まわりで気にいられて、庭先で餅つきしてもらったことがあった。つきたてのお餅を大根おろしにいれて、ふうふういいながら食べたよ。あんなおいしいものはない」

一気にそういって、お国はごくりとつばをのんだ。ウィルにはお国のいったことのすべてがわかったわけではないが、「つきたてのおもち」というものが、とてもおいしそうだということはわかった。

「また食べさせてやるよ」

ふいに声がした。ウィルとお国がふりむくと、いつもの桜桃色《おうとういろ》の着物を着た八雲《やくも》がそこにいた。

「名人蜘蛛《くも》ノ介《すけ》がいるかぎり、餅はまた食べられるさ」

うなずいたお国とウィルを交互《こうご》に見て、八雲は微笑《ほほえ》んだ。

「明日は半日休みをやるよ。ウィルさんをいろいろ案内してあげな。なあに、口上はまえみたいに父《とと》さんが自分ですればいい」

「ほんと、母《かか》さん」

はずんだ声でお国がよろこんだことが、ウィルにはいっそううれしかった。

しかし、その楽しい明日はこなかった。

羽柴秀吉《はしばひでよし》の軍が迫《せま》っているという知らせがとどき、京《みやこ》はあわただしくなった。通りは逃《に》げだす人で混乱《こんらん》し、見世物小屋は再びたたまれて、もとの河原となった。粗末《そまつ》な長屋だけが互《たが》いに寄りそうように残された。

第九章　祭り

パックは鴨川《かもがわ》の五条《ごじょう》の中島で、まだ穂《ほ》のでない薄《すすき》にまたがって、揺《ゆ》られていた。

はじめて見たマッチャというものがのみたくて、ウィルに〝願花《ねがいばな》〟を見つけると約束したけれど、〝死よりも強い願いの花〟は、めったに咲《さ》かない。探《さが》しあぐねて、もう飽《あ》きた。

縦笛《たてぶえ》を取りだすと、パックは吹《ふ》きはじめる。どこかでケーンと狐《きつね》が鳴いた。

「お小さいの、どうなさった。いやに笛《ふえ》の音《ね》が淋《さび》しそうじゃないか」

白い狐が草むらから顔をだし、話しかける。しわがれた声からすると、かなりの年寄りらしい。

パックは吹くのをやめて、狐を見た。

「あんたはおいらを助けにきてくれたのかい」

「さあ、助けられるかどうか、わからないが。ま、話してみな」

パックは薄の葉をすべりおりると、河原撫子《かわらなでしこ》の薄桃色《うすももいろ》の花に座《すわ》った。狐の顔が近い。この国にやってきた事情をパックは話しはじめ、白狐《びゃっこ》はふむふむと聞いていた。

やがて、狐は首をかしげていった。

「この島のなかのことなら、この五条狐《ごじょうぎつね》にわからぬことはない。だが、〝願花〟というのは知らないな」

「こっちじゃ、ちがう名前かもしれない。小さな赤い花さ。葉っぱは心臓《しんぞう》の形。その花の汁《しる》を指につけてこすりながら呪文《じゅもん》を唱えると、願いのものがでてくるのさ」

「打《う》ち出《で》の小槌《こづち》のようなものか」

今度はパックが首をかしげた。

「打ち出の小槌って?」

「ふれば願いのものがでてくる小槌よ」

聞いたとたんにパックは、「わあ、貸して、貸して」と、飛びあがってよろこんだ。五条狐は鼻で笑う。

「人間が、あればいいと思っている宝物《たからもの》だ」

「なあんだ」とがっかりしたパックは、また縦笛を取りだし、吹きはじめた。白い狐は寝《ね》そべって、笛の音に耳をかたむけながら、「〝願花〟を見つけてどうするのだ」と訊《き》いた。

「空飛ぶ馬をだすんだよ。三人乗せてイングランドに帰れる馬。馬車はもうこりごりだ」

吹《ふ》く手をとめて、パックが答えると、「どこに落ちてきたのか、もう一度よく見るがいいぞ。お小さいの」と、五条狐《ごじょうぎつね》はいう。

パックはきょとんとして、「日本だろ」といった。腹《はら》を波うたせ、五条狐は声をあげて笑った。

「われらは〝時〟というものの外に棲《す》む。だが人間は、〝時〟のなかでしか生きていけぬ者だ。さて、馬車はいつの日本に落ちてきたのだ」

「えっ」とおどろいて、パックは耳たぶをもんだ。すると耳も耳の穴《あな》も大きくなって、町のあらゆる声が集まってくる。それらの声に圧倒《あっとう》されて、パックはひっくりかえった。

「うわあ、なんてこった。

「おうさ。おまえたちは時空を超《こ》えてここにきたのだ」

「七年まえの森に帰らなきゃいけないのか。そんなむずかしいこと、おいらにゃできないや」

「急げよ」と五条狐はいう。

「今は胎児《たいじ》が胞衣《えな》に守られるように、彼《か》の地《ち》でまとっていた〝時〟に包まれ、守られているが、そのうちそれは消える。人間は同じ〝時〟の、ふた所には居られない。その者たちは消えるぞ」

「ええっ。手伝っておくれよ。助けてよ」

あわてるパックに、ぐっと顔を近づけた五条狐は、「なぜ、助ける」といった。鼻面《はなづら》をゆがめて笑いながら、「人間はともかく、お小さいのは帰れるんだろう」とささやく。

「うん」

うなずいて、パックは五条狐の目をじっと見つめた。狐《きつね》の目のなかに青白い炎《ほのお》が燃えている。

――こいつは、人間が奇妙《きみょう》におそれる、悪魔《あくま》ってやつなんだろうか。

ポンとパックは跳《は》ねて、もとの薄《すすき》の葉にもどった。そして、高らかに名のりをあげる。

「おいらは妖精《ようせい》パック。ぐるりと地球をひとまわり、いつでもどこでも好きなところに飛んでいく」

薄の葉を蹴《け》って、くるりとでんぐりがえりをする。くるりくるりとでんぐりがえりをしながら、

「おいらがあんたなら、そうする。でもおいらはパック。約束した人間を見捨《みす》てない」といった。

五条狐が笑った。

「気にいったぜ」

夜空を仰《あお》いで、ゆかいそうにカカカと笑うと、パックと一緒《いっしょ》にでんぐりがえりをする。月にむかって白い尾《お》がぴんと伸《の》び、またしなって草をはらう。パックもうれしくなって、何度《なんど》も何度もまわった。

「ああ、お小さいのの軽さには負ける。もう息が切れる」

五条狐は息を切らせて、でんぐりがえりをやめた。

ぶるっと全身の毛をふるうと、「中島に棲まいする五条狐が、みなみなに物申す」と声をあげた。

それに応えるように、ざわざわと中島じゅうの草が揺《ゆ》れる。

「この外国《とつくに》よりきたれる小彦《ちいさひこ》を、われら、お助け申さん。みなみな、〝願花《ねがいばな》〟を探《さが》されよ」

ふたたび、草むらが波うった。草のなかから声がする。

「よきかな、よきかな。お助け申さん」

青い炎《ほのお》がひとつ、ともった。

「いかにも、われら、お助け申さん」

ふたつ目の火がともる。つぎつぎに、「お助け申さん」という声とともに、青い狐火《きつねび》がともって揺《ゆ》らめいた。「すごいや」と、パックは両手を打った。

「〝願花《ねがいばな》〟が見つかったら、七年まえの森にもどらなければいけないよ。時空を切りさくことはできるかい」

五条狐《ごじょうぎつね》は顔をしかめた。

「時空を切りさくなどもってのほか。そんな手段《しゅだん》は、われらは持たぬ」

「それなら、もどるにはどうしたらいいの」

五条狐は厳《おごそ》かに宣言《せんげん》した。

「黄泉路《よみじ》の石戸がひらくを待て。黄泉路を死者ではなく、生者がたどるとき、望みの〝時〟、望みの〝処《ところ》〟に至《いた》ることができる」

「じゃあ、その黄泉路の石戸は、いつ、ひらくのさ」

「〝時〟至るとき」

「ふーん。〝時〟はいつ、至るんだい」

「わからぬ。生きとし生けるものに、死のおとずれがいつとはわからぬように、石戸がひらくのはいつか、だれにもわからぬ」

草むらの狐《きつね》たちは、声をそろえて、「待つのだ。待つのだ」と唱える。

そこでパックも一緒《いっしょ》になって、呪文《じゅもん》のように唱えた。

「黄泉路の扉《とびら》がひらくを待つのだ」

妖《あや》しい火は、青く燃えて揺らめいている。


揺らめく炎を、女王は長屋の窓《まど》から見つめていた。

——あれは鬼火《おにび》。人々《ひとびと》はおそれるが、なんと美しい幻《まぼろし》の火であろうか。

遠く青い火は、女王を思い出へと誘《さそ》った。

——私《わたし》が生まれるとき、赤子は男か女かの賭《か》けがあったと聞いた。いや、じつは賭けにはならなかった。だれもが王子に賭けていたから。その賭けの場をとおりかかった老婆《ろうば》が嘆《なげ》いたそうだ。「女が望まれていないとは、なんということでしょう。私は女に生まれてよかったと思っていますよ。さあ、私が賭けましょう。王女さまに幸いあれ」と。貧しいみなりだったけれど、牛を売ったばかりだといって、賭け金をさしだしたそうだ。ああ、その老婆に幸いあれ。その女だけが私の誕生《たんじょう》を祝った。

私《わたし》が王子だったら、ヘンリー八世は王妃《おうひ》アンに汚名《おめい》をきせて、ロンドン塔《とう》に送ることはなかっただろう。私がお母さまを殺したのだ。父から愛されず、母からはもっと愛されなかった私――王冠《おうかん》から最も遠いところにいた私が、王位を継《つ》いだ。かならず善《よ》き王にならねばならない……。

熱い涙《なみだ》がこぼれ、女王の頬《ほほ》をぬらした。

妖《あや》しい火は、青く燃えて揺《ゆ》らめいている。

「あ、鬼火《おにび》だ」

寝苦《ねぐる》しくて河原に涼《すず》みにでてきたウィルは、思わずつぶやいた。遠く中島の方角に青い火がひとつ、ふたつ――みるみるうちに増え、青く燃えて揺らめいている。

足音が近づいてきた。ふりむかなくてもこの軽い足取りはお国《くに》だとわかる。

「あれは狐《きつね》が提灯《ちょうちん》をかかげているんだ」

お国が声をかけてきたので、河原の石に座《すわ》ったまま、ウィルは答えた。

「ぼくの国では、小鬼《こおに》がランタンを持って踊《おど》っているというよ」

ウィルのとなりにきて、お国はしゃがんだ。

「あっちは中島だね。中島には五条狐《ごじょうぎつね》が棲《す》んでいる」

闇《やみ》のなかに揺れる火を見つめたまま、お国はひとり言のように話しだす。

「あたしにはもうひとつ、夢があるんだ。けっしてかなわない夢だけど……」

そういって口ごもったお国に、ウィルはなにげなく、「どんな夢?」と訊《き》いた。

「母《かか》さんに抱《だ》きしめられたい――母さんの手が無くなったのは……赤《あか》ん坊《ぼう》のあたしを助けようとして切られたんだ」

はっとして、ウィルは言葉を失った。

「どうにもならないことって、あるね。それでも生きていかなきゃならないし、幸せになりたい」

明るくいつも前むきだと思っていたお国の思いがけない影《かげ》を見た気がした。

狐火《きつねび》が揺らいで、いっせいに消えた。濃《こ》くなった闇のなか、お国のすすり泣きが聞こえる。

どうしていいかわからず、ウィルは黙《だま》って暗い河面《かわも》を見つめていた。


ハムネットにそそのかされたエセルレッドは、半兵衛《はんべえ》に会い、女がかくまわれていることを聞きだした。松林の陰《かげ》からその女がエリザベス女王にそっくりなことも確かめた。

――なんということだ! ハムネットのいったことはほんとうだった! 暗殺に失敗した私が逃《に》げてきたこの日本に、あの女もきている。スペインをだしぬいて、日本と貿易などさせるものか。これを阻止《そし》せよと、ハムネットをつうじて、神が教えてくださったのだ。

エセルレッドは急いで教会にもどった。そして別棟《べつむね》に住んでいる上司のカリオン司祭をおとずれる。

簡素《かんそ》な和室のふすまをあけて、部屋のなかに入りながら、エセルレッドは聖書《せいしょ》の一節を口にした。

「これは神の御業《みわざ》、わたしたちの目にはおどろくべきこと」

日本の大工につくらせた椅子《いす》に腰《こし》かけ、机《つくえ》にむかって手紙を書いていたカリオン司祭は顔をあげた。

「どうしたのだ。まるで奇蹟《きせき》が起きたような口ぶりだな」

「はい。神のなさることは、はかりしれません」

そして声をひそめ、話しだした。エリザベス女王が日本に居るのです、ローマ教皇《きょうこう》が命じた暗殺の絶好の機会です、と。

カリオン司祭はあきれて眉《まゆ》をひそめた。

「そんな問題は、ローマにまかせておきなさい。われわれは神の教えをひろめるためにきたのだ。それ以外の任務はない」

エセルレッドにとって、この拒否《きょひ》は意外だった。イングランド王国の女王はカトリックの敵であり、それを倒《たお》すのは、われわれの務めではないかと、顔色をかえて、抗議《こうぎ》する。

しかし、カリオン司祭はそっとため息をついた。エセルレッドがサミュエル司教とともに、女王の暗殺を実行して失敗したということは、教皇のほか、数人の上層部《じょうそうぶ》だけが知る秘密《ひみつ》だったので、カリオン司祭は知らない。ただ、エセルレッドに危《あや》うい感じを抱《いだ》いてつねに心配していた。この青年の心はどこかほかのところにあると。

──困《こま》ったものだ。エセルレッドがイングランドの女王に対する憎《にく》しみに凝《こ》り固まっているのは知っていたが、これほどとは。

そして、考えをめぐらせた。

──人はときに自分の見たいものを見ることがある。大柄《おおがら》で、色白で、日本人にはめずらしい目鼻立ちのはっきりした女性を見かけて、そう思いこんだのだろう。たとえ志願してきていても、風土も風習もちがう異国《いこく》での生活はつらいものだ。この青年はローマへ帰したほうがいいかもしれない。

机に置かれた漆塗《うるしぬ》りの文箱《ふばこ》から、カリオン司祭は一通の手紙とその訳文《やくぶん》を取りだした。

「読みなさい。備中高松城《びっちゅうたかまつじょう》を攻《せ》めていた秀吉《ひでよし》が、その敵の毛利氏《もうりし》と和睦《わぼく》を結んだ。主君の仇《あだ》を討《う》ちに、もうすぐ京《みやこ》にもどってくる。ここは戦場になる」

わたされた手紙に目をとおしたエセルレッドは、おどろきの声をあげた。

「一万人の軍隊が、もう姫路城《ひめじじょう》まできているのですね。信じられないはやさです」

本能寺《ほんのうじ》の変《へん》のあと、秀吉はいちはやく動いたが、ほかの重臣《じゅうしん》たちは、身動きが取れないでいた。

柴田勝家《しばたかついえ》は信長《のぶなが》の死を知って活気づいた上杉氏《うえすぎし》と戦っている。信長と同盟《どうめい》を結んでいた徳川家康《とくがわいえやす》は、堺《さかい》を遊覧《ゆうらん》中で、わずかな家臣《かしん》に守られ、命からがら領国の三河《みかわ》に帰りついたばかり。四国の長宗我部《ちょうそかべ》氏《し》を攻めるために大坂の港に集結していた信長の三男、信孝《のぶたか》の軍からは、本能寺の変を知って逃亡者《とうぼうしゃ》があいつぎ、光秀《みつひで》を討つどころか、自分の身も危《あぶ》ない。

そんな知らせを、各地の信者たちが、司祭の身を案じてとどけていた。そしてその手紙のどれもが、はやく京《みやこ》から逃《に》げるようにと勧《すす》めている。

しかし、カリオン司祭は教会の十字架《じゅうじか》を守って、京に残るつもりだった。

とはいえ、この国の支配者の命令ひとつで、自分たちはチェスの駒《こま》のようにひょいと動かされる弱い立場であることを、冷静なカリオン司祭にはわかっていた。

そもそも、この教会を建設中にも突然《とつぜん》、三日間の退去を信長《のぶなが》から申しわたされた。それは常宿《じょうやど》の本能寺《のうじ》からこの教会までの秘密《ひみつ》の抜《ぬ》け道をつくるためだった。そしてこのあいだの変事のさいも、ここを無人にするように光秀《みつひで》から強制的に命じられた。その抜け道を利用して逃げる信長をつかまえようとしたのだと、あとで知った。

「京が火の海になるまえに、きみは少年使節の随行員《ずいこういん》の一員として、マカオにむけて出発したまえ。マカオで風待ちの滞在《たいざい》をしている少年たちを無事にローマに連れていくのが、きみの役目だ」

カリオン司祭の勧めに、「考えさせてください」といって、エセルレッドは部屋をでた。

京が戦場になるという警告《けいこく》は、エセルレッドにはちがう意味に聞こえた。

——戦乱《せんらん》のなかで、女がひとり行方《ゆくえ》不明になっても、うやむやになる。女王をここに連れてくれば、司祭も信じるだろう。今度は失敗するはずがない。

女王の誘拐《ゆうかい》をだれに頼《たの》もうかと、エセルレッドは考えた。ハムネットは信用できなかった。きっと多額の報酬《ほうしゅう》を要求するにちがいない。そこでエセルレッドは、半兵衛《はんべえ》を五条《ごじょう》の中島に呼《よ》びだした。

今にも雨を落としそうな黒い雲が、空にひろがっている。湿気《しっけ》をふくんだ風に、中島の河原の薄《すすき》は揺《ゆ》れていた。

かくまわれている女を誘《さそ》いだしてほしいというエセルレッドの頼みを、半兵衛は途中《とちゅう》でさえぎった。

「それ以上、なにもおっしゃらないでください。それは神さまの教えに反することのように思います」

半兵衛は首をふりながら、あとずさりする。

「私《わたし》のように戦《いくさ》でなにもかも……自分自身さえ失った者には、神さまの教えは救いです。その尊《とうと》い教えをひろめるために、あなたさまは遠い国から命をかけてきてくださった、尊いお方と信じておりま す。どうぞ、このまま信じさせてください」

エセルレッドはなおも説得しようと報酬の額を話しかけたが、半兵衛は困《こま》ったように首をふり、逃げるように橋をわたって帰っていった。肩《かた》を落として、エセルレッドは見送るしかなかった。

「もし、お坊《ぼう》さま」

ふいにうしろから、声をかけられ、エセルレッドは仰天《ぎょうてん》した。

「あっしが半兵衛にかわって、お引きうけしましょう」

ふりむくと、小柄《こがら》な男がニヤニヤしながら立っている。エセルレッドはとまどった。

――だれだ、この男は？

立ち聞かれたうかつさを悔《く》やんでも遅《おそ》い。聞かれてしまったからには、この得体の知れない男を味方にする以外にはない。

「いや、なあに、御礼《おれい》の金がいただければいいんです」

金目あてだとわかって、エセルレッドはさらに悔やんだ。ところが男はつづけてこういった。

「半兵衛《はんべえ》はひとり者ですからね。わからないんですよ、恋《こい》ってものが」

思いがけない単語がとびだして、エセルレッドは目を丸くした。答えられないでいるうちに、男は勝手にしゃべっている。

「エリザベスさまはきれいなお方ですからね。お坊《ぼう》さんが恋をしたって、おかしくありませんよ。おや、赤くなるのが可愛《かわい》いね。わかっています。だれにもいいません」

誤解《ごかい》されていると思ったが、エセルレッドはあえてそのままにした。半兵衛と同じ軽業一座《かるわざいちざ》の蜘蛛《くも》ノ介《すけ》だと名のる男と、手はずを打ちあわせ、エセルレッドは早々《そうそう》にその場を立ち去った。

「恋の風吹《ふ》きゃ　たもとが時雨《しぐ》る」と、蜘蛛ノ介は上機嫌《じょうきげん》で小唄《こうた》を口ずさむ。

これで娘《むすめ》に餅《もち》を買ってやれると思うと、蜘蛛ノ介はうれしかった。見世物小屋が再開できず、収入《しゅうにゅう》は途絶《とだ》えたままだ。蓄《たくわ》えが尽《つ》きかけているので、女王からあずかった真珠《しんじゅ》を売る相談をしようと半兵衛を呼《よ》びにきたところに、思いがけない儲《もう》け話をひろった。

お国《くに》は餅を腹一杯《はらいっぱい》食べるのが夢だといったそうだ。大きな夢はかなえてやれないが、そんないじらしい夢ならかなえてやれる。戦《いくさ》で明日の命もわからない世のなかだからこそ、娘のよろこぶ顔を見たかった。

ぽつりと雨が落ちてくる。ぽつり、ぽつり、たちまちザアーとふってきた。

蜘蛛ノ介は足取りも軽く橋をわたって、我《わ》が家《や》をめざした。

雨がふっていた。桔梗《ききょう》の紋《もん》――明智《あけち》家の家紋《かもん》を染《そ》めぬいた旗が、雨にしおれている。整列した明智軍が京《みやこ》をでていく。光秀《みつひで》をはじめ、どの顔もむっつりと押《お》し黙《だま》り、いちように厳《きび》しい。

物見高く集まった人々《ひとびと》のうしろで、お豊《とよ》はそっと手をあわせ、心のなかで「ありがとうございます」とつぶやく。京を火の海にしないために、光秀はでていく。

本能寺《ほんのうじ》の変《へん》以後、光秀は味方を増やそうとしたがことごとく失敗した。今、その軍勢はおよそ一万六千。しかし明智軍の結束は固く、敗色濃厚《のうこう》となった今も、逃《に》げだす将兵《しょうへい》はいない。

いっぽう、主君の仇《あだ》を討《う》つという大義名分をかかげた羽柴秀吉《はしばひでよし》のもとには、つぎつぎに味方が集まり、その軍勢は三万にふくれあがっていた。

両者が対決したのは数日後、京からわずかしか離《はな》れていない山崎《やまざき》の地だった。京の町並《まちな》みは静まりかえり、無数の耳と化している。

夕刻《ゆうこく》、突然《とつぜん》、一斉射撃《いっせいしゃげき》の音が聞こえた。

やがて数時間にわたって鳴りつづけた鉄砲《てっぽう》の音がやんだ。京《みやこ》の家々《いえいえ》は門を固くとざし、わずかな縁《えん》故《こ》を頼《たよ》ってくる落ち武者をいれまいとした。

つぎの日、光秀《みつひで》の首級《くび》を先頭に、信長《のぶなが》の息子や家臣《かしん》たちの軍勢が京に入ってきた。都大路《みやこおおじ》を行進するその軍勢のなかで、もっとも威勢《いせい》を誇《ほこ》ったのは、羽柴秀吉《はしばひでよし》だった。馬印の黄金のひょうたんが、まぶしいほどに輝《かがや》いている。総大将《だいしょう》は自分であると主張しているかのように。

そして、光秀の居城《きょじょう》である坂本城《さかもとじょう》を託《たく》され、籠城《ろうじょう》して戦っていた明智秀満《あけちひでみつ》が、城《しろ》に火を放ち、光秀の妻子を刺《さ》し殺し、自身も切腹《せっぷく》した知らせが京にとどいた。これで明智勢はすべて滅《ほろ》んだ。

その翌日《よくじつ》、さらにおどろく知らせがとどいた。安土城《あづちじょう》の天守が失火で焼失したのだ。火は吹《ふ》きぬけを走り、牡丹《ぼたん》の扉《とびら》も黄金の竜《りゅう》の飾《かざ》りも、すべてをのみこみ、燃えあがる炎《ほのお》の柱となって空を焦《こ》がしたという。乾《かわ》いた鼓《つづみ》の音と夢幻《ゆめまぼろし》のごとくなりと謡《うた》った信長の声が、女王の胸《むね》にこだました。

本能寺《ほんのうじ》に光秀の首級はさらされた。謀反《むほん》の大罪を犯した者の首は、見せしめのために左京《さきょう》の牢獄《ろうごく》の門の屋根のいちばん高い棟木《むなぎ》にかけられる。しかし今回はわざわざ本能寺の焼《や》け跡《あと》に柱を立て、そこにかけたそうだ。

謀反人《むほんにん》の顔が見たいと女王が望んだので、お豊《とよ》はまた市女笠《いちめがさ》を用意した。ウィルもついていくことにする。イングランドでは、重罪人の首は棒《ぼう》の先に突《つ》き刺し、ロンドン橋の詰所《つめしょ》にさらしてあると聞いたが、ウィルはロンドンにいったことがないので見たことはないのだ。

お豊が案内に立つ。ウィルたちのほかにも本能寺にむかう人は多い。焼け跡はきれいに片付《かたづ》けられ、本堂があったあたりにさらし柱がもうけられていた。罪状を書いた捨札《すてふだ》も立っているが、その曲がりくねった筆の文字はウィルには読めない。

敵のすべての首をさらすようにという秀吉の命令がだされていたので、三千もの首級が集められたという。光秀のそれは高い柱にかけられ、あとは幾重《いくえ》にも張った縄《なわ》に、ぶらさげられている。後日に執《と》りおこなわれる信長の葬儀《そうぎ》に供《そな》えるのだそうだ。警備《けいび》の兵士が長槍《ながやり》を持って、あちこちに立っている。雨あがりのむっとする熱気で、すでに腐臭《ふしゅう》がただよっていた。

鼻をおおいながら、ウィルは光秀の土気色《つちけいろ》の首級を見あげた。

――目をつぶって考えごとをしている学者みたいな顔だ。謀反を起こす人にはとても見えない。だけど、あの強い王は、この人の謀反で倒《たお》された。そして今、この人も倒された。王とはこうしてつぎつぎ倒されていくものなのだろうか。ほんとうに強いのはだれなのだろう。

女王もまた、首級を見あげて動かなかった。

――光秀よ、そなたは信長王を殺して、なにを得た。王冠《おうかん》は重く、王座《おうざ》は孤独《こどく》だ。だれもが王になれるわけではないことを、そなたは知らなかったのか。

さらされた首級の色のないくちびるは、なにも答えない。その問いかけはそのまま女王自身にもどってくる。

——わかっていたのだ、ロバートとは結婚《けっこん》できないことを。私《わたし》はずっと目をそらしてきた……傲慢《ごうまん》で人に頭をさげるのがきらいなロバート、そのくせ優柔不断《ゆうじゅうふだん》で臆病《おくびょう》なロバート、愛《いと》しいロバート。あなたに一国の王たる器量はないかもしれない。まして女王の夫として共に国をおさめるという、王よりもむずかしい立場には……。

女王はくちびるをかみしめた。

——迷いの答えをとうとう見つけた。イングランドを遠く離《はな》れなければ、気がつかなかった。王の目を持つ男に出会わなければ、わからなかった。愚《おろ》かな私。神よ、あなたのなさることは計り知れません……ああ、この苦き杯《さかずき》をのみほさなければならない。今までロバートは、私の結婚話《けっこんばなし》をどんな思いで聞いていたのだろう。この先、私はロバートの結婚をどんな思いで祝福するのだろう。いやです。いやです。この杯をのみほす勇気は私にはありません。

お豊《とよ》の肩《かた》にもたれて、女王は気を失っていた。

京《みやこ》の人々《ひとびと》は、だれがつぎの天下人《てんかびと》にのしあがるのかと噂《うわさ》している。

「もちろん羽柴秀吉《はしばひでよし》だろ」「まさか。織田《おだ》家の家老《かろう》でもない男が」「家康《いえやす》様がいるぞ」「筆頭家老《ひっとうがろう》の柴《しば》田勝家殿《たかついえどの》もいよいよ北陸からもどってくるそうじゃ」

幾人《いくにん》もの実力者たちの名前があがるが、情勢は混沌《こんとん》としている。だが、信長《のぶなが》の葬儀《そうぎ》が済《す》むまでは、だれも自分からは騒動《そうどう》を起こさないだろうというのが、一致《いっち》した見方だった。主君をないがしろにしているという評判を得るわけにはいかない。いずれはじまる信長の跡継《あとつ》ぎをめぐる戦《いくさ》までの、今はつかのまの休息にすぎない。

満月が中空にかかっている。河原ではもどってきた見世物小屋の人たちが火をたいている。酒を酌《く》み交《か》わしている男たちもいるし、赤子に乳《ちち》をのませている母親もいる。どことなくほっとした空気が流れていた。

ウィルもハムネットもたき火を囲んでいた。どこからか黒い揚羽蝶《あげはちょう》が飛んできて、ウィルの足もとの石にとまった。しばらく羽を休めていたが、また闇《やみ》のなかへ飛んでいく。

「死んだらどうなるんだろうね」

蝶《ちょう》の行方《ゆくえ》を目で追いながら、お国《くに》がつぶやく。ウィルは昼間見た光秀《みつひで》の首級《くび》を思いだした。

「死ぬのはこわいね。あたしは人が殺されるのを見たことがあるよ」

その暗いひびきにウィルがはっとしたとき、八雲《やくも》もびっくりしたようにふりかえり、お国に訊《き》いた。

「覚えているのかい」

こっくりとお国はうなずく。

「あの戦《いくさ》のとき、おまえはまだ三つにもなっていなかった。それでも覚えているのだね」

「うん。刀《かたな》が光った。斬《き》られた母《かか》さんの腕《うで》から血が流れた」

急いで八雲《やくも》はあごでお国《くに》を胸《むね》に引きよせる。お国の目はうるんで、泣いているようだった。お国は
あたりの闇《やみ》を見まわし、「なんだか苦しい。息ができない」と訴《うった》えた。

「無念の思いで死んだ人の魂《たましい》は、水辺に集まってくるからね。こわいかい」

「こわい。死んだ人がこわいんじゃない。死んだ人になにもしてあげられないことがこわい」

「そんなことはないさ。祈《いの》ることはできる」

「ああ、そうだね」

お国はやっとうなずいた。八雲はいう。

「無念の思いを残して死んだ人たちがさまよわないために、黄泉路《よみじ》の石の戸をあけてやろう。祈れば、
石戸はあくはずだ」

お国は立ちあがった。八雲の帯《おび》から扇《おうぎ》を抜《ぬ》きとると、河岸に立つ。目をとじ、お国は頭《こうべ》をたれて
祈っていた。さざなみが岸を洗《あら》う。やがて顔をあげ、袖《そで》をはらうと、あたりの空気がしんと静まった。

とうとう　たらり　たらりら　たらり

扇を持った右手をまっすぐに伸《の》ばし、歌というより呪文《じゅもん》のような言葉をくりかえしながら、歩を進

めた。ウィルは目を見はった。お国はただ四角く歩いただけなのに、そこに舞台《ぶたい》ができた。扇をひらき、トンと強く足踏《あしぶ》みをすると、舞《ま》いはじめた。

仏《ほとけ》は常《つね》に在《いま》せども　現《うつつ》ならぬぞ　あはれなる
人の音《おと》せぬ暁《あかつき》に　ほのかに　夢に見えたもう

八雲が立ちあがり、お国のうしろにまわった。袖を揺《ゆ》らし、同じ振《ふ》りで舞う。澄《す》んだ歌声が河面《かわも》に流れていく。

ふたりが舞いおわると、あちこちのたき火から歓声《かんせい》があがった。覆面頭巾《ふくめんずきん》で顔を隠《かく》しているハムネットもすっかり感心して、覆面の口もとをずらすとピューピュー口笛《くちぶえ》を吹《ふ》いてほめそやす。

その肩《かた》を白ひげの老人がたたいた。手には大どっくりと朱塗《しゅぬ》りの椀《わん》を持っている。

「お客人ものみなされ」と手真似でいいながら、椀をわたしてなみなみと注《つ》ぐ。その白い濁《にご》り酒をぐいとのみほして、ハムネットはにこやかに笑った。のみっぷりのよさに、またもや歓声があがる。

ハムネットは赤くほてらせた顔をウィルにむけて、「こいつはいける。坊《ぼう》やものみな」と誘《さそ》った。

「いらないよ」とウィルはそっけなくいう。そんなことより、お国と踊《おど》りたかった。

「ねえ、ハムネット。歌ってよ」

「歌えって、なにを」

「モリスダンスを踊《おど》りたい」

――お国《くに》さんはきっとモリスダンスを気にいるはずだ。もしかしたら、イングランドの人より上手《じょうず》に踊ることができるかもしれない。

今までだれもダンスに誘《さそ》ったことのないウィルが、大胆《だいたん》なことを考えている。察しのいいハムネットは、意味ありげに「ははあーん」と笑った。

「そりゃあ、いい。歌より、おれのリュートでシスビーの恋《こい》を助けてやろう」

そして、たき火に座《すわ》って手をかざしている坊《ぼう》さんに近寄る。その人はリュートに似た楽器を背負《せお》っていた。ハムネットはそれを貸してほしいと手真似で頼《たの》んだ。

すると、見守っていた白ひげの老人が、「お客人、その琵琶《びわ》法師は目が見えぬ」と身ぶり手ぶりで教える。「そうか」とハムネットはうなずいた。しかし、なおも強引に頼みこむ。

「でも聞こえるだろう。その楽器を貸してくれ」

まわりの連中は、「貸してやれ」「弾《ひ》かせてやれ」と面白がってはやしたてた。この客人にみんな、興味があるのだ。話しかけたら迷惑《めいわく》かもしれないと、今まで遠慮《えんりょ》していただけだ。

みなにいわれて、法師はしぶしぶ琵琶と撥《ばち》をわたした。その琵琶を鳴らして物語を語り、わずかな銭を稼《かせ》いでその日を暮《く》らす大事な商売道具なのだ。ところがハムネットが撥をかまえて弾きだすと、顔色がかわった。腕《うで》まえがわかったのだ。急に熱心に教えだす。

ひととおり習うと、ハムネットは覆面《ふくめん》をかなぐり捨《す》てた。あざやかな金髪《きんぱつ》にどよめきが起こる。そのどよめきにむかって投げキスをおくると、ハムネットは琵琶をかき鳴らした。

「さあ、モリスダンスのはじまり、はじまり」

ウィルは大急ぎで集めた桔梗《ききょう》の花を持って、お国の前に立った。はにかみながら受けとったお国は、花束から青紫《あおむらさき》の花を抜《ぬ》きとると、髪《かみ》にさした。

この国の人がするように、ウィルは頭をさげてお辞儀《じぎ》をする。

「ダンスを踊ってください、お国さん」

たき火のまわりで、くすくす笑いが起きた。それなのにウィルは不思議と恥《は》ずかしくなかった。お国がその大きな目を見ひらいて、なにがはじまるのかとわくわくした表情でウィルを見つめている。その表情にはげまされて、ウィルはお国の手を取った。

――さあ、ステップを踏《ふ》んで。

言葉ではなく、動きでお国をダンスに誘う。

――足につける鈴《すず》がないのは残念だけど、足を軽くあげて。

お国はすぐにウィルの動きを真似する。

――かわるがわる。

ウィルよりもお国《くに》のほうが、上手《うま》いくらいだ。

——四歩目で飛びあがり、
お国の髪《かみ》がはね踊《おど》る。

——くるりとまわるのさ。

ウィルはお国を持ちあげて、まわった。まわりから「わあ」とおどろきの声があがる。お国の頬《ほほ》が赤らむ。息をはずませて、お国はいった。

「幼児《ややこ》みたいに跳《と》びはねるんだね」

「うん。これがモリスダンスさ」

白ひげの老人が「こりゃあ、風流《ふりゅう》踊りに似ている」と、楽しそうにいった。

「それ、われらも踊って、こたびの戦《いくさ》で亡《な》くなった者の魂鎮《たましず》めをしようぞ」と、みなに呼《よ》びかける。

あちこちのたき火から「おうさ」「祭りぞ」と声があがり、数人が立ちあがる。まっさきに立ちあがった若《わか》い女がいった。

「京《みやこ》を離《はな》れて亡くなった明智《あけち》の無念の思いを慰《なぐさ》めねば」

その目に涙《なみだ》が光っている。すると年老いた女が、「そんなら本能寺《ほんのうじ》で倒《たお》れた衆《しゅう》も無念じゃろうて」と立ちあがる。そのとなりにいた白髪《しらが》の夫も腰《こし》をあげた。

「戦で亡くなった者は、みんな無念をのんで死んだのじゃ」

夫は妻の手を取ると、ウィルとお国を見習って踊りだす。ハムネットはいっそう琵琶《びわ》をかき鳴らした。立ちあがる人が増え、踊る人が増え、いつのまにか、踊りの輪がつながっていた。笛《ふえ》をとりだし、琵琶にあわせる女がいる。鉦《かね》をたたいて、囃《はや》す男がいる。袖《そで》をひるがえして、八雲《やくも》は踊っていた。三つ子も笑いながら飛びあがっている。半兵衛《はんべえ》とお豊《とよ》がかわるがわる三つ子を持ちあげてまわった。

夜の河原でなにがはじまったのかと、おそるおそる見にきた町の人たちは目を見はり、聞き慣れない曲に耳をかたむけた。踊りの輪のなかにうきうきと入っていく人が増える。みんな異国《いこく》のダンスを面白がっている。

深い水のなかに女王はいた。目をあけているが、なにも見えない。まわりでゆらゆらと水が揺《ゆ》れる。

――私《わたし》は死者として水のなかをただよっているのか。

王になりたくて王を殺したのではない。

――耳にひびいてくるこの声はだれのものだろう……。

王の心を推《お》しはかるのに疲《つか》れたのだ。

——これは、王を殺して自分も死んだ男の声だ。あの色のないくちびるからもれてくる声だ。

強い者のそばで弱い者は生きることができない。王が死ぬか、自分が死ぬか、どちらかだった。事は成り、事は破れた。今はただほっとしている。

——溶《と》けていくようだ、私《わたし》の身体《からだ》も、心も……。

溶けるままにしておけ。共に逝《い》こう。

——この声はロバートに似ている。なぜ……。

突然《とつぜん》、どこかで明るい笑い声がはじけた。琵琶《びわ》の音《ね》が耳をうつ。はっと女王は意識を取りもどした。

——あ、あれは、モリスダンス、イングランドの曲。

また楽しそうな笑い声があがる。女王は起きあがろうとしたが、動けなかった。

——ここにいてはいけない。滅《ほろ》びに誘《さそ》う声に引きよせられてしまう。あの生きて笑っている者たちのところへいかなければ。

深い海の底から浮《う》かびあがったように、身体が重かった。それでも女王は力をふりしぼり、よろよろと戸口に近づいた。

長屋の戸をあけて、青ざめた顔をのぞかせた女王に気がついたのは、お豊《とよ》だった。すぐに駆《か》けつけ、たき火のそばに連れてくる。白湯《さゆ》をのますと、女王の顔色にすこし赤みがさした。

ハムネットは琵琶を法師にかえすと、女王の前にひざまずいて、踊《おど》りの手を乞《こ》うた。

月は満月。火が爆《は》ぜる。炎《ほのお》は揺《ゆ》らめき、踊る人々《ひとびと》の顔を照らしている。

踊りながら女王は笑っていた。人々に顔を見せているのも気にならない。晴れ晴れと笑っていた。

やすらいたまえ　花影《はなかげ》に
やすらいたまえ　草陰《くさかげ》に

琵琶の弾《ひ》き手《て》が踊っているので、笛《ふえ》と鉦《かね》はいつのまにか風流《ふりゅう》踊りの曲になっている。

さても憂《う》き世《よ》の　物思い
踊り踊りて　彼方《かなた》へ送らん

踊りは死者の魂《たましい》をあの世に送りとどける呪術《じゅじゅつ》だ。闇《やみ》にうごめく報われぬ死者の魂を慰《なぐさ》めようとして、踊《おど》りはしだいに熱気をはらんでいく。

「ようし、男どもが踊り掛《か》けるぞ。女たちは受けてみよ」

酔《よ》った半兵衛《はんべえ》が声をあげた。手をあげ、くねくねと身体《からだ》を揺《ゆ》すって踊りだす。

半兵衛の言葉が、急にはっきりとわかったので、ウィルはふりむいた。思ったとおり、半兵衛の肩にパックが乗って踊っていた。黄色い帽子《ぼうし》の先が揺れている。

竹芝《たけしば》の　ソレ　我《わ》が郷《くに》に　ソレ
つくり据《す》えたる　酒壺《さかつぼ》に　ソレソレ
差しわたしたる　直柄《ひたえ》のひょうたん　ソレソレ
などや　苦しきめをみるらむ　ソレ

酔った男たちが半兵衛の踊りにつづく。そのこっけいな踊りにどっと笑いがおきた。女たちはそのまわりで笑いながら手拍子《てびょうし》をとって、「ソレソレ」と囃《はや》し、「などや苦しきめをみるらむ」とあいの手をいれた。

南風吹《はえふ》けば　ひょうたん　北《きた》になびき　ソレソレ

北風《あい》吹けば　ひょうたん　南《みなみ》になびき　ソレソレ
風のまにまに　ひょうたん　なびく　ソレソレ
などや　苦しきめをみるらむ　ソレ

男たちの仲間に入って、ウィルも踊っていた。となりの人の踊りの振《ふ》りを真似して踊っていたのだが、もう振りなんかどうでもいい、と思った。手をふり、足をあげ、全身を揺さぶって、ウィルは心のままに踊っていた。

――祭りだ、祭りだ。これがぼくの夢見た祭りだ。
ウィルはパックにむかって、両手をあげて勢いよくふった。パックもでんぐりがえりで応える。

西《ならい》吹けば　ひょうたん　東《ひがし》になびき　ソレソレ
東《こち》吹けば　ひょうたん　郷になびくか　ソレソレ
かくて　京《みやこ》で　苦しきめをみるらむ　ソレ

女たちが手をたたき、笑っている。踊る男たちは酔っぱらっている。
だれもがこの〝祭り〟を楽しんでいた。

今のウィルには、お国《くに》しか見えない。お国は踊《おど》るウィルをじっと見つめている。

「おい、とうとう人間の魔《ま》法《ほう》にかかったな」

踊る人たちの肩《かた》を飛びうつりながら、パックがウィルの肩までやってきた。

「ぼんやりウィルの恋《こい》がうまくいくように、妖《よう》精《せい》の魔法をかけてやろうか」

「え、妖精の魔法？　もうかけてくれただろ。ケニルワースに連れていってくれたじゃないか」

「ふん、あれはおまえが勝手にいったくせに」

パックの答えに、ウィルはおどろいた。

「じゃあ、芝《しば》居《い》にでられたのは――」

「そんなこと、知るもんか」

ウィルは目を丸くしたが、つぎの瞬《しゅん》間《かん》、腹《はら》の底から笑っていた。愉《ゆ》快《かい》でたまらなかった。

パックはなんだかわからないが、ウィルが笑っているから一《いっ》緒《しょ》に笑った。そして、コオロギの骨《ほね》の鞭《むち》をふりまわす。

「さあ、妖精の魔法をかけてやろう」

「やめてくれ」

ウィルはあわてた。

――妖精の魔法はいらない。ぼくはぼくでいい。

そのとき、遠くでケーンと狐《きつね》が鳴いた。

「おっと、五条狐《ごじょうぎつね》が呼《よ》んでいる」

パックはつぶやくと、鞭ですばやくウィルのくちびるを軽くたたいた。

「そんなら自分の力でなんとかしな」

そういって、でんぐりがえりをすると、空《くう》に消えた。

取りのこされたウィルがぽかんとしているうちに、男たちの踊りはおわった。女たちのなかから、お豊《とよ》が立ちあがる。

「今度はおかえしの踊りをこっちから仕掛《しか》けよう。お国、なにか歌っておくれ」

お国はうなずく。女たちはお豊とお国のあとにつづいた。

河原《かわはら》に　乱《みだ》れ咲《さ》く花　数《かず》あれど　桔梗《ききょう》にまさる　花はあらめや
（鴨川《かもがわ》の河原に咲き乱れる花はたくさんあるけれど桔梗の美しさにまさる花があるだろうか、いいえ、ありはしない）

お国が歌いだすとそれまでの踊りとちがって、ゆったりと優雅《ゆうが》な調子になった。男たちは酒を酌《く》み交《か》わしたり、手拍子《てびょうし》をとったり、あるいは疲《つか》れて寝転《ねころ》んだりしながら、その踊りを見ている。

歌い踊るとき、お国の背《せ》はすっと伸《の》び、目が光を宿す。

紫《むらさき》の　桔梗《ききょう》　手に取り　髪《かみ》にさし　君《きみ》と踊《おど》るは　夢にあらめや
（あなたから贈《おく》られた紫の桔梗の花をこの手に取って髪に飾《かざ》り、あなたと踊るのは夢だろうか、いいえ、夢ではない）

踊るお国《くに》の黒い瞳《ひとみ》をウィルは見つめていた。
——妖精《ようせい》をつかまえるために森にでかけたあの夜が、すべてのはじまりだった。妖精をつかまえることは夢をつかまえることですと、ばばちゃんがいったのは、ほんとうのことだった……。
ウィルのくちびるから、言葉がこぼれ、それは詩となった。

わが魂《たましい》は　あこがれて
夜の森をば　さまよえり
森の妖精　あらわれて
君のもとへと　誘《いざな》えり
君の歌は　風のささやき
永遠《とわ》の時《とき》を　ともに踊ろう
君の瞳は　星のかがやき

永遠の夢を　夢見よう

ウィルの思いがとどいたのか、踊りながら、お国が微笑《ほほえ》む。胸《むね》がしめつけられるようだ。

「きみが好きだ。いつまでもきみと踊っていたい」

けれどウィルのその声は、馬のひづめの音にかき消された。

鎧《よろい》かぶとを身につけた騎馬《きば》の侍《さむらい》数人が、たき火めがけて、河原に駆《か》けおりてくる。

「散れ、散れ、騒《さわ》ぎを起こしてはならぬ」

人々《ひとびと》のなかに馬を乗りいれ、激《はげ》しく鞭《むち》をふるいながら怒鳴《どな》った。笛《ふえ》の音《ね》はやみ、あわてて鉦《かね》も取り落とす。とっさにウィルはお国の手を取った。お国も強くにぎりかえし、ふたりは一緒《いっしょ》に逃《に》げまどった。

具足《ぐそく》の侍たちは、たき火の周囲にぐるぐると馬を走らせながら、遠巻《とおま》きにする人々をにらみつける。山崎《やまざき》の戦場からもどったばかりの彼《かれ》らからは、まだ血の匂《にお》いがするようだ。夜まわり役の彼らは、荒々《あらあら》しくとがめた。

「頭《かしら》はだれだ。なんのために騒いでおる」

白ひげの老人とお豊《とよ》がそれぞれ進みでた。並《なら》んでていねいにお辞儀《じぎ》をし、「おそれながら申しあげます。魂鎮《たましず》めの祭りをしていたのでございます」と老人が述べ、「みなで踊っておりました。おゆるしください」とお豊がわびた。

物静かにいうふたりをにらみながら、「信長《のぶなが》さまのご葬儀《そうぎ》がまだだというのに、祭りをして楽しむとはなにごとだ」と最初に声をかけた侍《さむらい》がいった。

「秀吉《ひでよし》さまの馬印が黄金のひょうたんであることを知らぬはずはなかろう。ひょうたんがなびくと苦しきめをみるとはなんだ。秀吉さまを愚弄《ぐろう》する気か」

群衆《ぐんしゅう》はしんとなった。思いも寄らぬいいがかりだと、だれもが思ったが、口にする勇気はなかった。それほど侍たちの勢いはおそろしかった。

べつの若《わか》い侍が、鞭《むち》をふりまわしながらいった。

「桔梗《ききょう》がまさると歌ったのは、だれだ」

お国《くに》の顔が青ざめる。「だれだ」ともう一度、侍は叫《さけ》んだ。

ウィルはお国をかばうようにその横に立った。お国の手をにぎりしめる自分の手がこきざみにふるえる。お国の手もふるえていた。

ふいに侍は馬を走らせ、群衆のなかに突《つ》っ込《こ》んだ。悲鳴をあげて逃《に》げる人々《ひとびと》の頭上に、鞭をふるう。逃げ遅《おく》れた年寄りが、背《せ》を打たれ、倒《たお》れた。

「名のれ、名のらぬと――」

はじかれるように飛びだすお国を、ウィルはとめることができなかった。

「あたしです」

「桔梗は光秀《みつひで》の家紋《かもん》。おまえは明智《あけち》の残党《ざんとう》か」

そういうなり、侍はいきなり刀《かたな》を抜《ぬ》いた。

お国は顔をあげていた。怒《いか》りに頬《ほほ》を赤く染《そ》め、まっすぐに馬上の侍を見かえす。

侍はたじろいだ。だが、そのたじろぎに抗《あらが》うように、刀をふりおろした。

「明智の残党は斬《き》る」

その切っ先を、飛びこんできたお豊《とよ》が受けた。

「花を愛《め》でて歌った歌です。ほかに意味はございません」

肩《かた》から流れる血を片手《かたて》で押《お》さえながら、お豊はいった。

「だまれ」

声とともに、再び斬りつけてきた。お豊は転げて逃げた。逃げる先々《さきざき》を、侍たちの馬が取り囲む。馬を走らせながら、なぶるようにその輪を縮《ちぢ》めていく。

半身を起こしたお豊は、騎馬《きば》の侍たちを見まわし、ふっと笑った。

「大人げないことでございますなあ、子どもの歌をとがめだてなさるとは」

「そうだ」とだれかが声をあげた。刀をふりあげたまま、侍は声の主《ぬし》を探《さが》そうとふりかえる。だがその背後《はいご》から、また声があがった。

「そうだそうだ」「いいがかりはやめろ」

どこからか、ヒュッと飛礫《つぶて》が飛んだ。「馬をねらえ」とだれかがいった。その声にはげまされたように、また飛礫が飛ぶ。馬の脇腹《わきばら》をかすった。馬はおびえ、竿立《さおだ》ちになっていななく。そのすきに半兵衛《はんべえ》はお豊《とよ》に駆《か》けよった。その肩《かた》を借りて、お豊が立ちあがろうとしたとき、おびえる馬の手綱《たづな》を引きしぼった侍《さむらい》は、そのままお豊を踏《ふ》みつけた。女たちの悲鳴があがる。

「散れ、散れ、集まってはならぬ」

そういい捨《す》てると、侍たちは馬に鞭《むち》をあて、土手を駆けのぼって逃《に》げていった。

すぐにお豊は長屋に運ばれた。うめき声をあげるお豊にとりすがって、三つ子は泣いている。八雲《やくも》の胸《むね》にすがって、お国《くに》はふるえていたが、あっと気がついて、「父《とと》さんはどこ」と声をあげた。

「ぼくが探《さが》してくる」

ウィルはそう叫《さけ》んで、長屋の外に飛びだした。

だれもいない。侍たちがもどってくることをおそれて、みな、姿《すがた》を消したのだろう。たき火のあとがあちこちに残っているだけだ。蜘蛛《くも》ノ介《すけ》の名前を呼《よ》びながら、河原を走りまわる。松林が風にざわざわと鳴って、ウィルの不安をかき立てた。

――ハムネットもいない。女王さまもいない。どうしたんだ……。

鴨川《かもがわ》の流れに目をやると、なにか白いものが五条《ごじょう》の中島の上に飛びあがった。そのまま空を駆けてこちらにむかってくる。

「見つけたぞ。〝願花《ねがいばな》〟を見つけたぞ」

パックの声がした。ウィルの前に赤い花をくわえた白狐《びゃっこ》が、かろやかにおりたつ。その耳のなかからパックがあらわれた。ウィルは叫んだ。

「蜘蛛ノ介さんを探して。女王さまもハムネットもいないんだ」

しかし、ウィルの肩に飛び移ったパックは、「急げ、石戸がひらいたぞ」とせかした。そして、白狐から〝願花〟を受けとるようにいう。

あわてて両手をさしだし、ウィルは赤い花を受けとった。見たこともないほどあざやかな赤だった。

「われらはこれを〝涙花《なみだばな》〟と呼ぶ。無辜《むこ》の血が流れるとき、大地が悼《いた》んでひっそりと咲《さ》かせる花だ」

と白狐がいった。

「その花を指でもむんだ」と、パックにいわれるままに、ウィルはその花びらをもんだ。だが、血潮《ちしお》を思わせて手がふるえ、赤いしずくが指からこぼれる。パックが呪文《じゅもん》を唱えた。

願いのままに　でておくれ　空飛ぶ馬よ　でておくれ
でろでろ　でろでろ　でん　でろりん

すると、こする指のあいだから赤い煙《けむり》がうすく立ちのぼり、馬の形をとりはじめた。やがてそれは夕焼けのように赤い馬の姿《すがた》になった。

「急げ、急げ、石戸がしまる」

パックにせかされ、ウィルは飛びのる。馬はいななき、白狐《びゃっこ》とともに空を駆《か》けていく。

「女王さまは？　ハムネットもいないんだ。蜘蛛《くも》ノ介《すけ》さんを探《さが》さなきゃ」

それを聞くと、白狐は鼻面《はなづら》をゆがめて笑い、「兎《うさぎ》は鷹《たか》がつかんだ。鷹を梟《ふくろう》が追いかけ、隼《はやぶさ》もねらっている」と謎《なぞ》めいたことをいった。


男たちのひょうきんな踊《おど》りに、女王が見とれていたとき、「エリザベスさま」と声をかけられた。ふりむくと、蜘蛛ノ介が闇《やみ》のなかにうずくまっている。

「わたくしと一緒《いっしょ》にきていただけますか」と片言《かたこと》のスペイン語と身ぶりで告げた。「イングランドに行く船を見つけた。これから船長に会ってほしい」といっているようだった。

それはよい知らせのはずなのに、女王はなぜか真珠《しんじゅ》の首飾《くびかざ》りにさがる十字架《じゅうじか》をにぎりしめた。なにもおそれることはないと自分の心にいい聞かせ、十字架を胸《むね》に隠《かく》して立ちあがる。蜘蛛ノ介が市女笠《いちめがさ》をさしだした。

河原をでていく女王と蜘蛛ノ介に、ハムネットは気がついた。疲《つか》れたふりをして踊りからはずれ、覆面頭巾《ふくめんずきん》をして金髪《きんぱつ》を包むと、ふたりのあとをつけていく。

四条河原《しじょうがわら》から北にいくと、蛸薬師《たこやくし》通り、そこからふたつ目の通りを西に入った姥柳町《うばやなぎちょう》に、吉利支丹《きりしたん》寺《でら》はある。ふたりはその門をくぐった。

あとをつけてきたハムネットは「やっぱりな」とつぶやく。

――エセルレッドめ。なめた真似をしやがる、おれを抜《ぬ》きに話をすすめようなんて。

門の陰《かげ》から様子をうかがうと、黒い修道服の胸にさがる十字架をにぎりしめて、エセルレッドが待っている。はっとして女王は足をとめたが、蜘蛛ノ介は「どうぞ、こちらへ」とうながして、女王をエセルレッドの手に引きわたそうとした。

そのときをねらってハムネットは門をくぐった。すました顔をして女王の手を取り、「お迎《むか》えに参上しました」という。女王も心得たもので、「ご苦労であった」と答える。

「ハムネット、なぜここに」とエセルレッドは叫《さけ》び、蜘蛛ノ介は「あれ、どうしてハムネットさんが？」と首をかしげた。そのふたりに、ハムネットはにこやかな笑顔《えがお》をかえす。そして、「報酬《ほうしゅう》の多いほうになびく男ですから」といった。これはエセルレッドと女王に聞かせる言葉だ。

それを聞くとエセルレッドはすばやく、ハムネットの腕《うで》をつかんだ。腕をひねられながらハムネットはエセルレッドに体あたりをする。なぜ争っているのかわからない蜘蛛ノ介はおろおろしていた。

もみあうふたりの争いは、突然《とつぜん》の叫び声に中断された。

「女王さま。ハムネット。はやくこの馬に乗って」

燃えるような赤いたてがみを揺《ゆ》らして、空を駆《か》けてくる馬の背《せ》から、ウィルが身をのりだしている。ウィルはつづけて、蜘蛛《くも》ノ介《すけ》にむかって叫《さけ》んだ。

「お豊《とよ》さんが侍《さむらい》に斬《き》られた！」

ウィルの肩《かた》にはパックが乗っていたから、その叫びはまっすぐ蜘蛛ノ介にとどいた。顔色をかえて、蜘蛛ノ介は吉利支丹寺《きりしたんでら》を飛びだした。

ウィルはそれを見《み》とどけ、女王に手をさしのべた。すかさず、ハムネットが馬の尻《しり》に飛びのる。そしてにやりと笑うと、エセルレッドに手をふった。

エセルレッドはただ茫然《ぼうぜん》と見つめていた。

黄色い月が光を失いはじめている。暁《あかつき》が近づく。五条狐《ごじょうぎつね》はいった。

「急げ。ひらいた石戸は暁にしまる」

ウィルと女王とハムネット、そしてパックを乗せた赤い馬は、西に沈《しず》もうとしている月を追いかけた。

「そこが黄泉路《よみじ》の扉《とびら》だ。お小さいの、縁《えん》があったらまた会おう」

五条狐が鼻で示すその先、月のかたわらに巨大《きょだい》な石の扉が浮《う》かんでいた。黄泉路の闇《やみ》が口をひらいている。そのなかへ、馬は飛びこもうと駆けあがるが、なかなかとどかない。

「ああ」とパックが悲鳴をあげる。「花の汁《しる》が足りなかったのか」

ひらききった扉が、静かにまたとじようとしている。並《なら》んで走っていた五条狐が鋭《するど》くいった。

「まにあわぬ。ひとり、おりろ」

「ぼくがおりる！」

ウィルが叫んだ。だが、先に五条狐の背中《せなか》に飛び移ったのは、ハムネットだった。

「女と子どもは帰りな。おれは残る」

女王は「ほうびとして汝《なんじ》を騎士《きし》に」といいかけて、その愚《おろ》かしさに気がついた。かわりに首にかけていた真珠《しんじゅ》の首飾《くびかざ》りを渾身《こんしん》の力をこめて引きちぎり、さげた十字架《じゅうじか》ごとハムネットに投げた。

「これを――」

我《わ》が感謝の印《しるし》として、とつづけた言葉が、ハムネットの耳に聞こえたかどうかはわからない。背が軽くなった赤い馬は、しまる寸前《すんぜん》の石戸のなかへ飛びこんだ。

＊＊＊

暗い隧道《トンネル》を、馬はいっさんに駆ける。

「いやだ！　もどって！」

ウィルが叫ぶ。すると、隧道の行《ゆ》く手《て》の壁《かべ》に、ぽっかりと枝道が口をあけた。乗り手の意志に従《したが》う馬は、そちらにむかおうとする。パックが声をあげる。

「イングランドに帰るんだ。ケニルワースの七年まえのあの森に。でないと永遠にさまようぞ」

「いやだ！　いやだ！　いやだ！」とウィルは叫《さけ》ぶ。また枝道ができる。馬がそちらをむく。

女王が手を伸《の》ばし、その首をやさしくなでた。馬はいき先をもどして、まっすぐ走っていく。

「いやだ……さよならもいわないのに……」

「夢の覚めるときがきたのですよ、ウィル」

隧道《トンネル》の先を見つめたまま、女王がつぶやいた。

――夢……夢なのか。ちがう。夢じゃない。これが夢なら、ぼくは夢を生きたんだ。

涙《なみだ》がウィルの頬《ほほ》を伝って落ちた。

エピローグ　夢のなかの夢

一五八二年　日本〈京《みやこ》〉

ハムネットは化野《あだしの》のまんなかに立っていた。手にからまった金の十字架《じゅうじか》に、暁《あかつき》の光が反射《はんしゃ》する。粗末《そまつ》な木の墓標や赤い前垂《まえだ》れをかけた石仏が、あちこちにかたむいたり、転がったりしている。遠くに寺の瓦《かわら》屋根が見える。京の西、嵯峨野《さがの》の奥《おく》の化野は、風葬《ふうそう》の地であり、墓場である。

ケーンと狐《きつね》が鳴いた。墓標の陰《かげ》から白狐《びゃっこ》が顔をのぞかせ、また隠《かく》れた。

――あの狐の言葉もわからなくなっちまったな。さっきはわかるような気がしたんだが。

不思議の世界が自分のまわりから引《ひ》き潮《しお》のように退《ひ》いていくのを、ハムネットは感じた。

「さて、イングランドに帰りそこねたこのおれは、いったいどうなるのかな」

そういいながら、両手をいっぱいに伸《の》ばして大きなあくびをした。

「まあ、いいさ。ここではおれを知っている奴《やつ》はだれもいない。さあ、新しいおれは、新しい夢を見るとしよう」

朝の澄《す》んだ空気を胸《むね》に吸《す》いこむと、ハムネットは真珠《しんじゅ》の首飾《くびかざ》りにさがる金《きん》の十字架《じゅうじか》を、目の高さに持ちあげてぶらつかせた。

――さすがは女王の持ち物。ひと粒《つぶ》ずつ売っても、けっこうな金になるぞ。

あたりを見まわし、草のなかに落ちた真珠をひろい集める。最後のひと粒をひろいおえると、ハムネットの足は念仏寺《ねんぶつでら》と呼《よ》ばれる寺にむかっていた。

――あそこでマッチャやでものませてもらおうか。あれは苦くてまずくて、目が覚める。それからゆっくり考えよう。軽業一座《かるわざいちざ》にいつまでもやっかいになるわけにもいくまい。エセルレッドをまるめこんで吉利支丹寺《きりしたんでら》に住みついてもいいし、あの琵琶《びわ》法師に弟子いりするのもわるくはない。

草のあいだから見守っていた五条狐《ごじょうぎつね》は、ふふんと鼻を鳴らして笑う。

――面白い奴だ。気になるじゃないか。

見えつ隠《かく》れつしながら、五条狐はハムネットについていった。

千早《ちはや》が泣く。千尋《ちひろ》もお豊《とよ》にとりすがる。千歳《ちとせ》はお豊を呼びもどそうとしている。

「お豊、逝《い》かないで」

「逝っちゃだめだ」

「もどってこーい、お豊」

意識のないお豊の今にもとぎれそうな息は、みんなが呼びかけ、名を呼ぶそのときだけ大きくなる。しかし、それもしだいに間遠《まどお》になっていった。お国《くに》たちが見守るなか、お豊は静かに息を引きとった。

そのとき、蜘蛛《くも》ノ介《すけ》が飛びこんできた。お豊の亡骸《なきがら》を目にすると、へたへたとその場に崩《くず》れ、大声をあげて泣きだした。そして腰刀《こしがたな》を抜《ぬ》くと、いきなり髻《もとどり》を切った。おどろいたみなの前で蜘蛛ノ介は、出家してお豊の菩提《ぼだい》をとむらうのだ、と駄々《だだ》っ子のように泣きながらいいはった。


荷車にお豊の亡骸を乗せ、三つ子をそのかたわらに座《すわ》らせた。蜘蛛ノ介がその荷車を引き、半兵衛《はんべえ》がうしろを押《お》した。化野《あだしの》の念仏寺にむかうのだ。八雲《やくも》とお国も一緒《いっしょ》だ。

「燃えろ燃えろ秀吉《ひでよし》の城《しろ》」

「みんなみんな燃えてしまえ」

「大坂の城は燃えおちろ」

ぶつぶつと三つ子がつぶやいている。半兵衛が荷車を押しながらいう。

「呪《のろ》っちゃなんねえ。呪うと自分が苦しくなるだけだ。それに大坂に城なんかないぞ」

千早《ちはや》が「あたいたちはないことをいっているのさ」と答える。

「おまえたちの言葉はあたることもあり、あたらないこともある。神さまのお言葉だけが真実だ」

千尋《ちひろ》が「半兵衛《はんべえ》の神さまなんかきらいだ」という。

「きらいでも神さまはお守りくださる」

その返事に、千歳《ちとせ》がアカンベエをする。半兵衛は苦笑した。

「おまえたちの思いが強いから、河原に葬《ほうむ》らずに化野《あだしの》にいくことにしたんだ。お豊《とよ》にまつわりつい
ちゃなんねえ。呪《のろ》っちゃなんねえ」

三つ子はそろって首をふった。

「あたいたちは、お豊についていく」

「お豊の墓の墓守《はかもり》になる」

「墓守しながら、秀吉《ひでよし》を呪う」

「やれやれ……」と、半兵衛は手ぬぐいを取りだして汗《あせ》をふいた。

「なあ、おまえたち。半兵衛の子にならないか」

三人はまた首をふる。

「蜘蛛《くも》ノ介《すけ》はお国《くに》の父《とと》さんだ」

「八雲《やくも》はお国の母《かか》さんだ」

「お豊があたいたちの母さんだ」

半兵衛はうなずいて、「そんなら、あっしはだれの父さんでもない」といった。

三つ子は顔を見あわせる。その事実に今気がついた。肩《かた》を組んで、三つ子は相談した。

やがて、「あたいたちより先に死なないと約束するか」と半兵衛に訊《き》いた。

「ああ、約束するとも。おまえたちをおいて先に死んだりするものか」

その言葉を聞いて、三つ子はほっとしたように笑った。

「そんなら、だれの父さんでもない半兵衛を父さんにする」

「あたいたちが父さんを守る」

「秀吉から守る」

半兵衛は手ぬぐいで顔をおおった。

いっぽう、ざんばら髪《がみ》の蜘蛛ノ介は、うつむいて黙々《もくもく》と荷車を引っぱっている。

「ねえ、あんた。あたしの在所《ざいしょ》にいかないかい」

八雲が話しかけるが、口をへの字に結び、押《お》し黙《だま》っている。さすがに出家するのは思いとどまったが、髻《もとどり》を切って以来、あれほどおしゃべりだった男が、口をきかなくなった。

お国が、「母さんの在所って、どこなの」と訊いた。

「出雲《いずも》さ。出雲大社《いずもたいしゃ》の近くさ。お社《やしろ》の森にいけば、父さんもきっと元気をとりもどすよ」

「あたしは京《みやこ》を離《はな》れたくないな」

いたわりに満ちた目で、八雲《やくも》は娘《むすめ》を見た。

「あの方たちは、もうもどってこないよ」

「うん」とお国《くに》はうなずく。

「逝《い》くときはみんな、さよならもいえずに逝くんだね」

「ああ。夢が覚めるときのようにね」

「夢のような人だったけど、あたしはちゃんと覚えている。ほら」

お国はモリスダンスのステップを踏《ふ》んで飛びあがった。黒い髪《かみ》が揺《ゆ》れて、大きな目が輝《かがや》いている。

八雲は微笑《ほほえ》んだ。


空飛ぶ赤い馬があらわれて、女王をさらっていくのをなすすべもなく見送ったとき、エセルレッドの胸《むね》にはじめて、神に対する疑問《ぎもん》がわき起こった。

——神よ、あなたは女王を暗殺せよと、日本に私《わたし》を送ったのではないのですか。私になにを望んでおられるのですか。

答えを見つけるまで、私は日本をでていくまい、とエセルレッドは誓《ちか》った。

やがて、幾多《いくた》の戦《いくさ》を経て、羽柴秀吉《はしばひでよし》が天下人《てんかびと》となった。のちに豊臣《とよとみ》秀吉と名をかえ、キリスト教を禁教とし、宣教師《せんきょうし》や吉利支丹《きりしたん》たちを国外に追放する。しかし、エセルレッドは日本にとどまった。信者の手から手にかくまわれ、信仰《しんこう》の灯《ひ》を守って逃《に》げつづけた。

弾圧《だんあつ》される日本の信者とともにあれ——それがエセルレッドの見つけた答えだった。

一五七五年　イングランド〈エイヴォン町／ケニルワース〉

ケニルワースの森についたとたん、赤い馬は消えた。放りだされたウィルと女王が気を失っているので、パックはすっかり困《こま》ってしまった。「おい、起きろ」とウィルの耳もとで叫《さけ》んだ。叫びながら、なんだかまえにもこんなことがあったような、こいつを起こして祭りを見にいったような、そんな気がすると首をかしげた。

たくさんのひづめの音が近づいてくる。パックは近くの木の枝に飛びうつった。騎馬護衛隊《きばごえいたい》が駆《か》けつけてきた。ジルメイニがふたりを発見したのを見《み》とどけると、パックはぴょんぴょん跳《は》ねながら森の奥《おく》へともどっていった。妖精《ようせい》仲間にきのこ酒でものませてもらうつもりだ。酔《よ》っ払《ぱら》う頃《ころ》にはもうウィルのことなど忘《わす》れているだろう。

しらしらと夜が明ける頃、ケニルワース城内《じょうない》の一室で、ウィルは意識を取りもどした。熱いミルクのたっぷり入った紅茶《こうちゃ》をのませてもらって、息をつく。

その日のうちに、あのひげ面《づら》の馭者《ぎょしゃ》に、馬車でエイヴォン町まで送ってもらった。運河をわたって、広場に入り、三角屋根の時計塔《とけいとう》をすぎると、なつかしい我《わ》が家《や》が見えてきた。

——町並《まちな》みはかわらない……でも、ぼくはかわった。

馬車の音を聞きつけて、母と父が戸口にでてきている。弟や妹たちも手をふっている。

馬車からおりると、母が両手をひろげて抱《だ》きしめてくれた。母の手を背中《せなか》に感じると、お国《くに》を思って涙《なみだ》がにじんでくる。

「おまえはなんだか、遠いところにいってきたみたいだね」

母はウィルの顔をじっと見つめて、そういった。そしてもう一度、強く抱きしめた。

「おおげさな。たったふた晩留守《ばんるす》にしただけじゃないか」

父は笑ってふたりの背中をたたく。ウィルは首をふった。父の目をまっすぐに見かえしていった。

「ぼくはシジョーガワラにいって、祭りを見てもどってきたんだ」

呆気《あっけ》にとられている父を残して、ウィルははしゃいでいる弟や妹たちと手をつないで家に入った。

「ピラマスとシスビーの芝居《しばい》というのは、そんな話だったかな」

父は首をかしげた。

ケニルワース城《じょう》にもどった女王は、レスター伯爵《はくしゃく》と会っていた。部屋のすみにはジルメイニだけが控《ひか》えている。

テーブルには青い小箱が置いてあった。ひらいたふたから見えているのは、あの少年の父がつくった手袋《てぶくろ》、そして伯爵がそえた手紙だ。レスター伯爵は女王の前に片膝《かたひざ》をついて、頭《こうべ》をたれ、じっと女王の言葉を待っている。

「レスター伯爵、もしこれが求婚《プロポーズ》の手紙だったら、どんなにうれしいことでしょう。そしてどんなに哀《かな》しいことでしょう。私《わたし》はイングランドの女王としてイングランドと結婚《けっこん》しました。人間の男性と結婚することはできません。一生を孤独《こどく》で送る覚悟《かくご》をしたのです」

樫《かし》の木につながれた熊《くま》の封印《ふういん》が押《お》されたままの手紙を、女王は手に取った。

「読めば返事をしなければなりません。だから、この手紙は読まずにおかえしいたしましょう」

レスター伯爵は顔をあげた。その顔はよろこびに輝《かがや》いていた。

「女王陛下《へいか》。今のお言葉で、このうえない幸せと不幸を同時に味わいました。どうぞ、死がふたりをわかつまで、陛下のその孤独に寄りそうことをおゆるしください」

時は流れて　イングランド〈エイヴォン町〉

白い朝靄《あさもや》がしだいに晴れていく。エイヴォン川をすべるように白鳥が泳いでいく。青年は灰色《はいいろ》の石づくりのクロプトン橋まできて、手にしたかばんを足もとに置くと、自分の生まれた家の方角をふりかえった。靄《もや》のなかに町はまだ眠《ねむ》っているようだ。

かばんのなかには、この十年間に書きためた芝居《しばい》の脚本《きゃくほん》――いたずら好きな妖精《ようせい》が活躍《かつやく》する物語や、王を裏切《うらぎ》り自滅《じめつ》していく男の物語などが入っている。まだ下書きにすぎないから、これがロンドンの劇場《げきじょう》で通用するかどうかはわからない。それを思うと、おそれと不安が襲《おそ》ってくる。

思いをふりきるように、青年はかばんを持ちあげ、歩きだした。

――ぼんやり者のぼく。でもそれでいいんだ、自分にできることをすればいい。きっとあの女《ひと》も踊《おど》りつづけているはずだ……。

夢を見ながら生きていこうと心に決めて、ウィルは石づくりの橋をわたっていった。

あとがき

エリザベス一世と織田信長《おだのぶなが》の共通点はなんでしょう。

それは家臣にあだ名をつける名人だったということです。その人の特徴《とくちょう》をつかまえないとあだ名はつけられません。だからふたりとも、人間観察の名人といえるでしょう。

信長が本能寺《ほんのうじ》で五十年に満たない人生の最期《さいご》を迎《むか》えたのに対し、女王は当時としては長生きの六十九歳《さい》で亡《な》くなります。独身のままでした。

女王が亡くなったその年、京《みやこ》では今までにない新しい踊《おど》り——歌舞伎踊《かぶきおど》りを、出雲《いずも》の阿国《おくに》が上演し、人気を集めました。

出雲の阿国とはだれでしょう。出雲大社《いずもたいしゃ》の巫女《みこ》といわれていますが、定《さだ》かではありません。生年も没年《ぼつねん》も、いろいろな説はありますが、正確なところはわかっていません。

「王」には公式な記録がありますが、一庶民《しょみん》の記録はほとんど残されていません。

それはウィリアム・シェイクスピアも同じで、生まれた年はわかっていますが、誕生日《たんじょうび》は推測《すいそく》にすぎません。

でも、この四人はたしかに同じ年代を生きたのでした。

本作の前身は、少年ウィルを主人公に、「ウィルと妖精《ようせい》パック」と題し、同人誌《どうじんし》「天気輪《てんきりん》」に発表したものです。その後、単行本として刊行されましたが、現在は絶版となっています。

今回、新たに構想を練り、ウィルひとりではなく、信長・エリザベス・ウィル・お国《くに》の四人を主人公に、群像《ぐんぞう》物語として書き下ろしました。

名の知れた「王」に比べれば、名の知れない「私《わたし》」は、取るに足りない小さな存在《そんざい》にすぎませんが、人間ひとりひとりのもがくような生き方が歴史を動かしていくということを感じていただければ、作者としてうれしいかぎりです。

そして、「ピラマスとシスビー」のお芝居《しばい》が、じつは「ロミオとジュリエット」ではないかと、ちりばめてあるシェイクスピア劇《げき》を楽しんでいただけたら、さらなるよろこびです。

時代背景《はいけい》や雰囲気《ふんいき》をつかむために、さまざまな資料や伝記、研究書を参考にしました。先覚者《せんかくしゃ》の労作に敬意《けいい》と感謝を表します。ありがとうございました。

なお、安土城《あづちじょう》の内部の描写《びょうしゃ》については、内藤昌《ないとうあきら》氏の吹《ふ》きぬけ説を参考にしました。

二〇二〇年　春の佳《よ》き日に

小川英子

【参考文献】
『エリザベス　華麗なる孤独』石井美樹子 著　中央公論新社
『シェイクスピアの香り』熊井明子 著　東京書籍
『三省堂図解ライブラリー　シェイクスピア劇場』ジャクリーン・モーリー 文
　ジョン・ジェイムズ 画　小田島雄志／小田島恒志 訳　三省堂
『シェイクスピアとグローブ座』アリキ 文と絵　小田島雄志 訳　すえもりブックス
『集英社版世界文学全集16　ケニルワース城』スコット　朱牟田夏雄 訳　集英社
「シェイクスピア全集　全七巻」小田島雄志 訳　白水社
『マクベス』シェイクスピア　福田恆存 訳　新潮文庫
『夏の夜の夢・あらし』シェイクスピア　福田恆存 訳　新潮文庫
『ハムレット』シェイクスピア　福田恆存 訳　新潮文庫
『『アエネーイス』ローマ建国神話』ウェルギリウス　小野塚友吉 訳　風濤社
『マザーグースとあそぶ本』百々佑利子 監修
　ラボ教育センター開発部 編著　ラボ教育センター
『叢書日本再考　日本人が世界史と衝突したとき』増田義郎 著　弓立社
『出雲のおくに　その時代と芸能』小笠原恭子 著　中公新書
『織田信長総合事典』岡田正人 編著　雄山閣出版
『復元　安土城　信長の理想と黄金の天主』内藤 昌 著　講談社選書メチエ
「セビリア万博日本館出展　安土城障壁画復元展」図録
　日本経済新聞社 編　日本経済新聞社
『日本の伝統美とヨーロッパ　南蛮美術の謎を解く』宮元健次 著　世界思想社
「歴史群像シリーズ・デラックス2　よみがえる真説安土城　徹底復元
　覇王信長の幻の城」三浦正幸 監修　学習研究社
『戦国史料叢書2　信長公記』太田牛一 著　桑田忠親 校注　人物往来社
『原本現代訳〈19〉信長公記（上）』太田牛一 原著　榊山 潤 訳　教育社新書
『原本現代訳〈20〉信長公記（下）』太田牛一 原著　榊山 潤 訳　教育社新書
『完訳フロイス日本史2　織田信長編Ⅱ　信長とフロイス』
　ルイス・フロイス　松田毅一／川崎桃太 訳　中公文庫
『完訳フロイス日本史3　織田信長編Ⅲ　安土城と本能寺の変』
　ルイス・フロイス　松田毅一／川崎桃太 訳　中公文庫
『新編日本古典文学全集58　謡曲集①』小山弘志／佐藤健一郎 校注・訳　小学館
『日本古典文學大系73　和漢朗詠集　梁塵祕抄』
　川口久雄／志田延義 校注　岩波書店
『日本古典文學大系20　土左日記　かげろふ日記　和泉式部日記　更級日記』
　鈴木知太郎／川口久雄／遠藤嘉基／西下經一 校注　岩波書店
「民俗芸能　綾子舞への案内」柏崎市綾子舞後援会／同保存振興会発行

【引用文献】
『対談と随想　オラショ紀行』皆川達夫 著　日本基督教団出版局

画・佐竹美保

小川英子（おがわ　ひでこ）
一九五〇年、新潟県糸魚川市生まれ。神奈川県相模原市在住。「世界一おいしい……」でカネボウ・ミセス童話大賞優秀賞、「ピアニャン」で講談社児童文学新人賞、「くらひめさま」で児童文学ファンタジー大賞奨励賞などを受賞。著書に『あけちゃダメ！』『山ばあばと影オオカミ』（新日本出版社）『ピアニャン』（講談社）などがある。
日本児童文学者協会会員。ファンタジー研究会会員。「天気輪」同人。糸魚川の町屋文化を守り伝える会代表。

王の祭り

二〇二〇年四月　初版発行
二〇二〇年九月　第二刷発行

著者　小川英子

発行　ゴブリン書房
〒一八〇-〇〇〇一
東京都武蔵野市八幡町四-一六-七
電話　〇四二二-五〇-〇一五六
ファクス　〇四二二-五〇-〇一六六
http://www.goblin-shobo.co.jp/
編集　津田隆彦

印刷・製本　精興社

NDC913 ISBN978-4-902257-39-7 C8093
320p 四六判